Joachim Koller

AF280597

Bezirksinspektor Kratochwils dritter Fall

Fesche Leichen

Bibliografische Information der Deutschen Nationalbibliothek: Die Deutsche Nationalbibliothek verzeichnet diese Publikation in der Deutschen Nationalbibliografie; detaillierte bibliografische Daten sind im Internet über dnb.dnb.de abrufbar.

https://www.facebook.com/kollerjoachim
Instagram: joachim_koller_autor , #jkautor
joachim.koller@chello.at

Herstellung und Verlag: BoD – Books on Demand, Norderstedt

ISBN: 0218442815

Alle Personen und Handlungen sind frei erfunden und es besteht kein Bezug zu existierenden Personen. Die Handlungsorte entsprechen der Realität.

Sonntag, 3. März
Kurz nach 2 Uhr

»Warum?«, schrie die junge Frau ihren Peiniger an.

Zu mehr war sie nicht imstande. Mit einem breiten Lederriemen über ihrem nackten Oberkörper an einen Metalltisch festgebunden, war sie nicht in der Lage, sich zu bewegen. Ihre Arme waren zur Seite ausgestreckt und jeweils auf einem Holztisch neben ihrem Tisch fixiert. Die Riemen an den Handgelenken waren gepolstert, aber so festgezogen, dass sie ihre Arme nicht einmal millimeterweise bewegen konnte.

»Weil du wunderschöne Hände hast«, antwortete eine männliche Stimme. Sie konnte ihn nicht sehen, erkannte aber die Stimme.

»Was willst du?«, schrie sie erneut.

Schritte näherten sich. Sie drehte den Kopf zur Seite und sah ihren Entführer, der noch vor einigen Stunden ihr Date gewesen war. Sie hatten sich in einem noblen Restaurant im ersten Wiener Gemeindebezirk getroffen und von Anfang an gut unterhalten. Er hatte sich sehr für sie interessiert, wirkte sympathisch und zuvorkommend. Auch, als sie ihn zu seinem Wagen begleitet hatte. Dort stand er plötzlich dicht neben ihr und sie spürte einen Stich an ihrem Hals. Sie erinnerte sich, dass sie zur Seite gewichen war und ihn weggestoßen hatte. Er hatte nur dagestanden und gelächelt, während alles um sie verschwamm. Sie war mit leichten Kopfschmerzen auf diesem eiskalten Tisch wieder zu sich gekommen, halbnackt und gefesselt.

»Zunächst ist es wichtig, dass du vollkommen munter bist. Ich kann erst beginnen, wenn du bei vollem Bewusstsein bist. Es ist für den Erfolg notwendig, dass dein Körper viel Adrenalin produziert.«

1

»Wovon redest du? Was hast du mit mir vor?« Sie schrie ihre Verzweiflung hinaus, während ihr Gegenüber völlig ruhig blieb, sich abwandte und außerhalb ihres Sichtfeldes an etwas Metallischem hantierte.

»Ich werde dich unsterblich machen, jedenfalls einen Teil von dir«, sagte er mit ruhiger Stimme.

»Was? Bitte, binde mich los. Ich mache alles, nur lass mich bitte frei!«, bettelte sie.

»Das kann ich nicht. Du musst verstehen, bei dieser Behandlung darfst du dich nicht bewegen.«

»Welche Behandlung? Was hast du vor? Du musst mich nicht festbinden, wenn du mich haben willst«, versuchte sie, ihn umzustimmen.

»Du verstehst es nicht.«

»Dann erkläre es mir, bitte!«

»Ich werde deine Hände, deine wunderschönen Hände…«, er strich sanft über ihren Handrücken, »für immer verewigen.«

Sie hörte seine Worte, doch sie ergaben keinen Sinn.

»Was willst du mit meinen Händen, du perverses Schwein!?«, schrie sie ihn wütend an.

Nun wandte sich der Mann ihr zu. Er blickte prüfend über ihren Körper.

»Du bist eine attraktive Frau, aber keine Sorge, pervers wird es nicht. Ich werde mich nicht an dir vergehen, ich werde nur deine Hände abtrennen und sie sorgfältig konservieren. So werden sie für immer in dieser Schönheit erhalten bleiben.«

»Was?«, stieß sie ungläubig hervor.

»Verstehst du nicht? Deine Hände sind perfekt. Aber das sind sie jetzt. Du bist 24, mit den Jahren werden Falten kommen, du bekommst vielleicht Flecken, oder noch schlimmer, du brichst dir einen Finger. Dank mir werden deine Hände für immer so bleiben wie sie heute aussehen.«

Seine gefühllose, monotone Stimme machte ihr noch mehr Angst.

Er trat zur Seite und gab den Blick auf die Maschine neben dem Holztisch frei.

»Oh mein Gott… Du bist doch komplett durchgeknallt!«, stotterte sie voller Entsetzen.

Ihr Arm lag nicht auf einem herkömmlichen Holztisch, sondern auf der Platte einer Tischkreissäge. Sie kannte das Gerät aus ihrer Kindheit. Ihre Großeltern hatten so eine Maschine, mit welcher jeden Herbst das Holz aus dem eigenen Wald zurechtgeschnitten wurde.

Panisch versuchte sie ihren Arm loszureißen, doch die Fesseln gaben nicht nach.

»Es soll doch ein sauberer, gerader Schnitt werden«, kommentierte ihr Entführer den aussichtslosen Versuch.

»Du bist verrückt«, kreischte sie panisch, während sie zusah, wie er mit einem Maßband von ihren Fingern die Hand entlang maß.

»Wie ich mir gedacht habe. Es werden auf beiden Seiten genau 25 Zentimeter sein.«

An beiden Armen markierte er mit einem Stift den abgemessenen Abstand. Dabei war er konzentriert und hatte ein sanftes Lächeln auf den Lippen.

»So, jetzt kommt der wichtigste Teil«, sagte er, nun etwas aufgeregt und schaltete die Kreissäge ein. Das Kreischen der Säge übertönte den angsterfüllten Schrei, den die Frau ausstieß. Der Schrei wurde noch schriller, als sich die Säge Sekunden später langsam und mit gleichbleibender Bewegung durch ihren Arm fraß. Sie spürte einen kurzen Schmerz, als das Sägeblatt ohne Widerstand durch ihre Haut drang, hörte, wie die Säge mühelos durch ihre Knochen glitt. Dabei wunderte sie sich, dass die Schmerzen weitaus geringer waren, als sie erwartet hatte.

Wahrscheinlich stehe ich längst unter Schock, dachte sie. Das blutige Blatt der Kreissäge verlangsamte sich, womit auch das unangenehm durchdringende Geräusch nachließ. Ihr Peiniger hob die abgetrennte Hand hoch und verschwand damit aus ihrem Blickfeld.

In ihrem Schock wunderte sie sich, dass nicht alles mit Blut vollgespritzt war, wie sie es aus verschiedenen Horrorfilmen kannte.

»Jetzt muss es schnell gehen. Ich habe keine zweite Chance, das verstehst du sicherlich«, erklärte er ihr und schaltete die zweite Säge ein.

»Bitte… nicht!«, flehte sie, merkte aber bereits, wie sie aufgrund des Blutverlustes zunehmend schwächer wurde. Sie spürte noch, wie die Säge in ihren anderen Arm fuhr, das Letzte was sie in ihrem Leben hörte war die Stimme ihres Mörders.

»Deine Hände werden mich immer an dich erinnern.«

»Warum?«, fragte Barbara Gugawitsch.

»Weil Anastasia es vorgeschlagen hat«, antwortete Thomas Kratochwil, der neben ihr ging, »Ihr zwei versteht euch doch eh so gut.«

Es war kurz nach 9 Uhr in der Früh und die beiden Bezirksinspektoren spazierten in Zivilkleidung zu ihrer Dienststelle, der Polizeidirektion im ersten Bezirk.

Obwohl es erst Anfang März war, strahlte die Sonne bereits warm auf sie herab und versprach einen frühsommerlichen Tag.

»Es ist ein Abendessen deiner Tochter mit ihrem Freund und deiner Freundin mit dir. Das ist eine Familienangelegenheit, da bin ich doch fehl am Platz. Auch wenn ich neugierig bin, wer es geschafft hat, dich etwas zu kultivieren.«

Thomas überging ihre spitze Meldung, auch wenn er ihr das Kennenlernen mit Elisabeth zu verdanken hatte. Barbara hatte ihm vor einigen Monaten die Dating-App »FiLo« auf seinem Handy installiert und näher erklärt. Obwohl Thomas zuerst nicht begeistert darüber war, hatte er auf diesem Weg Elisabeth kennengelernt und sich Anfang Jänner zum ersten Mal mit ihr getroffen. Beide waren sich vom ersten Treffen an sympathisch und hatten schnell zueinander gefunden. Da er nach seiner Scheidung und schlechten Erfahrungen noch etwas zurückhaltend war, wusste Barbara nur wenig über die Frau. Dafür kannte sie seine Tochter Anastasia inzwischen sehr gut.

»Mein Kind hat ein gutes Argument angeführt. Du bist die Frau, mit der ich mehr Zeit verbringe, als mit Anastasia oder auch meiner Freundin. Außerdem bist du nun mal nicht nur eine einfache Kollegin, sondern auch eine gute Freundin.«

Barbara grinste ihn an.

»Und das, obwohl du eine, nennen wir es besondere, Beziehung zu meinem Onkel hast«, spielte sie auf sein ehemals sehr angespanntes Verhältnis zum amtierenden Innenminister Michael Steinberger an.

»Du kannst gerne auch jemanden mitnehmen. Dieter würde sich freuen.« Damit meinte Thomas seinen Freund und Kollegen Dieter Brehme. Der zwanzig Jahre jüngere Deutsche arbeitete in der IT-Abteilung der Wiener Polizei und hatte seit dem ersten Treffen mit Barbara ein Auge auf sie geworfen. Zu seinem Pech wurden diese Gefühle nicht erwidert.

»Jemanden mitnehmen? Ich könnte Onkel Michael fragen.«

Thomas seufzte.

»Von mir aus sogar er. Hauptsache es wird ein netter Abend.«

Eine Gasse von ihrem Arbeitsplatz entfernt, spazierten sie an einer Bankfiliale vorbei, in der Thomas noch seine neue Bankomatkarte abholen musste.

Da die Bank erst seit wenigen Minuten geöffnet hatte, standen nur zwei Personen vor dem einzigen besetzten Bankschalter. Thomas und Barbara blieben in der Mitte des Raums stehen und warteten. Nur Sekunden später stürmte hinter ihnen jemand hinein.

»Hände hoch! Alle hier, Hände hoch! Das... das ist ein Überfall!«, rief die Person, stieß den bei der Eingangstür stehenden Sicherheitsbeamten zu Boden und zog eine Pistole hervor.

Gleichzeitig drehten sich die zwei Bezirksinspektoren um und sahen den Mann an.

»Ernsthaft?«, stöhnte Thomas auf.

Vor ihm stand ein Mann um die 50, ungepflegt und mit verschlissener Kleidung. Die Pistole in seiner Hand wirkte sauberer, als alles andere an ihm. Er zitterte, seine Augen wanderten aufgeregt hin und her. Thomas war sich sicher, dass sein Gegenüber keine große Erfahrung mit Überfällen hatte. Neben ihm ging Barbara einen Schritt zur Seite, ihre Hand wanderte langsam in Richtung der Innentasche ihrer Jacke. Thomas blickte zu ihr und schüttelte den Kopf.

»Ich sagte, Hände...«

»Gusch, du Armutschkerl!«, fuhr ihn Thomas an. Der Mann zuckte zusammen, die Waffe in seiner Hand zitterte vor Thomas.

»Wenn Sie nicht sofort ... ich meine es ernst. Ich will niemanden verletzen, nur das Geld.«

Barbara bemerkte, wie sich der Sicherheitsbeamte aufsetzte und deutete ihm, auf dem Boden zu bleiben. Sie wies auf die Stelle ihrer Jacke, unter der ihre Dienstwaffe im Holster ruhte.

»Du machst dir doch gleich in die Hose. Mach nen Meter und wir vergessen das hier«, meinte Thomas mit ernster Stimme.

»Nein ... Ich werde hier mit dem Geld rausgehen. Wenn Sie mir nicht sofort aus dem Weg gehen, dann drücke ich ...«

»Pudel dich nicht auf, Eierbär!«, unterbrach Thomas ihn kaltschnäuzig, »Und dann hörst du mir genau zu. Punkt eins, meine Kollegin und ich haben einen Ausweis einstecken, auf dem Bezirksinspektor steht.«

Der Mann riss die Augen auf.

»Punkt zwei, zu deinem Glück hatte ich eine schöne Nacht und bin dementsprechend gut gelaunt. Deshalb gebe ich dir eine Chance, den Tag nicht im Knast zu verbringen.«

Die Augen des Mannes wurden größer, sein Zittern stärker.

»Und Punkt drei, wie deppert muss man sein, um mit einer nicht entsicherten Gaspuffn gerade hier aufzutauchen, ein paar Meter entfernt von einer der größten Polizeistationen in Wien?«

Neben Thomas musste sich Barbara ein Grinsen verkneifen.

»Diese Pistole ... sie ist echt!« Es klang mehr nach einer Frage, der Mann wurde immer nervöser. Seine Hand zitterte nun deutlich sichtbar, auch seine Beine konnte er nicht ruhig halten.

»So echt, dass du mir auf diese Entfernung eine leichte Brandwunde zufügst. Danach wird dich meine Kollegin innerhalb von drei Sekunden auf den Boden befördern und dir die Achter anlegen.«

Thomas machte einen Schritt auf ihn zu und zeigte auf die Seite der Pistole.

»Der Hebel gehört nach unten, erst dann kannst du abdrücken.«

Wie erwartet folgte der Mann seinem Finger und drehte die Waffe, um den besagten Hebel zu sehen. Blitzschnell griff Thomas zu, verdrehte ihm das Handgelenk und entriss ihm die Waffe. Er reichte sie an Barbara weiter.

»Und jetzt schleich dich!«

»Aber...« Der Mann zitterte am ganzen Körper, schwitzte und blickte nervös von Thomas zu Barbara.

»Hau di über die Häuser!«, schrie Thomas ihn an.

Es dauerte noch ein paar Sekunden, bis der mutmaßliche Bankräuber reagierte und wortlos aus der Bank stürmte.

»Was war denn das?«, wollte Barbara wissen.

»Das, meine liebe Kollegin, war ein Sandler, den ich schon mehrmals am Graben und beim Stephansdom gesehen habe. Keine Ahnung, wie er an die Waffe gekommen ist, aber das war nicht der Typ Mann, der entschlossen war, abzudrücken.«

»Und deshalb lassen wir einen Bankräuber einfach laufen?«

»Ich habe heute einen guten Tag«, meinte Thomas und trat vor den Bankangestellten, der ihn völlig entgeistert anstarrte.

»Ich möchte meine neue Bankkarte abholen«, meinte der Bezirksinspektor gelassen.

»Kratochwil, Gugawitsch!«, dröhnte die Stimme von Oberst Frimmel durch den Raum.

Die beiden Bezirksinspektoren hatten gerade erst auf ihren Stühlen Platz genommen und standen sofort auf, als ihr Vorgesetzter nach ihnen rief.

»In mein Büro!«

Kaum hatte Barbara die Tür hinter sich geschlossen, setzte sich der Oberst hinter seinen Schreibtisch.

»Vor der Jesuitenkriche wurde eine verstümmelte Leiche gefunden. Sie beide kümmern sich darum. Auf den ersten Blick scheint es keine politischen Verbindungen zu geben, deshalb hoffe ich, dass Sie dieses Mal nicht für österreichweite Aufregung sorgen«, spielte der Oberst auf den letzten Fall des Bezirksinspektors an, der die politische Landschaft in Österreich mitverändert hatte.

»Was heißt verstümmelt?«, fragte Thomas nach.

»Der Frau wurden beide Hände abgetrennt. Der Körper ist bereits in der Gerichtsmedizin.«

Mehr Informationen hatte der Oberst nicht anzubieten. Dafür scheuchte er beide aus seinem Büro, mit dem Hinweis, den Fall möglichst rasch aufzuklären.

Barbara und Thomas gingen an die frische Luft, um ihre Vorgehensweise zu besprechen. Als Thomas nach seinen Zigaretten kramte, schmunzelte seine Kollegin.

»Doch nicht ganz aufgehört?«

»Nein, aber drastisch eingeschränkt. Ich komme mit einem Packerl zwei Tage lang aus.«

»Was eine neue Freundin so alles ausmacht. Du trinkst viel weniger, rauchst und schimpfst weniger. Wenn man von dem kleinen Intermezzo in der Bank vorhin absieht.«

»Irgendwann muss man ja anfangen, gesünder zu leben. Und meine Freundin ist ein guter Grund dafür.«

Thomas schlug vor, den Fall aufgeteilt anzugehen. Barbara sollte zum Tatort fahren und mögliche Zeugen befragen, während Thomas der Gerichtsmedizin einen Besuch abstatten würde.

»Ich werde es mit einem Mittagessen mit Dieter verbinden«, sagte er. Sein Freund und Kollege aus der IT-Abteilung arbeitete im 9. Bezirk im Hauptsitz des Bundeskriminalamtes, wo auch die gerichtsmedizinische Abteilung untergebracht war.

»Darf ich vorstellen, Valerie Kainz, 24«, sagte der jugendlich aussehende Gerichtsmediziner und zog das grüne Tuch so weit von der Leiche, bis ihr Kopf zum Vorschein kam. Es war eine hübsche Frau gewesen, lange braune Haare, ein liebliches Gesicht. Ein kleines Muttermal auf der Wange war deutlich auf ihrer blassen Haut zu erkennen.

»Sie stammt aus Kärnten, wohnte in Wien und studierte Rechtswissenschaft. Ihre persönlichen Gegenstände habe ich bereits vorbereitet, die Kollegen in Kärnten sind informiert und werden die traurige Nachricht ihren Eltern überbringen.«

»Werde ich überhaupt noch gebraucht, oder übernehmen Sie gleich den Fall«, scherzte Thomas.

»Nein, nein. Die Auflösung überlasse ich Ihnen. Das Mädchen hatte ihren Ausweis bei sich, somit war es ein Leichtes. Nebenbei bemerkt, sie war nur abwärts der Gürtellinie bekleidet, in ihrer Geldbörse dürfte nichts entwendet worden sein. Ausweis, Karten und Geld, alles vorhanden.

Nun zu meinem Aufgabenbereich. Valerie Kainz verstarb letzte Nacht, 3 Uhr plus minus eine Stunde. Die Todesursache ist offensichtlich und inzwischen auch bestätigt, massiver Blutverlust nach dem Abtrennen beider Hände. Es wurden mehrere Benzodiazepine in ihrem Körper nachgewiesen, umgangssprachlich bekannt als K.O.-Tropfen. Die Konzentration lässt mich vermuten, dass sie es nicht über einen Drink eingenommen hat, vielmehr dürfte es ihr intravenös verabreicht worden sein. Sonst wurden keine Anästhetika entdeckt, was darauf schließen lässt, dass ihr die Hände bei vollem Bewusstsein abgetrennt wurden.«

Bei der Vorstellung zog es Thomas den Magen zusammen, instinktiv griff er nach seinem Handgelenk. Mit einer schnellen Bewegung, entblößte der Gerichtsmediziner den ganzen Körper. Auch wenn es ihm widerstrebte, sah Thomas auf die junge Frau hinab. Der Y-Schnitt, mittels dem der Pathologe ihre inneren Organe begutachtet hatte, war wieder zugenäht worden, was den Anblick erträglicher machte. Die nicht verbundenen Arme und die fehlenden Hände erinnerten ihn zunächst an einen billig gemachten Horrorfilm. Er hatte in seiner Laufbahn schon mehrere schwerste Verletzungen und auch abgetrennte Gliedmaßen gesehen, aber an dieser Leiche war etwas anders.

»Abgetrennt mit einer scharfen, metallenen Säge, eine Kreissäge oder Ähnliches würde ich tippen.«

»Eine Kreissäge?«, wunderte sich Thomas. Das war es, was ihn irritiert hatte. Die Wunde sah glatt und säuberlich geschnitten aus. Das war kein Resultat eines Kampfes oder eines Unfalls, sondern eindeutig geplant.

»Ja. Es gibt deutliche Spuren an ihren Armen, Brust, und Beinen, die erkennen lassen, dass sie festgebunden war. Deshalb sind die Schnitte auch gerade und nicht ausgefranst. Sie hatte keine Möglichkeit, sich zu wehren.«

Thomas wandte sich ab, die Bilder in seinem Kopf reichten, dass sein Mageninhalt drohte, hochzukommen.

»Weitere Verletzungen?«

»Nein. Keine Hämatome, abgesehen von den Fesselspuren, keine Verletzungen, weder sichtbar noch intrakorporal. Der Täter hat sich weder an ihr vergangen, noch sie davor gefoltert. Es gibt keine Fingerabdrücke.«

Der Mediziner griff hinter sich und holte eine Trinkflasche hervor. Nach einem Schluck sprach er weiter.

»Meine erste und im Moment auch sicherste Vermutung: Frau Kainz wurde zuerst betäubt. Als sie wieder munter war, fand die Amputation statt, bei der sie erneut das Bewusstsein verloren haben wird, danach wurde sie liegen gelassen, bis sie ausgeblutet war. Der Fundort der Leiche ist definitiv nicht der primäre Tatort. Sie wurde in einem Plastiksack verpackt abgelegt, daher gibt es keinen Hinweis auf den Ort der Tötung. Im Sack und an der Leiche habe ich Desinfektionsmittel, aber ansonsten keine Spuren gefunden, ich werde aber noch genauer suchen.«

Thomas bat darum, dass sie den Raum verlassen konnten. Im Büro des Gerichtsmediziners bekam er den vorläufigen Obduktionsbericht ausgehändigt. Weitere Informationen würde er per Mail erhalten.

Zurück an der frischen Luft lehnte sich Thomas an die Hauswand und rauchte. Auch wenn er mit Dieter verabredet war, hatte Thomas im Moment keine Lust, etwas zu essen. Es war nicht sein erster Mordfall, auch nicht seine erste verstümmelte Leiche, trotzdem machte es ihm jedes Mal zu schaffen. Gleichzeitig motivierte es ihn, den Mörder zu finden.

Er rief Dieter an und verabredete sich mit ihm bei einem nahe gelegenen Würstelstand.

Dort konnte er sich doch zu einer Käsekrainer durchringen, zusammen mit einem alkoholfreien Getränk. Sie hatten noch nicht fertig gegessen, als Barbara angefahren kam, sehr zur Freude von Dieter. Sie parkte den Polizeiwagen direkt neben ihnen auf dem Gehsteig. Ein Blick genügte, um Thomas erkennen zu lassen, dass sie wenig bis nichts herausgefunden hatte. In wenigen Sätzen bestätigte sie seine Einschätzung. Der Plastiksack mit der Leiche war gegenüber der Kirche neben einem Lokal abgelegt worden. Der Müllabfuhr war der Sack aufgefallen, als sie die Müllcontainer leeren wollten. Nur durch Zufall hatte einer der Männer bemerkt, dass Blut aus einem kleinen Riss tropfte. Als er den Sack öffnete und erkannte, dass es sich um eine Leiche handelte, hatte er sofort die Polizei gerufen. Ansonsten gab es weder Hinweise noch Zeugen.

Die Eltern der jungen Frau waren bereits von den Kollegen in Kärnten informiert worden. Da die Wohnadresse der Frau in Wien nur wenige Minuten zu Fuß vom Bundeskriminalamt entfernt lag, meinte Barbara, »Nutzen wir die Zeit. Die ersten 24 Stunden sind die Entscheidendsten.«

»Sagt das Lehrbuch«, murrte Thomas, »Die Wahrheit sieht anders aus.«

Dieter, der bereits von Thomas informiert war, bot seine Fähigkeiten an und versprach den beiden, den digitalen Fußabdruck der Frau zu überprüfen.

Die Adresse von Valerie Kainz gehörte zu einem sechsstöckigen Haus, in dem offensichtlich mehrere Wohngemeinschaften untergebracht waren. An beinahe jeder Türklingel standen mehrere Namen, teilweise so klein geschrieben, dass sie nur schwer zu entziffern waren. Neben der Nummer 7 konnten Barbara und Thomas die Namen Corban, Kainz und Hafner entziffern.

Ohne Nachzufragen wurde die Tür Sekunden nach ihrem Klingeln geöffnet. Als sie eintraten, hörten sie aus dem ersten Stock eine Männerstimme rufen: »Süße, ich hoffe, du hast eine gute Erklärung. Wir machen uns hier schon in die …«

Er stoppte, als er sah, dass es nicht die erwartete Person war, die die Stiegen hinaufkam. Thomas hielt bereits seinen Dienstausweis in der Hand.

»Sie erwarten Valerie Kainz?«

»Ja. Das Mädchen ist seit gestern nicht heimgekommen und … Moment, Sie sind von der Polizei?« Der deutlich erkennbare englische Akzent ließ Thomas vermuten, dass Herr Corban vor ihnen stand.

Beide Bezirksinspektoren nickten, im nächsten Moment veränderte sich die Miene des Mannes.

»Oh my goodness, was ist passiert?«, fragte er entsetzt.

Barbara bat darum, in die Wohnung zu gehen.

Der Mann stellte sich als Mark Corban vor, Student aus England. Als Barbara ihm mitteilte, dass sie in der Früh die Leiche von Valerie Kainz gefunden hatten, starrte er sie zunächst ungläubig an, bevor er sich auf einen Stuhl fallen ließ.

»Das kann nicht sein ... Valerie war so eine liebe, nette ...« Er kämpfte mit den Tränen.

Stockend fragte er nach, was mit ihr passiert war, worauf Barbara ausweichend meinte, dass sie ermordet aufgefunden wurde, genauere Details konnte sie aus ermittlungstechnischen Gründen nicht weitergeben. Mark stand langsam auf.

»Sie wollen sicherlich ihr Zimmer sehen? So machen die das doch im Film?«

»Ja«, stimmte Thomas zu, »Eines der wenigen Dinge aus Krimis, die tatsächlich stimmen.«

Wenn Thomas nicht gewusst hätte, dass Valerie Kainz bereits 24 Jahre alt war, hätte er auf ein Kinderzimmer getippt. Plüschbären lagen auf ihrem sauber gemachten Bett, Poster von einer Boyband hingen an der Wand. Im Zimmer dominierte die Farbe rosa. Sogar der aufgeklappte Laptop auf ihrem Schreibtisch war in rosa gehalten.

»Valerie war ... Sie war unser Nesthäkchen, wir haben sie ‚Little Virgin‘, die kleine Unschuld genannt«, sagte Mark leise, »Sie hatte noch nie einen Freund und ... Nur ein paar Bekanntschaften über Internetseiten.«

Während Thomas weiterhin mit Mark sprach, trat Barbara zum Laptop und fuhr über das Touchpad. Der Laptop war aufgedreht, auf dem Bildschirm erschien augenblicklich ihr Desktop. Sie hatte nur wenige Symbole auf diesem abgelegt, Barbara erkannte die üblichen Office-Programme und zwei Programme, die mit der Universität in Verbindung standen. Barbara ließ den Laptop stehen und notierte sich in Gedanken, dass sich Dieter darum kümmern sollte.

»Wie lange kannten Sie Valerie Kainz?«, hörte sie Thomas aus dem Nebenraum und kam zurück an seine Seite.

»Valerie wohnt seit knapp einem Jahr in unserer WG.«

»Ist sie oft ausgegangen?«

»Never ever! Nein, wir mussten sie regelrecht dazu zwingen. Erst seit einiger Zeit hat sie mehr unternommen, also mehr Partys und Abendprogramm. Sie hat auch eine Datingseite ausprobiert, dieses FiLo.«

Kaum hatte er den Satz ausgesprochen schlug er sich die Hand vor den Mund. Thomas kannte diese Reaktion, wenn Betroffene von einem Todesopfer sprachen. Mark Corban realisierte erst jetzt, dass er von Valerie in der Vergangenheitsform sprechen musste. Ab diesem Zeitpunkt wurde es schwer, brauchbare Informationen zu erhalten, der Schock machte dem jungen Mann zu schaffen.

Dementsprechend verabschiedeten sich Barbara und Thomas recht schnell, baten Mark darum, ihnen sofort Bescheid zu geben, wenn ihm noch etwas einfiel. Außerdem bereiteten sie ihn darauf vor, dass ihre Kollegen der Spurensicherung demnächst auftauchen würden. Bis dahin sollten er und die anderen Mitbewohner nicht mehr das Zimmer betreten.

Eine Viertelstunde später standen Barbara und Thomas wieder vor ihrem Fahrzeug, als sich Dieter meldete. Er bat die Bezirksinspektoren, ihn in seinem Büro zu besuchen.

»Was hast du herausgefunden?«, fragte Barbara, als sie zusammen Dieters Büro betraten. Das Büro erinnerte an Großraumbüros von Call-Centern. Tische mit Computern, Druckern und mehreren Monitoren standen in mehreren Reihen, in der vordersten Reihe befanden sich Schiebekästen und zwei übergroße Bildschirme an der Wand, die abgeschaltet waren. Des Weiteren hingen an den Wänden unterschiedliche Diagramme, Schaltpläne und Infotafeln über Handymasten in Wien und Umgebung.

Dieter lotste die beiden in einen Nebenraum, in dessen Mitte sie ein leerer Tisch und vier Stühle erwarteten. An der Fensterseite, die den Blick in den Innenhof des Bundeskriminalamtes freigab, stand eine Kaffeemaschine neben einem kleinen Schrank. In diesem waren Tassen, Haltbarmilch und Zucker aufbewahrt, wie Thomas von seinen früheren Besuchen wusste.

»Nehmt Platz. Ich habe es inzwischen auch für dich ausgedruckt, TJ. Ich weiß ja, dass du Papier dem Computer vorziehst.«

»Stimmt. Aber ich lasse mich auch gerne berieseln. Also sprich dich aus«, meinte Thomas, der sich bereits an der Kaffeemaschine bediente und für sie alle Kaffee herrichtete.

»Okay, dann lasst uns loslegen. Valerie Kainz ist sehr aktiv gewesen, auf unterschiedlichen sozialen Medien. Ich kann euch einen detaillierten Lebenslauf anbieten, von den letzten Schuljahren, ihren Urlauben, ihrer Familie, Musikgeschmack und...«, er legte ein Bild auf den Tisch, »dem letzten Bild von ihr. Es zeigt sie mit einer Freundin, gestern Nachmittag. Kurz danach haben sie sich mit anderen Frauen getroffen und planten einen Mädelsabend in der Stadt.«

»Irgendwelche Hinweise auf ihren Mörder?«

»Ich glaube schon. Ihr Handy wurde zwar nicht gefunden, aber ich habe ihre Nummer herausbekommen und einen Bekannten bei der Handyfirma um einen Gefallen gebeten. Ihr solltet umgehend einen Bescheid zur Durchsicht der Handydaten organisieren, damit die folgenden Daten auch rechtskräftig verwendet werden können.«

Thomas nickte und deutete Dieter, weiterzureden.

»Ich habe ihren SMS-Verlauf ausgedruckt.«

»SMS?«

»Ja, nicht jeder schreibt auf WhatsApp. Zu unserem Glück, denn die Daten auf der App sind sehr gut verschlüsselt«

»Und?«

»Die Nummer ist nicht registriert.«

»Ich dachte, das sollte nicht mehr möglich sein.«

»Oh doch. Du kannst immer noch SIM-Karten kaufen und benutzen, zwar nur bis zum Aufbrauchen des Gratisguthabens, aber das hat in diesem Fall gereicht.«

Er reichte ihnen einen Ausdruck der Nachrichten.

»Anhand der ersten SMS ist klar, sie haben sich über FiLo kennengelernt und ein Date ausgemacht. Hier schrieb der Unbekannte: Ich bin bereits in der Stadt. Freue mich schon auf unser Treffen, auf Dich.«

»Sie antwortete, dass sie sich auch freut, aber nervös ist, da solche spontanen Treffen nicht ihres seien. Er versicherte ihr, dass sie keine Angst zu haben braucht. Ihr Treffpunkt war der Schwedenplatz, direkt vor einem Burgerladen. Er hat auch geschrieben, dass sie an diesem Abend nie alleine sein werden und er ihre Bedenken versteht.«

»Dieses Arschloch«, entfuhr es Barbara.

»Diese SMS-Nachricht könnte für euch interessant sein.«

Er hielt den Zettel hoch und deutete auf eine der letzten Nachrichten.

»Bislang kenne ich dich nur von Bildern, aber deine Texte lassen erkennen, was für eine liebenswerte Frau du bist. Deshalb bin ich so gespannt auf deinen Charakter, weil über dein Aussehen, deine Figur und deine zarten Hände habe ich schon viel geschrieben und geschwärmt.«

»Klingt nach einem kranken Fetisch«, meinte Thomas.

»Ich habe ihr FiLo-Profil gefunden«, sagte Dieter und reichte ihnen einen Ausdruck des Profils mitsamt einigen Bildern.

Barbara überflog das Profil.

»Sie hat nicht viel über sich verraten. Das Bild ist jedenfalls tatsächlich von ihr. Die Infos in ihrem Profil deuten auf eine wirklich schüchterne Person hin. Sie war auf der Suche nach Freundschaften und Beziehungen, zu ihren Hobbies zählen Lesen und Musik, wie langweilig. Sie hat nichts ausgefüllt, was ihren Wunschpartner betrifft, keine Vorlieben angegeben. Dafür findet man hier, dass sie im neunten Bezirk wohnt.«

»Ist dieses FiLo eine App aus Österreich?«, fragte Thomas.

»Ich habe gewusst, dass du das fragst«, antwortete Dieter und reichte ihm ein weiteres Blatt Papier.

»Die Firmenadresse, im dritten Bezirk. Der Geschäftsführer heißt Marco Ansprenger. Er ist heute im Büro«, sagte Dieter voller Stolz.

Barbara grinste, legte den Arm um ihn und drückte ihn zu sich.

»Du bist ein Schatz, Dieter«, lobte sie ihn und drückte ihm einen Kuss auf die Stirn.

Sogar in dem schwach beleuchteten Raum war deutlich zu sehen, wie Dieter knallrot wurde.

Bevor sie sich verabschiedeten, bat Barbara Dieter, sich den Laptop von Valerie Kainz anzusehen. Er versprach ihr, sich persönlich darum zu kümmern und ihnen umgehend Bescheid zu geben, sobald er etwas herausfand.

Thomas parkte den Wagen direkt vor einem modernen Hochhaus, in welchem sich der Firmensitz von FiLo befand.

»Diese Gegend hier, ein Teil von St. Marx, ist in den letzten Jahren wie aus dem Nichts neu erbaut worden«, meinte Barbara und sah sich um.

Sie standen inmitten von Neubauten, bei denen die unterschiedlichsten Architekten ihre Hände im Spiel hatten. Das für sie interessante Gebäude hatte eine Fassade aus senkrechten weißen Metallstreben, die sich mit verdunkelten Glasscheiben abwechselten. Dabei waren die Elemente unterschiedlich breit. Einige Etagen des mittleren Teils waren wie ein Block in die Fassade gesetzt worden und ragten hinaus.

Eine Informationstafel neben der Eingangstür aus dunklem Glas verriet ihnen, dass die Firma ihren Sitz zusammen mit drei weiteren Unternehmen im 4. Stock hatte.

Als Barbara und Thomas aus dem Aufzug ausstiegen, wurde sofort klar, wohin sie gehen mussten. Zu ihrer Linken befand sich eine Milchglastür, auf der das Logo von FiLo prangte. Ein knallrotes Herz, links die Buchstaben »Fi«, die beinahe ins Herz verschwanden und rechts kamen die Buchstaben »Lo« aus dem Herz heraus. Darunter stand in roten Buchstaben "FInd your LOve".

Barbara musste schmunzeln.

»Mein ehemaliger Kollege würde dieses Logo sowas von kitschig finden«, meinte sie.

»Welcher deiner ehemaligen?«, fragte Thomas nach.

»Derjenige, der mir seine aktuelle Freundin zu verdanken hat, die aus ihm einen anderen Menschen…«

»Danke, ich hab´s verstanden«, unterbrach er sie, schüttelte den Kopf und öffnete die Tür.

Sie mussten der Empfangsdame, die bereits instruiert war, nur ihren Ausweis zeigen. Sie sprang regelrecht aus ihrem Sitz hoch und begleitete die beiden Bezirksinspektoren in ein modern eingerichtetes Büro mit großer Fensterfront.

»Marco kommt sofort, nur einen kleinen Moment. Nehmen Sie ruhig Platz.«

Keine zehn Sekunden später betrat Marco Ansprenger den Raum. Er schien noch keine dreißig Jahre alt zu sein und wirkte in seinem gestriegelten Aussehen und dem lockeren Kleidungsstil, Jeans und dünnem karierten Pulli, wie ein Student, der gerade von einer Vorlesung kam.

»Hallo zusammen. Bitte bleiben Sie sitzen«, begann er, nahm sich einen Stuhl und setzte sich anstatt hinter seinen Schreibtisch vor Barbara und Thomas mitten in den Raum. »Wie kann ich der Polizei helfen?«

»Bezirksinspektor Kratochwil«, stellte sich Thomas vor, »und das ist meine Kollegin, Bezirksinspektorin Gugawitsch. Wir arbeiten an einem Mordfall und Ihre App kann uns vielleicht weiterhelfen.«

Das Lächeln verschwand aus Ansprengers Gesicht, seine Freundlichkeit blieb.

»Natürlich. Womit kann ich Ihnen helfen?«

»Wir benötigen den Chatverlauf von...«, begann Barbara.

»Das wird nicht möglich sein«, unterbrach Ansprenger augenblicklich.

»Doch, entweder jetzt gleich oder mit einem Durchsuchungsbeschluss, wobei wir dann aber die ganze Bude auf den Kopf stellen«, meinte Thomas mit strengem Tonfall.

Marco Ansprenger lehnte sich in seinem Stuhl zurück und blickte den Bezirksinspektor verständnisvoll an.

»Herr Inspektor, Sie verstehen nicht. Ich bin gerne bereit Ihnen jegliche Unterstützung zukommen zu lassen. FiLo ist mein Baby und wir leben von guter Publicity. Ich habe diese Datingplattform zusammen mit Experten für

Datenschutz, Internetsecurity und sogar einigen Hackern aufgebaut. Wir versprechen absolute Diskretion, Transparenz und...«

»Kommen Sie zum Punkt«, fiel ihm Thomas ins Wort.

»Jede Nachricht wird nur solange auf unseren Servern gespeichert, bis sie von einem User abgerufen wird. Dann wird sie auf seinem Device gespeichert und bei uns gelöscht. Aufgrund der großen Anzahl von Nachrichten kann ich Ihnen auch versichern, dass diese gelöschten Daten längst mehrmals überschrieben wurden und eine Wiederherstellung unmöglich ist. So leid es mir tut, aber genau dieser Punkt, die Privatsphäre bei den Nachrichten, ist eines unserer Versprechen an unsere Mitglieder. Wir haben selbst schon mehrmals außenstehende Experten darauf angesetzt und wurden für unsere Datenschutzbestimmungen sogar ausgezeichnet.«

»So ein Schas«, fluchte Thomas.

»Okay«, übernahm Barbara, »was können Sie uns von einer Userin anbieten?«

»Ihr Profil, Kundenkennwort und Passwort, ihre Liste von Likes und Dislikes und eine Statistik der Zugriffe. Diese kann ich filtern nach Datum, Uhrzeit und IP-Adresse.«

Barbara hob die Augenbrauen.

»Da kommt mir eine Idee«, sagte sie entschlossen.

Dieter saß vor seinem Computer, auf welchem gerade die Daten des FiLo-Geschäftsführers eintrafen.

»Das hast du wohl bei ‚CSI Miami‘ oder einer dieser Serien gesehen«, sagte er zu dem Telefonlautsprecher vor ihm.

»Aber es ist möglich, oder?«, meinte Barbara aus dem Lautsprecher.

»Wenn die Daten genau genug sind, kann ich ein Bewegungsprofil erstellen, zusammen mit den Handydaten. Es sollte kein Problem sein, herauszufinden, wo sie sich zuletzt eingeloggt hat. Ich werde mich etwas spielen und euch anrufen, sobald ich Ergebnisse habe.«

»Danke, du bist wirklich ein Schatz.«

»Dieter hat eine Beschäftigung, was machen wir?«, fragte Barbara nach dem Telefonat.

Thomas stand neben ihr vor dem Bürogebäude, war aber selbst mit seinem Handy beschäftigt und reagierte erst, als sie ihm einen kleinen Schubs gab.

»Alles gut?«

Thomas nickte und steckte sein Handy ein.

»Wir müssen auf die Berichte von Dieter und der Gerichtsmedizin warten«, sagte er, »Laut ihrem Facebook-Profil hätte Valerie Kainz am Abend ein Treffen mit ihren Freundinnen geplant. Kannst du dich da schlau machen? Vielleicht bringt uns das weiter.«

»Jawohl, Chef. Was machst du?«, wollte Barbra wissen.

»Um ehrlich zu sein, einen Wohnzimmerkasten abholen und aufbauen. Meine Freundin hat mich gebeten, ihr zu helfen. Sollte es irgendwelche Neuigkeiten geben, bin ich natürlich…«

Sie winkte ab.

»Schon okay, Thomas. Ich kümmere mich um die Freundinnen und erstatte dir morgen Bericht.«

Nachdem er ihr für ihr Verständnis gedankt hatte, machte sich Thomas auf den Weg zu seiner Freundin Elisabeth.

Sie hatte ihm bereits geschrieben, dass sie die Pakete aus dem Möbelhaus in ihrem Wagen hatte und auf dem Heimweg war. Im Geschäft hatte man ihr noch beim Einladen geholfen, daheim würde sie aber eine starke Männerhand benötigen.

Eigentlich wollte Barbara Valeries Mitbewohner nur einen Besuch abstatten, um die Daten der besagten Freundinnen zu erfahren. Doch zu ihrem Glück, waren die beiden Damen gerade anwesend. Zusammen mit Mark Corban saßen sie mit tränenverheulten Augen im Wohnzimmer.

»Wissen Sie schon, wer ihr das angetan hat, Frau Inspektor?«, fragte die blonde Freundin, die sich als Nicole vorstellte.

»Wir sind gerade erst am Anfang und gehen jeder Spur nach. Sie haben sich gestern zu einem Mädchenabend verabredet, stimmt das?«

»Ja«, antwortete die andere. Sie war schwarzhaarig und extrem dünn. Im Gegensatz zu ihrer Freundin hatte sie sich noch nicht im Griff, sie zitterte am ganzen Körper. Mark hatte den Arm um sie gelegt, doch auch er schien es nicht zu schaffen, sie zu beruhigen.

»Wir kennen uns von der Uni und wollten etwas trinken gehen. Valerie… sie hat gemeint, sie mag keinen Alkohol und deshalb… Also wir beide trinken auch keinen, darum wollten wir ja gemeinsam gehen.«

»Aber gegen 17 Uhr hat sie abgesagt«, übernahm Nicole wieder das Wort, »Sie hat gemeint, sie muss noch etwas für die Uni erledigen und hat völlig darauf vergessen. Ich habe versucht, sie umzustimmen, aber wir kennen sie…« Sie schniefte und erneut traten ihr Tränen in die Augen.

»Die Mädels kannten Valeries Ehrgeiz«, sprach Mark mit leiser, trockener Stimme, »Wenn es um das Studium ging, war alles andere Nebensache.«

Er stockte und Barbara gab ihm die Zeit, sich zu sammeln.

»Ich wollte sie ebenfalls überreden«, fuhr er nach einigen Sekunden fort, »Ich habe ihr noch gesagt, sie soll doch auch einmal ihr Leben genießen. Und dann…«, Er verstummte, riss die Augen auf und starrte Barbara entgeistert an.

»Oh fuck, ich habe sie quasi überredet!«, stieß er hervor.

»Moment, erstmal der Reihe nach«, bat Barbara, »Wir sind im Moment bei Valerie, die nicht gehen wollte. Wieso ist sie dann doch ausgegangen und vor allem, wohin und mit wem?«

Mark schluckte und überlegte einige Sekunden lang.

»Es muss so halb acht gewesen sein… Kurz nach 19:45, die Nachrichten im ORF waren gerade zu Ende. Da ist sie fertig gestylt und angezogen aus ihrem Zimmer gekommen und hat gemeint, dass sie mit allem fertig sei. Ich habe nicht weiter nachgefragt und bin davon ausgegangen, dass sie die Mädchen trifft. Ich habe noch gemeint, sie solle Chantal grüßen lassen du sich einen schönen Abend machen.«

»Chantal?«, fragte Barbara nach.

Die Schwarzhaarige blickte auf.

»Das bin ich.«

»Okay. Aber sie hat sich nicht mit euch getroffen und auch niemand informiert, wohin sie gegangen ist.«

Alle drei schüttelten den Kopf.

»Wusstet ihr, dass sie auf der Dating-App FiLo angemeldet war?«

»Klar, das haben wir alle gemeinsam gemacht«, sagte Nicole.

»Ich habe mit Valerie ihr Profil erstellt. Sie war nicht sehr begeistert und hat sehr wenig von sich verraten, aber wenigstens hat sie es probiert«, sagte Chantal, stockte aber dann.

»Ich habe ihr das Profil eingeredet, wegen dem sie jetzt…«, sie brach in Tränen aus.

»Nein, niemand von euch ist an irgendetwas schuld«, versuchte Barbara sie zu beruhigen. Ihr war aber klar, dass sie wenig Erfolg hatte. Deshalb verschwand sie kurz aus dem Zimmer und rief die polizeiliche Kriseninterventionsabteilung an. Sie bat um eine Beamtin, die sich um die Jugendlichen kümmern sollte. Die Beamten des Kriseninterventionsteams waren speziell geschultes Personal, die bei akuten traumatischen Situationen den Angehörigen und nahen Bekannten zur Seite standen.

»Das wäre vorerst alles«, sagte Barbara, als sie wieder ins Zimmer trat.

»Eine Kollegin wird in einer halben Stunde vorbeikommen, aber die stellt keine Fragen zu dem Verbrechen. Sie kommt, um sich um euch zu kümmern, um eure Trauer«, erklärte sie den drei Jugendlichen.

Mark nickte und flüsterte ein »Danke«. Barbara fiel es nicht leicht, aber sie musste die Jugendlichen sich selbst überlassen, auch wenn sie die vor Trauer geschockten Gesichter im Geiste verfolgten.

»Du hast es gut, Thomas. Du bist bei deiner Freundin und hast eine hoffentlich gelungene Ablenkung«, murmelte sie auf dem Weg zu ihrem Fahrzeug. Sie entschied, ihren Bericht von daheim aus zu schreiben und ebenfalls nach Ablenkung zu suchen, bis weitere Ergebnisse erzielt wurden.

Montag, 4. März
8:45 Uhr

Barbara war gerade im Begriff, die Polizeidienststelle zu betreten, als Thomas hinter ihr erschien.

»Morgen!«

Barbara drehte sich um und blickte in das bestens gelaunte Gesicht ihres Kollegen.

»Na, du bist ja heute in besonders guter Stimmung.«

»Und das obwohl ich schon länger munter bin«, antwortete Thomas grinsend.

»Lass mich raten, Guten-Morgen-Sex?«

Thomas' Lächeln wurde noch eine Spur breiter.

»Die Details erspare ich dir, aber ihre Nachbarn sind sicherlich angefressen, weil sie seit 5 Uhr nicht mehr schlafen konnten.«

Thomas zog einen grünen, zehn Zentimeter langen Stab hervor und zog am Mundstück.

»Was ist denn das?«, fragte Barbara.

»Eine Einweg-E-Zigarette. Damit ich nicht ständig nach Zigarettenrauch schmecke.«

Die ausgestoßene Wolke streifte Barbara, die schnupperte.

»Irgendwas mit Apfel. Riecht auf alle Fälle besser.«

»Okay, soviel dazu. Nun zu den weniger angenehmen Dingen des Tages«, meinte Thomas und legte sein Grinsen ab, »Dieter hat uns eine Karte geschickt, darauf werden wir die letzten Stunden von Valerie Kainz nachvollziehen können. Unsere Vermutung dürfte richtig sein, sie war bis zuletzt auf FiLo eingeloggt. Aufgrund der wirklich strengen Datenschutzmaßnahmen können wir nicht feststellen, welches Profil sie zuletzt angesehen hat.«

»Wie viele Personen kommen in Frage?«

»Sie hat 36 Männer geliked, 21 davon wohnen in Wien.«

Barbara stöhnte auf.

Gleich nachdem Barbara ihren Platz eingenommen hatte, fand sie unter ihren Emails eine weitere Benachrichtigung von Dieter. Er hatte sich gründlich mit dem Laptop von Valerie Kainz beschäftigt, konnte ihnen aber nichts Aufschlussreiches berichten.

»Unter den privaten Dateien befinden sich Fotos von ihr, ihrer Familie, sowie ein Urlaub mit einer Freundin in Italien vor zwei Jahren. Die Dokumente auf dem Laptop reichen von Studienmaterial über Bewerbungsschreiben bis zu Urlaubsplänen. Nichts davon hat einen Bezug zu dem Mord. Die Dating-App gibt es im Moment nur für´s Handy, auf ihrem Laptop findet man nichts dazu.

Sogar ihr Internetverlauf entspricht dem Bild der braven Unschuld. Fast nur Seiten, die sie für ihr Studium besucht hat, ein bisschen Facebook, Amazon und Nachrichtenseiten«, fasste sie die wichtigsten Infos aus seiner Mail zusammen.

Thomas fand den bereits fertig geschriebenen Bericht von Barbara bezüglich ihres Besuchs bei den Freundinnen von Valerie Kainz.

»Gibst du mir eine Zusammenfassung?«, fragte er.

»Keiner weiß, wen sie getroffen hat. Ihren Freundinnen hat sie abgesagt, um dann später in die Stadt zu fahren. Verglichen mit Dieters Handydaten und den Onlinezeiten auf der App ergibt sich folgendes: Valerie verlässt um 19:45 ihre Wohnung und fährt zum Schwedenplatz. Der letzte dokumentierte Login auf FiLo erfolgte um 20:24, die letzte SMS kam um 20:31 auf ihr Handy. ‚Ich habe einen Parkplatz gefunden, bin gleich bei dir‘, lautete diese. Danach ist das Handy zwölf Minuten am selben Standort geblieben und wurde dann abgedreht.«

Thomas hörte ihr mit geschlossenen Augen zu und strich dabei über sein Kinn.

»Warum?«, sagte er, nachdem Barbara fertig mit ihrer Ausführung war.

»Was warum?«

»Warum dreht sie ihr Handy ab? Ein Mädchen wie Valerie, die angeblich wenig Erfahrung mit Männern und Dates hat, die einen noch recht kindlichen Eindruck macht… Warum dreht sie ihr Telefon einfach so ab?«, überlegte Thomas.

»Mir fällt nur ein Grund ein«, sagte Barbara, »Nicht sie hat es abgedreht, sondern ihr Mörder. Abgedreht oder zerstört.«

Thomas nickte zustimmend.

»Der Schwedenplatz ist videoüberwacht. Wir statten den Kollegen vor Ort einen Besuch ab«, entschied er, griff nach seiner Lederjacke hinter sich auf der Stuhllehne und erhob sich.

»Der Herr ist heute aber sehr motiviert«, attestierte ihm Barbara grinsend und stand ebenfalls auf.

»Bin ich. Wir gehen zu Fuß, sind ja nur fünfzehn Minuten«, entschied Thomas.

Unterwegs berichtete Barbara von ihrem gestrigen Nachmittag, der weitaus weniger zu bieten hatte als Thomas'.

»Die App ist zwar großteils echt toll, auch für Leute wie mich, die nur den schnellen Spaß zwischendurch suchen. Aber an manchen Tagen sind einfach nur Idioten unterwegs«, berichtete Barbara. Sie benutzte »FiLo« schon länger, wobei sie nicht auf der Suche nach einer Beziehung war, sondern nach unverbindlichen Abenteuern. Sie betonte auch immer wieder, dass sie verantwortlich für sein derzeitiges Liebesglück war.

Mehr Details über ihr Privatleben, speziell in diesem Bereich, wollte Thomas gar nicht erst erfragen.

Der Schwedenplatz an der Grenze des ersten zum zweiten Bezirk war einer der bekanntesten Plätze Wiens. Direkt am

Donaukanal gelegen befand sich hier die Schiffsstation für die Verbindung nach Bratislava. Daneben war der Platz Knotenpunkt für zwei U-Bahnen, mehrere Straßenbahnlinien und Busse. Die mehrspurige Straße neben dem Kanal diente jeden Tag unzähligen Fahrzeugen als Verbindung quer durch die Stadt. Das angrenzende, Bermudadreieck genannte Viertel, war als Ausgehviertel bekannt. In den Gassen des alten Viertels im ersten Bezirk versammelten sich alle Gesellschaftsschichten zu nächtlichen Lokaltouren, sei es in modernen Szenebars oder einfachen Lokalen. Aber der Platz war auch als wichtiger Drogenumschlagplatz und für andere illegale Geschäfte bekannt. Aus diesem Grund war die Polizeistation in der U-Bahnstation immer gut besetzt.

Schon beim Eintreten hob Thomas seine Kokarde hoch, um sich als Beamter im Kriminaldienst auszuweisen.

»Tag die Dame, Morgen Herr Inspektor«, grüßte sie der Polizist direkt vom Pult aus, »Was verschafft uns die Ehre?«

»Morgen. Uns war fad, deshalb haben wir uns gedacht, wir besuchen euch und schauen ein paar nette Videos.«

Der Polizist verstand, worauf Thomas hinauswollte, hielt den beiden Bezirksinspektoren die Tresenklappe auf und begleitete sie in den hinteren Bereich der Inspektion.

»Was für ein Video darf es denn sein?«, fragte der Beamte nach.

»Wir interessieren uns für den 2. März, ab 20:00. Das Lokal an der Ecke Laurenzerberg.«

Der Beamte verdrehte die Augen.

»Vegane Burger, wer braucht denn sowas?«

»Wir sind nicht da, um Leuten beim Essen zuzusehen«, stellte Thomas fest.

»Außerdem sind die Burger richtig gut. Ich bin mir sicher, Sie würden keinen Unterschied feststellen, wenn Sie es nicht wissen«, meldete sich Barbara zu Wort.

»Fleisch bleibt Fleisch. Aber das ist nur meine Meinung«, grummelte der Mann, während er auf einem Computer herumtippte.

Er konnte ihnen zwei Perspektiven anbieten, bei denen der Platz vor dem Eingang deutlich zu sehen war. Kaum starteten beide Videos synchron auf zwei Bildschirmen, deutete Barbara auf eine junge Frau, die neben dem Eingang auf der Holzbank Platz genommen hatte.

»Bingo, da ist sie!«, rief sie auf.

»Das freut mich, Frau Kollegin. Ich nehme an, Sie kennen sich mit der Steuerung aus. Genießen Sie den Film, Cola und Popcorn sind heute leider aus, dafür gibt es nach der Vorstellung gerne gratis Kopien fürs Heimkino«, scherzte der Beamte und ließ sie dann alleine in dem Zimmer.

»Ein echter Witzeklopfer«, meinte Thomas und ließ das Video weiterlaufen.

»Vielleicht haben wir einmal Glück und einen leichten Fall vor uns«, meinte Barbara, die das Video auf dem zweiten Bildschirm stoppte und bei Thomas mitsah.

»Verschrei es nicht«, tadelte er sie.

Im Video saß Valerie Kainz auf der Bank und blickte auf ihr Handy. Am unteren rechten Rand des Videos lief die genaue Uhrzeit mit, inzwischen war es 20:14.

Nach zwei Minuten beschleunigte Barbara das Video, da Valerie Kainz immer noch auf demselben Platz saß und mit ihrem Handy hantierte.

»Sie hat zwischendurch noch ein paar SMS von ihrem Mörder erhalten. Aber… jetzt ist es genau 20:24, ihr letztes Login auf FiLo«, Barbara ließ den Film wieder in normaler Geschwindigkeit weiterlaufen. Das Mädchen schien sich etwas in der App genauer anzusehen, dann steckte sie ihr Telefon ein und erhob sich. Nach ein paar Schritten blieb sie stehen und sah sich mehrmals um, bevor sie sich erneut hinsetzte.

»Sie hat eine Ausdauer«, kommentierte Barbara das Bild der regungslosen Frau.

Erst um 20:31 rührte sie sich wieder, sie zog ihr Handy aus der Tasche.

»Die letzte SMS, jetzt wird es endlich interessant«, meinte Thomas.

Zwei Minuten später stand Valerie Kainz plötzlich auf, wandte sich nach rechts und ging los. Sie blieb neben dem Burger-Restaurant stehen. Nach wenigen Sekunden ging sie weiter und verschwand aus dem Bild.

»Na leck mich doch... Was war denn das jetzt für ein Schas?«, fluchte Thomas.

»Nicht aufregen und fluchen. Wir brauchen nur...«, Barbara ging zum Computer und suchte nach einer anderen Kameraeinstellung. Nachdem sie zur gewünschten Zeit vorgespult hatte, ließ sie das neue Video vor Thomas' Bildschirm starten.

»Na bitte«, lobte sie sich selbst.

Nun war der Eingang zum danebenliegenden Hotel zu sehen. Valerie stand dicht beim Eingang und sprach mit jemanden. Dieser stand im Eingang zum Hotel und war somit nicht zu erkennen. Valerie lächelte kurz und folgte ihm dann ins Hotel.

Thomas wandte sich Barbara zu.

»Vielleicht haben wir einmal Glück und einen leichten Fall vor uns?«, sagte er zynisch.

Barbara hob entschuldigend die Hände.

»Sorry«, antwortete sie kleinlaut.

Während sich Barbara darum kümmerte, dass ihnen die Videoausschnitte kopiert und zugeschickt wurden, ging Thomas zum Hotel. Vor dem Eingang stehend sah er sich um, entdeckte die Kamera, aber keine weitere. Er überprüfte den Eingangsbereich und musste zugeben, dass der mutmaßliche Mörder genau wusste, wo er zu stehen hatte, um unerkannt zu bleiben. Beim Betreten des Hotels fluchte er innerlich über die dunkel gehaltene Empfangshalle. Hinter der Rezeption standen zwei Angestellte, die ihn begrüßten. Mit dem Ausweis in der Hand stellte er sich zwischen den Mann um die dreißig und die ältere Frau vor den Tresen.

»Bezirksinspektor Kratochwil, guten Tag. Zuerst gleich einmal folgendes: Gibt es im Hotel eine Überwachungskamera, die den Raum hier aufnimmt?«

Ohne zu zögern schüttelten beide den Kopf.

»Wir haben eine Sicherheitsfirma, die darauf schaut, dass keine unerwünschten Personen unsere Gäste belästigen«, erklärte ihm die Dame.

Thomas überlegte kurz seine Möglichkeiten und erklärte ihnen dann sein Anliegen. Er wollte mit einem Hotelangestellten sprechen, der vor zwei Tagen abends Dienst hatte und sich vielleicht an eine Person erinnern konnte, die mit einer jungen Frau das Hotel betreten hatte. Die Frau vor ihm schüttelte den Kopf.

»Es tut mir leid, da kann ich Ihnen nicht helfen. Ich selbst hatte am 2. März Spätdienst, war also bis 22 Uhr hier an der Rezeption tätig.«

»Dann sind Sie ja genau die Richtige«, meinte Thomas, erntete aber nur ein erneutes Kopfschütteln. Dabei zeigte sie an Thomas vorbei. Gleich neben der Schiebetür befand sich der Durchgang zur Hotelbar.

»Unsere Bar steht auch Gästen von außerhalb zur Verfügung. Der 2. März war ein Samstag, um 20 Uhr gehen hier die Leute ein und aus. Unsere Klientel ist altersunabhängig, in jeder erdenklichen Kombination. Wenn das Paar sich nicht auffällig verhalten hat, kann sich niemand mehr an sie erinnern.«

Sie dachte kurz nach, schüttelte dann aber den Kopf.

»Nein, es tut mir leid, ich kann mich an keine Vorkommnisse erinnern.«

Thomas musste sich zusammenreißen, um nicht zu fluchen. Da ihm keine anderen Möglichkeiten einfielen, dankte er den beiden und verabschiedete sich. Vor dem Hotel stand bereits Barbara.

»Dein Blick sagt alles«, meinte sie nur.

»Wir gehen durch die Stadt zurück«, entschied Thomas. Der längere Weg sollte ihm helfen, seine Unzufriedenheit abzuschütteln.

Weder Barbara noch Thomas hatten es eilig, zurückzukommen, vor allem da ihnen im Moment jeglicher Ansatz fehlte, um weiterzusuchen. Sie spazierten über den Stephansplatz den Graben entlang, bis Thomas auf Höhe der Pestsäule vorschlug, einen Abstecher ins nächste Caféhaus zu machen. Das Wetter lud dazu ein, im Freien zu sitzen. Von ihrem Platz aus konnten sie bei einer Wiener Melange den Touristen zusehen, wie sie die Fußgängerzone entlangschlenderten und die Auslagen der luxuriösen Geschäfte begutachteten. Ihnen gegenüber konnten sie ein kleines Modegeschäft sehen, an dessen Tür ein Mitarbeiter wie ein Türsteher stand.

»Viel zu nobel für meinen Geschmack«, meinte Barbara.

»Ich kenne kaum jemanden, der so mit Geld um sich werfen kann und nicht völlig abgehoben ist«, bestätigte Thomas.

»Was ist mit deiner Freundin? Eher bodenständig oder …?«, wollte Barbara erfahren.

»Charakterlich auf jeden Fall. Ansonsten hätte sich das Ganze nicht so entwickelt. Aber sie hat Geld und das nicht erst seit ihrer Scheidung.«

»Was macht sie denn beruflich?«, fragte Barbara nach, als Thomas' Telefon läutete.

Als sich seine Miene beim Blick auf das Display erhellte, war Barbara beruhigt, dass es sich nicht um etwas Dienstliches handelte.

»Hallo, mein Süßer. Ich hoffe, ich störe nicht?«, meldete sich Thomas' Freundin Elisabeth.

»Überhaupt nicht. Ich sitze gerade mit meiner Kollegin bei einem Kaffee am Graben und verdränge den Gedanken an einen wahrscheinlich mühsamen Fall.«

»Dann habe ich einen Vorschlag, um dich bei guter Laune zu halten. Deine Tochter hat mich gerade angerufen. Sie liegt krank daheim, ordentlich verschnupft. Aus dem gemeinsamen Essen wird nichts. Aber wie wäre es, wenn wir beide trotzdem heute Abend Essen gehen. Ich hatte vor, meine Nichte zu fragen, ob sie mitkommt. Wir haben uns schon länger nicht mehr gesehen und ich möchte ihr gern meinen Freund vorstellen.«

»Ja, warum nicht.«

»Und nächstes Mal nimmst du deine Kollegin mit, okay?«

»Das heißt, heute werde ich von deiner Verwandtschaft begutachtet und nächstes Mal von meiner Kollegin vor dir bloßgestellt, na das sind Aussichten«, beschwerte sich Thomas scherzhaft.

»Gut erkannt, mein Süßer«, stimmte sie ihm lachend zu.

Elisabeth hatte bereits ein Lokal ausgesucht. Es war nur wenige Minuten von Thomas' derzeitigem Standort entfernt und ein besonders elegantes Restaurant.

Ein Luxusschuppen, dachte Thomas, da muss es mein bester Anzug sein.

Er bot an, sie abzuholen, doch sie entgegnete ihm, dass sie sowieso vorher beruflich in seiner Gegend unterwegs war.

»Ich erwarte dich um 19 Uhr vor deiner Haustür.«

Thomas kannte sie bereits gut genug, um nicht zu widersprechen.

»Nach dem Essen können wir zu mir fahren«, schlug er vor, »Deine Nachbarn haben diese Nacht etwas Ruhe verdient.«

»Glaubst du, bei dir wird es leiser?«, fragte Elisabeth keck.

»Ich hoffe nicht. Mein Nachbar ist ein Student mit wechselnden Freundinnen, der oft Party daheim macht. Der wird sich hüten, sich zu beschweren, wenn es lauter wird.«

»Dann machen wir es so.«, Elisabeth klang erfreut über seinen Vorschlag, »Ich werde dich wieder arbeiten lassen. Schöne Grüße an deine Kollegin, demnächst lerne ich sie sicher kennen.«

Thomas verabschiedete sich und sah in ein schmunzelndes Gesicht seiner Kollegin.

»Also ist es ziemlich laut bei euch im Bett?«, fragte Barbara, die nicht mitbekommen hatte, was Thomas' Freundin gesprochen hatte.

»Wenn du es genau wissen willst, ja, laut und ausdauernd.«

Barbara wollte etwas entgegnen, aber Thomas hob die Hand.

»Ich zahle, dafür lassen wir das Thema. Wir sollten zurück an den Schreibtisch und auf eine Eingebung hoffen«, beendete er das Thema. Auch wenn er seine Kollegin als gute, verlässliche Freundin sah, waren ihm die intimen Details zu persönlich.

Auf ihrem Weg zur Arbeit überlegte Thomas, ob seine Freundin die Nichte bereits erwähnt hatte, ihm fiel aber nichts ein. Er wusste nur, dass die Tochter aus ihrer ersten Ehe als Kind verstorben war, hatte aber nicht genauer nachgefragt.

Egal, zuerst die Arbeit, nahm er sich vor und konzentrierte sich auf den aktuellen Fall.

Zurück an ihren Schreibtischen erwarteten sie keine Neuigkeiten, die ihnen eine neue Spur liefern konnten. Deshalb revanchierte sich Thomas für seinen freien Nachmittag und schickte Barbara in den Feierabend.

19:00 Uhr

Laura erwachte und fühlte sich, als hätte sie die letzte Nacht durchgesoffen. Dabei erinnerte sich die 20jährige nur an einen alkoholischen Cocktail. Sie konnte ihre Umgebung nur verschwommen wahrnehmen, ihr Kopf dröhnte schmerzhaft. Die letzte Erinnerung, die sie hatte, war dieser Fan, der sie auf der Straße angesprochen hatte, als sie alleine draußen stand und rauchte. Er hatte gesagt, dass er ihre Instagram-Seite kannte, auf der sie ihre eigene Schuh- und Schmuckkollektion vermarktete. Sie erinnerte sich auch, dass der Unbekannte sagte, dass sie wunderschöne Beine hatte.

Laura stöhnte und versuchte, sich aufzurichten, merkte aber, dass ihr Körper nicht gehorchte. Sie hatte jegliches Zeitgefühl verloren, spürte, dass sie hungrig war und sehr großen Durst hatte.

Sie konnte sich nicht bewegen, nur den Kopf heben. An ihren Händen spürte sie dicke Bänder.

»Meine Beine«, krächzte sie, aufgrund ihres trockenen Halses, »Ich kann meine Beine nicht spüren.«

»Das ist ganz verständlich«, verkündete eine Männerstimme ganz in ihrer Nähe. Sie zuckte zusammen, versuchte sich umzusehen, aber in ihrem eingeschränkten Blickfeld konnte sie niemanden erkennen. Sie hörte Schritte näherkommen und das Geräusch von Metall, das aneinanderstieß.

»Wer sind sie?«

»Ich würde sagen, ein wahrer Fan.«

Laura versuchte, die aufsteigende Panik zu unterdrücken. Irgendein Verrückter musste sie betäubt und entführt haben.

»Was willst du von mir? Mach mich los und wir können in aller Ruhe darüber reden«, bot sie der unbekannten

Stimme an. Dabei bemühte sie sich, ihre Angst zu unterdrücken.

»Aber nicht doch, liebes Kind. Ich habe doch schon, was ich wollte.« Die Stimme klang ruhig und freundlich, was ihr noch mehr Angst einjagte.

»Was wollen Sie? Mich? Bitte, ich bin gerade einmal 20 Jahre. Wenn Sie über mich herfallen wollen, dann binden Sie mich los und ich verspreche, mich nicht zu wehren.«

»Also bitte, wie kannst du nur sowas von mir denken?« Nun klang der Mann beinahe empört.

»Du bist ohne Zweifel eine sehr attraktive Frau, aber das Schönste an dir sind deine Beine.«

Jetzt erinnerte sie sich wieder, dass sie eben diese Beine nicht spürte.

»Ich kann meine Beine nicht spüren«, wiederholte sie.

»Das liegt daran, dass du keine Beine mehr hast«, kam die gelassene Antwort.

Laura glaubte, ihn falsch verstanden zu haben und versuchte, den Kopf noch eine Spur weiter zu heben. Sie sah an sich herab, erkannte, dass sie zwar ihr Shirt trug, aber nur noch ihre Unterhose. Wieder versuchte sie ihre Beine zu bewegen, aber nichts passierte. Sie sah ihre Oberschenkel, aber weiter hinunter war nichts.

»Was soll das heißen? Natürlich habe ich ...«, sie stockte und richtete sich weiter auf, auch wenn ein Gurt, der um ihren Oberkörper gespannt war, schmerzhaft auf ihre Brust drückte. Ihre Oberschenkel endeten, wo sie bislang ihre Knie hatte. Weiter war nichts, keine Knie, keine Beine, keine Füße. Die Schenkel waren nach zwanzig Zentimetern in dicke weiße Verbände eingewickelt, auf denen sich an mehreren Stellen rotbraune Flecken gebildet hatten, die größer zu werden schienen.

Langsam ließ sie sich zurücksinken und überlegte. Das musste ein Traum sein, ein Alptraum. Vielleicht hatte ihr jemand Drogen in den Cocktail gemischt. Vielleicht träumte sie und das realer, als jemals zuvor. Wobei, sie spürte keine Schmerzen und wenn ihre Beine abgetrennt worden waren, müsste das doch sehr wehtun, dachte sie.

»Was ist passiert, wo sollen meine Beine sein?«, krächzte sie verwundert.

»Ich habe sie dir abgenommen, um diese Meisterwerke der Natur für alle Zeiten aufzubewahren. Deine Beine sind so perfekt, sie verdienen es, in diesem Zustand erhalten zu bleiben. Freu dich, sie werden nicht mehr älter, es werden immer diese jungen, makellosen Beine sein.«

Laura verstand nur die Hälfte, es ergab keinen Sinn für sie. Sie schüttelte den Kopf, hoffte, aus ihrem Traum aufzuwachen. Plötzlich tauchte über ihr ein Gesicht auf. Es war verschwommen, aber sie erkannte den Mann. Es war derselbe, der sie am Abend angesprochen hatte.

»Die Anästhetika werden demnächst nachlassen. Ich werde dich nicht leiden lassen, keine Sorge.«

Noch bevor sie darauf antworten konnte, spürte sie einen kleinen Stich in ihren Hals. Ihr wurde etwas Kaltes gespritzt, nur Sekunden später wurde es schwarz um sie. Es fühlte sich an, als würde sie in ein unendlich tiefes Loch fallen, sie spürte nichts mehr und dachte, dass sie nun wieder einschlief. Sie wusste nicht, dass sie aus diesem Schlaf nicht mehr aufwachen würde.

Thomas und Elisabeth nahmen an dem elegant gedeckten Tisch für vier Personen Platz.

Für seinen Geschmack war das Lokal viel zu dekadent. Goldenes Besteck lag vor ihnen, die Stoffservietten wurden von goldenen Serviettenringen in Form gehalten.

Elisabeth überflog die Weinkarte und bestellte eine Flasche Rotwein. Thomas kannte weder die Marke noch den Jahrgang, musste aber nach dem ersten Schluck eingestehen, dass seine Begleitung eine sehr gute Wahl getroffen hatte.

Elisabeth war wie immer gut gekleidet und bestens gestylt. Für Thomas' Geschmack verwendete sie zu viel Make-up, ohne »Bemalung«, wie er es nannte, wirkte sie auf ihn authentischer und sympathischer.

Während sich Elisabeth für eine Gemüselasagne entschied, bestellte Thomas ein Pfeffersteak. Dabei ließ er sich nicht anmerken, dass er die Preise für maßlos überteuert hielt.

Elisabeth machte einen großen Schluck und lächelte den Kellner an, nachdem sie ihre Bestellung aufgegeben hatten.

»Der Koch kann aber noch warten, wir erwarten noch zwei Personen. Und richten Sie dem Koch schöne Grüße von seiner Lisi aus dem Innenministerium aus. Er soll sich daran erinnern, dass ich eine ordentliche Portion vertrage.«

Ohne eine Miene zu verziehen, nickte der Kellner und verschwand. Thomas hingegen sah sie mit großen Augen an.

»Du arbeitest im Innenministerium?«

»Nicht mehr, aber ich habe aus der Zeit noch einige Freunde. Andernfalls hätte ich nicht diese Nobelbude ausgesucht. Die Preise hier sind ja sowas von übertrieben, auch wenn Maurice ein hervorragender Koch ist.«

Thomas überkam ein ungutes Gefühl in der Magengegend.

»Darf ich fragen, wo im Innen…?«

»Darfst du, aber zuerst begrüßen wir unsere Abendgesellschaft«, unterbrach sie ihn und winkte jemandem hinter ihm zu.

Thomas erhob sich, drehte sich um und erstarrte.

Vor ihm stand Innenminister Michael Steinberger, der ihn ebenfalls entgeistert anstarrte. Seine Nichte Barbara war ebenfalls überrascht und sah von Thomas zu Elisabeth und zu ihrem Onkel.

»Das kann jetzt nicht wahr sein«, brachte Barbara hervor.

»Von allen Männern dieser Welt sucht sich meine Ex gerade Sie aus?«, meinte der Innenminister.

Thomas brachte kein Wort heraus und sah hilflos zu Elisabeth.

»Ihr kennt euch?«, fragte sie verwundert.

»Kann man so sagen«, antworteten beide Männer gleichzeitig.

»Wir haben eine bewegte Vergangenheit miteinander«, fuhr Steinberger fort und ließ Barbara Platz nehmen, bevor er sich neben Thomas setzte.

»Und du hast nichts gewusst?«, fragte er in Richtung seiner Nichte.

»Nein, Onkel Michi, woher auch? Thomas hat von einer Bekanntschaft über die FiLo-App gesprochen, mehr Details hat er nicht verraten. Tante Elisabeth hat bislang keine Details über ihren Freund erzählt. Jedenfalls keine, von denen ich auf Thomas geschlossen hätte. Ich habe gewusst, dass sich die beiden heute treffen, aber ich wäre nie auf die Idee gekommen…« Sie stockte, als ihr einfiel, worüber sie und Thomas in den letzten Tagen gesprochen hatten.

Sie hielt den vorbeigehenden Kellner auf.

»Bringen Sie mir bitte einen ordentlichen Whisky, am besten einen doppelten«, orderte sie.

Auf Steinbergers fragenden Blick hin, schüttelte sie den Kopf.

»Frag nicht. Frag einfach nicht.«

Nach einer Viertelstunde hatte sich die anfängliche Zurückhaltung gelegt. Dennoch übernahm vor allem Elisabeth das Reden. Thomas wusste bereits, dass sie und Michael Steinberger ohne Streit auseinander gegangen waren. Nun erlebte er, wie gut sich die beiden immer noch verstanden. Barbara bemühte sich, nicht über die Arbeit zu sprechen und fragte das Paar, welche gemeinsamen Aktivitäten sie verbanden. Nur zwischen den beiden Männern wurden wenige Worte gewechselt.

»Was ist das mit euch beiden?«, wollte Elisabeth wissen. Sie bestand darauf, die Vorgeschichte zwischen dem Bezirksinspektor und dem Innenminister zu erfahren und machte klar, dass das gerade servierte Essen kein Hinderungsgrund war.

So berichtete zunächst Steinberger von ihrem ersten Aufeinandertreffen vor einigen Jahren. Der Anlass, ein Kindermörder, sorgte dabei mit einem Schlag für gedämpfte Stimmung am Tisch. Immerhin war das gemeinsame Kind des Innenministers und Elisabeth damals eines der Opfer gewesen. Elisabeth erklärte, dass diese Situation auch der Anfang vom Ende ihrer Ehe war.

»Bevor die Stimmung kippt, gehen wir einige Jahre weiter zu einem Banküberfall«, schlug Barbara vor.

»Meint ihr diese Sache, wo Michael im Untergrund herumgewandert ist und ein verrückter Polizist...«, Elisabeth sah mit plötzlicher erschreckender Erkenntnis zu Thomas.

»Du warst dieser verrückte Polizist, der auf dem Riesenrad herumgeklettert ist?«

Thomas nickte.

Die Geschichte der gemeinsamen Erlebnisse endete mit der Aufdeckung der politischen Machenschaften einer inzwischen nicht mehr existenten Partei im vergangenen Winter.

»Demnach solltest du dich bei Thomas dafür bedanken, dass er deinen Job gesichert hat. Wenn er diese sogenannte Heimatpartei nicht gesprengt hätte, wärst du heute nicht mehr Innenminister.«

»Mit dieser Partei in der Regierung wäre vieles anders verlaufen, aber ich möchte nicht darüber nachdenken, wie schlimm das für unser Land… «, sprach Michael Steinberger in seine Politikerrolle, als wäre er bei einem Interview.

»Unser Land, bla, bla, bla«, äffte Elisabeth ihren Ex-Mann nach, »Der Herr Politiker schafft es kaum, klare Aussagen zu treffen. Sei einfach froh, dass euch die Roten als Koalitionspartner ausgesucht haben und du in deinem Sessel sitzen bleiben durftest.«

»Ich möchte darauf hinweisen, dass es auch für Kratochwil…«, Steinberger stutzte kurz und entschied, sich dem lockeren Ton anzupassen, »… für Thomas zum Vorteil war. Die damals designierte Innenministerin hätte seine Dienststelle völlig auf den Kopf gestellt. Mit einer neuen Chefin und dem Austausch von mehreren Polizisten durch weibliches Personal wäre es eng geworden für ihn.«

»Wäre das so schlimm, wenn du eine Chefin bekommen hättest?«, fragte Elisabeth an Thomas gewandt.

»Mir ist egal ob Mann oder Frau. Ich bin da sehr einfach gestrickt. Frauenquote, Feministen und das alles ist mir wurscht. Ich möchte mit meinen Vorgesetzen zurechtkommen und dasselbe gilt auch für meinen

Kollegen. Mit Barbara habe ich da einen sehr guten Fang gemacht, aber ob das daran liegt, dass sie eine Frau ist, weiß ich nicht.«

Er griff nach seinem Weinglas und füllte es.

»Und nun ich möchte darauf hinweisen«, begann Thomas mit einem Blick zu Michael Steinberger, »dass wir hier keine Politik besprechen, sondern einen schönen Abend zu viert verbringen wollen.«

Barbara hob ihr Glas.

»Lasst uns anstoßen. Egal auf was, außer berufliches und politisches.«

»In diesem Fall, auf eure Beziehung«, meinte Steinberger, »Ich kann Ihnen… dir nur sagen, du hast dir eine sehr selbstbewusste Frau ausgesucht, die genau weiß, was sie will. Sie ist sicher nicht die Einfachste…«

»Aber welche Frau ist das schon«, vervollständigte Thomas den Satz und stieß mit seinem Gegenüber an.

Gerade als der Kellner ihnen die Dessertkarte brachte, klingelte Thomas' Handy. Die Nummer auf dem Display ließ seine Miene verfinstern.

"Dienstlich?", fragte Barbara und erntete ein Nicken.

Thomas hob ab, lauschte und sagte nur "Wir sind am Weg."

"Das erinnert mich an früher", stöhnte Elisabeth auf.

Thomas stand auf, gab ihr einen Kuss auf die Wange und wandte sich an Barbara.

"Wir haben eine weitere Leiche."

Michael Steinberger zog seinen Autoschlüssel heraus und reichte ihn Barbara.

"Nehmt meinen Wagen, das Blaulicht liegt im Handschuhfach."

"Es tut mir leid, wir holen...", entschuldigte sich Thomas bei seiner Freundin, doch die winkte ab.

"Das ist dein Job, damit kann ich umgehen", sagte sie und deutete auf ihren Exmann, "Ich kenne das schon aus meiner früheren Beziehung. Michael wird mich heimbringen."

Barbara setzte sich ans Steuer und öffnete von innen die Beifahrertür.

»Wohin geht die Reise?«

»Nicht weit, zum Resselpark, Karlskirche.«

Obwohl sie nur wenige Minuten Fahrzeit vor sich hatten und um diese Uhrzeit mit wenig Verkehr zu rechnen war, holte Thomas das Blaulicht aus dem Handschuhfach und befestigte den Magneten auf dem Autodach.

"Warum hast du nicht verraten, wer deine Freundin ist?", fragte Barbara, die den Wagen bereits durch eine der engen Gassen der Innenstadt in Richtung Ringstraße lenkte.

"Weil ich es nicht wusste. Elisabeth hat ihren Mädchennamen angenommen und ihre Vergangenheit war nur ein Randthema. Selbst die Sache mit ihrem Kind haben wir nie genauer besprochen."

"Bist du eh nicht eifersüchtig, dass Onkel Michi sie heimbringt?"

Thomas dachte kurz darüber nach. Er musste zugeben, dass ihn die Aussage zuvor für einen Moment gestört hatte. Aber damit musste er zurechtkommen, wenn er die Beziehung ernst nehmen wollte.

"Nein, man merkt, dass die beiden sich gut verstehen. Ich werde ihr vertrauen müssen."

"Ich kann dazu nur sagen, die beiden konnten sich nach der Trennung einige Zeit nicht riechen. Aber sie haben sich zusammengerauft, da sie durch dienstliches Zusammenarbeiten miteinander auskommen mussten. Inzwischen sind sie gut befreundet, mehr wird da aber nicht mehr sein, keine Sorge."

Thomas war klar, dass es vor allem an ihm lag, das Vertrauen in die Beziehung aufzubringen.

"Zurück zur Arbeit", wechselte er das Thema, "Wir sind gleich da.«

Barbara nickte und lenkte den Wagen auf die Straßenbahnschienen, die vom Karlsplatz stadtauswärts führten. Aus ihrer Zeit als Streifenpolizistin kannte sie den Resselpark noch recht gut und wusste, wie sie mit dem Wagen über die breiten Gehwege bis zum Platz vor der Karlskirche fahren konnten. Die Beleuchtung ließ das Gebäude vor dem tiefschwarzen Himmel zusätzlich erstrahlen. Mehrere Lichter rund um den mittleren Turm sorgten dafür, dass die grüne Kuppel gut erkennbar vor ihnen leuchtete. Der Eingang war zwar geschlossen, der Bereich zwischen den Aufgangsstufen und der Tür in die Kirche war in ein angenehm gelbliches Licht getaucht. Ebenso leuchteten die Fenster auf den Seiten, die über einem Steinbogen gebaut waren.

Die beiden fünfzig Meter hohen, massiven Reliefsäulen neben dem Stiegenaufgang gaben der Kirche ihr besonderes Aussehen, welches sie weit über Österreich hinaus bekannt machte.

Nun wurde die Kirche von den Blaulichtern der Einsatzfahrzeuge beleuchtet, die zwischen der Kirche und dem kreisförmigen Brunnenbecken standen. Im seichten Wasser spiegelten sich die Kirche und die Blaulichter, was ein beeindruckendes Farbenspiel ergab. Doch niemand der Anwesenden hatte Zeit und Interesse, sich daran zu erfreuen.

Grelle Scheinwerfer erleuchteten ein paar der Parkbänke, die gegenüber der Kirche standen. Am Rand der Scheinwerferkegel standen Polizisten und ein Team der Spurensicherung hinter dem Absperrband und unterhielten sich.

»Die waren aber schnell«, meinte Barbara.

»Es gibt eine schnelle Einsatzgruppe, die beim Karlsplatz stationiert ist, da sind auch ein paar Leute der Spurensicherung dabei«, erklärte Thomas, während seine Kollegin das Auto abstellte.

Kaum, dass sie aus dem Wagen stiegen, kam ihnen ein Polizist entgegen.

»Guten Abend, sind Sie der zuständige Inspektor?«

Thomas nickte und fragte sogleich nach der Leiche.

»Nun, die ist nicht mehr da.«

»Wieso?«, wunderte sich Barbara.

»Weil mein Kollege zu voreilig war. Wir haben bei unserem Rundgang die Frau auf dieser Bank sitzen gesehen«, er zeigte auf eine Holzbank nur wenige Meter von ihm entfernt. Von allen Seiten waren Scheinwerfer auf sie gerichtet, zwei Personen knieten davor und begutachteten die Sitzfläche und den Boden.

»Nach dem ersten Schock haben wir die Rettung und Verstärkung zu uns beordert.«

»Schock, warum?«, fragte Thomas und deutete dem Mann, schneller fortzufahren.

»Ihre Beine waren abgetrennt, bei den Knien. Zuerst haben wir uns nichts dabei gedacht, es hätte ja auch eine Frau mit amputierten Beinen sein können. Aber dann haben wir gesehen, dass ihre... Das, was von den oberen Beinen vorhanden war, war abgebunden und blutig. Die Frau hatte blutdurchtränkte Verbände und es tropfte noch Blut auf den Boden.«

Thomas strich sich mit der Hand über sein Gesicht.

»Und warum wurde sie schon weggebracht?«

»Weil sie noch lebte«, mischte sich Barbara ein, »Blut gerinnt beziehungsweise hört auf zu fließen, wenn der Körper keine Lebenszeichen mehr von sich gibt.«

»Sie hat nicht reagiert, kein spürbarer Puls. Aber nachdem wir die Kollegen informiert haben und die Rettung eintraf, gab die Frau einen Laut von sich. Nur ein Aufstöhnen, aber sie war nicht tot.«

Barbara reagierte noch bevor Thomas zu ihr blicken konnte. Sie sprang zurück in ihren Wagen.

»Welches Krankenhaus?«

»UKH Meidling. Sie sind...«

Der Wagen neben Thomas startete und er warf sich auf den Beifahrersitz.

»Danke. Schickt alles, was ihr habt, auf unsere Dienststelle, Kommissariat Innere Stadt«

Barbara bremste sich vor dem Haupteingang zum Krankenhaus ein, dass die Reifen über den Gehsteig rutschten. Noch bevor sie völlig zum Stillstand kam, war Thomas schon aus dem Fahrzeug gesprungen. Er rannte die Stiegen hinauf und blieb erst vor dem Portier stehen, der hinter einer Glasscheibe saß und ihn mit müden Augen ansah.

"Wo liegt die Frau mit den abgetrennten Beinen?"

Gleichzeitig drückte er seinen Ausweis gegen die Scheibe.

"Erster Stock, Schockraum. Sie wird gerade operiert."

Inzwischen war Barbara bei ihm und gemeinsam liefen sie einen Stock höher. Die Tür zu den Operationssälen ließ sich trotz kräftigen Ziehens nicht öffnen.

"Ich muss da rein", fluchte Thomas und drückte mehrmals auf den Klingelknopf an der Wand neben ihm. Gleichzeitig sah sich Barbara um, aber außer neugierigen Patienten war kein Personal zu sehen.

Plötzlich öffnete sich vor ihnen die Tür, zwei Ärzte in Plastikkitteln kamen zum Vorschein, die Hände blutverschmiert. Der Blick in ihren Gesichtern war eindeutig.

"Sie sind für diese Verstümmelung zuständig? Ihren Job möchte ich nicht haben", meinte die junge Chirurgin.

"Es gibt angenehmere Sachen, als diesen Wahnsinn", antwortete Thomas.

"Wir konnten leider nichts mehr tun", sagte die Frau.

"Sie hatte keine Chance, zu viel Blut verloren, keine fachgerechte Wundversorgung. Wahrscheinlich hat nur der Schock dafür gesorgt, dass sie nicht schon viel eher ausgeblutet war", ergänzte ihr Kollege, »Die Wunden wurden nur laienhaft abgebunden, der Verband war ebenfalls nicht professionell.«

Sie händigten ihnen eine kleine Umhängetasche aus, in der sich eine Geldbörse und ein Studentenausweis befand.

»Laura Eberle, 20 Jahre«, las Thomas vor, »geboren in Hamburg, wohnhaft in Wien. Der Ausweis stammt von der Wirtschaftsuni Wien.«

Der zuständige Arzt ließ sich die Daten von Thomas und Barbara geben, um die Leiche für die Abholung durch die Rechtsmedizin vorzubereiten.

Auf ihrem Weg aus dem Krankenhaus durchsuchte Thomas die Geldbörse der Toten.

»Ein paar Scheine, Bankomat- und Kreditkarte, Kundenkarten von ein paar Geschäften. Nichts Auffälliges«, meinte er verbittert.

Barbara hatte den Wagen vor dem Krankenhaus auf dem Gehsteig abgestellt.

»Fahr du damit zu deinem Onkel«, schlug Thomas vor und deutete auf die wartenden Taxis neben dem Eingang, »Wir geben der Rechtsmedizin und der Spurensicherung etwas Zeit und kümmern uns morgen in der Früh um alles. Jetzt hat es sowieso keinen Sinn.«

Auch wenn es ihr schwer fiel, musste sie Thomas zustimmen.

5. März

8:10 Uhr

Thomas war bereits munter, als Barbara anrief und mitteilte, vor seiner Haustür auf ihn zu warten. Schon kurze Zeit später hatte er neben ihr Platz genommen und sie erzählte ihm, dass sie bereits die vorläufigen Berichte, die ihnen per Mail zugesandt worden waren, gelesen hatte.

»Ich habe dadurch eine ziemlich genaue zeitliche Abfolge zusammengestellt.«

»Lass hören.«

»Sie hat vorgestern ihre Feier um 23:10 Uhr verlassen, wo sie auch zuletzt lebend gesehen wurde.«

»Ist mir was entgangen? Welche Feier?«, unterbrach Thomas.

Als Antwort zog sie ein Blatt Papier hervor und überreichte es ihm. Es handelte sich um eine Einladung zur Präsentation neuester Schmuckmodelle von Laura Eberle. Auf der Einladung wurde sie »Laura_BeautyFeet« genannt.

»Anhand der Menge an Sedativa in ihrem Körper war sie womöglich einen halben Tag lang ohne Bewusstsein. Deshalb nehme ich an, sie wurde auf ihrem Heimweg entführt. Es gibt keine Handydaten und bislang keine Anhaltspunkte, dass sie nach der Feier noch jemanden getroffen hat. Die Amputation fand gestern gegen 19 Uhr statt, plus minus eine Stunde. Gefunden wurde sie um 21:30.

Der Park gilt immer noch als Drogenumschlagplatz, weswegen es regelmäßige polizeiliche Kontrollen gibt. Dementsprechend konnte die Frau nicht länger als eine Stunde dort auf der Bank gesessen haben. Da der Fundort nicht der primäre Tatort ist, haben wir einen Radius von einer Stunde mit einem Fahrzeug.«

»Was ziemlich viel ist.«

Barbara nickte.

»Was schreibt die Spurensicherung?«

»Der Fundort ist nicht der Tatort, was uns natürlich wenig wundert. Ansonsten gibt es keine Spuren vor Ort. Frau Eberle wurde auf der Bank abgeladen und das war's. Reifenspuren oder anderen Hinweise wurden keine gefunden. Der oder die Täter waren vorsichtig und hatten, soweit wir bisher wissen, keine Zuseher. Ein Kastenwagen, der in den Park einfährt und kurz darauf wieder hinaus, fällt nicht auf, da es mehrere Lieferanten gibt, auch nachts.«

Thomas strich über sein Kinn und seufzte laut.

»Haben wir schon etwas von der Gerichtsmedizin?«

»Der Pathologe kann bestätigen, dass es sich erneut um dieselbe Kreissäge handelt. Eine Randnotiz von ihm: Der Täter verfügt über rudimentäre medizinische Kenntnisse. Die Beine wurden abgebunden und bandagiert, aber mit Sicherheit nicht, um ihr Überleben zu gewährleisten.

Und bei jedem Bericht wurde angemerkt, dass alle hochmotiviert sind, diesen Dreckskerl möglichst rasch zu finden.«

Als sie aus dem Wagen stiegen, holte Thomas seine Zigaretten hervor.

»Heute wieder normale?«, fragte Barbara, bekam aber zunächst nur ein Nicken als Antwort.

»Dir ist klar, was das bedeutet?«, sagte Thomas nach einem Zug.

»Du meinst jetzt nicht deine Rauchgewohnheiten?«

Er sah sie mit ernster Miene an.

»Schon klar. Ja, der Satz, dass es sich um dieselbe Kreissäge handelt, hat leider bestätigt, was wir schon vermutet haben.«

»Zwei Frauen in zwei Tagen. Selbst der dümmste Reporter wird bei abgetrennten Körperteilen einen Zusammenhang herstellen«, meinte Thomas.

»Und schwupps, haben wir einen Serienmörder, der wie in einem billigen Horrorfilm junge Mädchen umbringt. Ein mehr als gefundenes Fressen für die Medien.«

Thomas strich sich über sein Gesicht.

»Das wird dem Oberst nicht gefallen. Wir müssen schnellstens alles über Laura Eberle in Erfahrung bringen und die…«

»Übereinstimmung finden, ganz klar. Rauch aus Chef, wir haben einen langen Tag vor uns.«

Thomas mochte es nicht, wenn sie ihn Chef nannte. Seiner Meinung nach waren sie gleichgestellt, wobei er etwas mehr Jahre und Erfahrung auf dem Buckel hatte. Aber er wusste auch, dass Barbara zwar Respekt vor ihm hatte, aber sich sicherlich nicht als sein Beiwagerl fühlte.

Verwundert blickte Thomas auf seinen Schreibtischplatz, an dem Dieter Platz genommen hatte. Er hatte für beide Bezirksinspektoren Kaffee mitgebracht.

»Ich hätte heute frei, aber euer Fall geht mir nicht aus dem Kopf. Nachdem ich erfahren habe, dass es erneut eine Leiche gibt, habe ich gedacht, vielleicht kann ich helfen. Ich habe auch einiges über Laura Eberle anzubieten.«

Thomas nahm einen der Kaffeebecher und nippte daran.

»Okay. Also, Laura Eberle, wer ist diese Person?«

»Sie ist eine bekannte Influencerin. Auf Instagram und TikTok hat sie über 800.000 Follower, auf youtube wurden einige Videos von ihr über eine Million Mal angesehen und über Facebook erreicht sie ebenfalls mehrere tausend Fans, vorwiegend aus dem deutschsprachigen Raum.«

»Und was kann sie?«, fragte Thomas. Er war kein Freund der sozialen Medien und konnte nur wenig mit den Begriffen anfangen.

»Modetipps geben und gut aussehen«, antwortete Dieter und drehte den Bildschirm zu ihnen.

Auf dem Bildschirm war ein Bild von Laura Eberle zu sehen, die ein blaues Abendkleid präsentierte. Thomas fand den Hintergrund völlig unpassend, denn sie stand neben der Donau, an einem strahlenden Tag.

»Aha, und weiter? Sie kriegt Geld dafür, dass sie mit dem Fetzen auf der Donauinsel steht?«

»Im Grunde, ja«, meinte Barbara und klickte sich durch die Galerie. Es folgten weitere Vorstellungen von Sommer- und Winterbekleidungen, Dessous, Bademoden und zwischendurch auch einige private Bilder.

»Ich folge ihr schon eine Weile, sie hat den Dreh gut heraußen«, outete sich Dieter als Fan.

»Zwischen ihren Werbebildern kommen immer wieder scheinbar private Aufnahmen, mit ihren Hunden, ihrem Freund oder von ihren Urlauben. Diese Bilder sind auch zumeist weniger bearbeitet und sollen den Eindruck erwecken, dass es tatsächlich spontane Bilder sind. Natürlich gibt es auch ein paar heiße Bilder, damit sich auch Männer für die Seite interessieren.«

»So wie du«, meinte Barbara grinsend.

Dieter errötete, blieb stumm und wechselte die Seite.

»Sie hat eine eigene Schmuckreihe entworfen, wobei sie sich auf Fußkettchen spezialisiert hat.«

»Fußkettchen?«, wunderte sich Thomas.

»Ja. Es begann vor Jahren mit einem Interview. Einen Moment…«, Dieter tippte auf seiner Tastatur und ein Video erschien vor ihnen.

»Zuerst ging es nur um Bademode, aber das Gespräch driftete ab und ein anwesender Modedesigner schwärmte von ihren Füßen. Angeblich die perfekte Fußform, perfekte Zehen…«

»Also genau das, was ihr jetzt fehlt«, meinte Thomas.

»Stimmt. Also vielleicht handelt es sich beim Täter um einen verrückten Fan, der ihre Beine besitzen wollte.«

»Das wäre eine Möglichkeit, aber wie passt das zu unserem ersten Opfer?«, fragte Barbara, »Gibt es bei Valerie Kainz einen Hinweis, dass ihre Hände etwas Besonderes waren?«

»Nur die Andeutungen per SMS«, meinte Dieter kopfschüttelnd.

»Vielleicht hatte sie ebenfalls ein FiLo-Profil. Wenn es dort Überschneidungen gibt…«

»Gute Idee, aber so leicht wird es euch nicht gemacht«, unterbrach Dieter, »das habe ich bereits überprüft. Herr Ansprenger ist seit eurem Besuch mehr als bereit, uns zu helfen. Immerhin will er nicht, dass sein Baby in ein schlechtes Licht gerät. Deshalb war er richtiggehend erfreut, dass sie kein Profil hatte.«

»Also fangen wir von vorne an. Es muss Übereinstimmungen geben.«

Thomas erinnerte sich an die von Barbara erwähnte Feier und holte den Zettel hervor.

»Auf dieser Feier wurde sie zuletzt gesehen, also werden wir dort anfangen. Wir müssen herausfinden, wie viele Personen anwesend waren, wann Laura Eberle die Feier verlassen hat und mit wem. Möglicherweise war einer der Gäste auffällig, vielleicht gab es Kameras, auf jeden Fall haben wir endlich einen Ansatz.«

Dieter grinste und holte einen Zeitungsartikel hervor.

»100 geladene Gäste, alle durch ein Gewinnspiel auf Social-Media ausgelost. Die Feier samt Präsentation dauerte bis 23 Uhr, dann hat sich Laura bei allen verabschiedet und das Gebäude verlassen. So steht es in der Klatschpresse«, fasste er zusammen.

»Hast du Ambitionen, die Abteilung zu wechseln?«, fragte Barbara.

»Nein aber bei so einer Person habe ich es leicht, Infos zu finden.«

Barbara drehte ihren Bildschirm zu Thomas. Sie hatte einen Bericht über die Modepräsentation gefunden und öffnete einige der Bilder. Darauf war das Opfer im Kreis ihrer Fans zu sehen. Sie wirkte glücklich, ohne Berührungsängste stand sie inmitten unterschiedlicher Gruppen von Fans. Diese waren in der Altersgruppe von geschätzt 14 bis 30, meistens weiblich.

»Ich werde ihren Manager anrufen, der kann uns mehr erzählen«, sagte Barbara und nahm bereits den Telefonhörer zur Hand. Thomas zeigte auf ein Bild, das sie ihm vergrößern sollte. Es zeigte eine Großaufnahme ihres Fußes, mit einem Goldkettchen am Knöchel. Die Kette wurde von Fischen und Muscheln aus Gold unterbrochen.

»Und damit wird man heutzutage reich und berühmt?«, wunderte er sich.

Die Adresse von Lauras Manager wirkte unscheinbar und war Thomas nur deshalb ein Begriff, da sie gegenüber dem sogenannten Seifensiederhaus standen. In dem Gebäude aus dem 17. Jahrhundert war das Wiener Kriminalmuseum untergebracht. Barbara erinnerte sich an ihren letzten Besuch in diesem Museum, der noch im Zuge ihrer Ausbildung stattfand.

"Ich kann mich nicht erinnern, wann ich zuletzt da drinnen war", meinte Thomas. Den Vorschlag seiner Kollegin, nach der Unterhaltung mit dem Manager von Laura Eberle, einen Abstecher hinein zu machen, schlug er aus.

Bei der Gegensprechanlage fand sich kein Hinweis auf eine Firma. Dafür konnten sie den Namen des Managers finden, völlig unauffällig unter den anderen Namen der Bewohner.

Erst nach mehrmaligem Läuten meldete sich eine männliche, verschlafene Stimme.

"Wer stört?", wurden die Bezirksinspektoren unwirsch gefragt.

"Die Polizei", antwortete Thomas, "Machen Sie bitte auf, wir müssen reden."

"Zweiter Stock" damit war die Unterhaltung beendet, ein lautes Summen verriet das Entriegeln der Tür.

Auch beim Betreten der Wohnung war nichts davon zu merken, dass es sich bei der Adresse um eine Firmenanschrift handelte. Im Vorzimmer erwartete sie ein Mann um die 30, der offensichtlich bis gerade noch geschlafen hatte. In Jogginghose und ausgewaschem Shirt stand er vor ihnen,

Die Augen waren nicht mehr als kleine Schlitze. Die langen kohlrabenschwarzen Haare standen in wilden Strähnen kreuz und quer von seinem Kopf. Obwohl er sportlich und mit muskelbepackten Oberarmen ausgestattet war, wirkte er im Moment völlig ausgelaugt.

"Worum geht's denn?" Die Stimme war beschlagen, für Thomas ein Zeichen, dass der Mann anscheinend lange und mit viel Alkohol gefeiert hatte.

"Sind sie Mesut Özalan, Manager von Laura Eberle?"

"Ja. Worum geht es, hat mein Mädchen was angestellt?"

"Sie haben noch keine Nachrichten gehört?", fragte Barbara.

Mesut Özalan schüttelte den Kopf.

"Ich hatte die letzten beiden Tage diverse Termine und gestern eine Feier, die länger als erwartet gedauert hat. Ich bin irgendwann um 5 Uhr nach Hause gekommen."

"Alleine?"

"Ja alleine."

"Ich nehme an, Sie waren bei der Präsentation von Frau Eberles neuer Schmuckkollektion vor zwei Tagen", fragte Barbara mit einem Blick zu Thomas.

"Natürlich. Aber die Feier durfte nur bis Mitternacht dauern. Da gab es bestimmte Vorschriften wegen Jugendschutzbestimmungen und so. Wir haben die Feier um 23 Uhr für beendet erklärt, Laura ist dann auch abgehauen. Ich habe mit einigen Geldgebern und Sponsoren in einem anderen Lokal weitergefeiert und... "

Er riss die Augen auf und sah die beiden Bezirksinspektoren erschrocken an.

"Was ist passiert?", fragte er durch die plötzliche Erkenntnis verunsichert, dass zwei Kriminalbeamte vor ihm standen.

»Wir müssen Ihnen leider mitteilen, dass Laura Eberle letzte Nacht Opfer eines Gewaltverbrechens wurde«, sagte Barbara. Thomas achtete genau auf die Reaktion des Managers. Dieser sah sie zunächst ungläubig an, dann setzte das Entsetzen ein.

»Ein… Gewaltverbrechen? Meinen Sie, Laura wurde… Was genau ist passiert?«, stammelte er.

»Wir sind gerade dabei, den genauen Tathergang herauszufinden. Haben Sie von Laura Eberle nach der Feier noch etwas gehört?«

Mesut Özalan schüttelte den Kopf. Er schwankte nach hinten, musste sich an der Wand abstützen.

»Das wollen wir herausfinden. Sie haben Laura nach der Feier…«

»Ich war es nicht!«, unterbrach er Thomas, »Ich könnte dem Mädchen nie was antun.«

»Ganz ruhig«, sprach Barbara mit sanfter Stimme, »Das behaupten wir auch nicht. Aber wir versuchen Lauras letzte Stunden zu rekonstruieren. Deshalb die Frage, hatten Sie mit Laura nach der Feier noch Kontakt?«

»Nein… Wir haben ausgemacht, dass ich mich unter der Woche melde, sobald… Aber das ist jetzt alles egal«, er hielt sich die Hände vor sein Gesicht, »Oh Gott, das arme Mädchen.«

»Nichts ist egal, wir sind immer noch am Anfang der Ermittlungen und auf jeden Hinweis angewiesen«, erklärte Barbara ruhig. Sie bot an, dass sie sich alle hinsetzen sollten, um weiterzureden.

Schlurfend ging Mesut Özalan in sein Wohnzimmer. Das Zimmer schien gleichzeitig sein Büro zu sein. Neben einem Schreibtisch mit Computer stand ein Regal mit Aktenordnern, darüber einige Bilder von ihm mit Laura und anderen Personen. Thomas sah sich die Bilder an, konnte aber niemanden von den jungen Frauen erkennen.

»Sie sind auf junge Influencer spezialisiert?«, fragte Barbara, die einige der Jugendliche schon einmal gesehen hatte.

»Ja, aber eigentlich sind es nur vier… jetzt nur noch drei Mädchen, die ich betreue. Laura war drauf und dran, mein bestes Pferd… also sie war kurz davor einen richtig guten Deal abzuschließen. Nach ihrer Präsentation vor zwei

Tagen, da habe ich mit dem Geschäftsführer von K&B noch die Nacht verbracht.«

Er sah Thomas' stutzigen Blick.

»Nein, nicht so. Ich bin mit Clemens und ein paar weiteren potentiellen Interessenten noch etwas trinken gegangen. Es wurde eine lange Nacht, aber der Deal mit Clemens' Firma war es wert. Laura hat selbst... sagen wir nachgeholfen, damit wir diesen Werbedeal bekommen.«

»Was meinen Sie mit nachgeholfen?«, fragte Barbara nach.

Der Manager zögerte.

»Sie ist ermordet worden und wir müssen alles wissen, um ihren Mörder zu finden«, erklärte Thomas etwas schärfer.

»Ja, schon klar. Aber das wird ihnen nicht weiterhelfen. Wann wurde sie denn...?«

»Wir vermuten, dass sie nach der Präsentation entführt wurde.«

»Dann ist Clemens zum Glück nicht darin verwickelt, warum auch? Er ist zwar mit ihr ins Bett gegangen, aber...«

»Aber?«, fragte Thomas nach.

»Aber, das war vor dem Deal und von einer Zusammenarbeit hätten beide profitiert.«

Barbara mischte sich wieder ein.

»Könnte dieser Clemens Laura noch nach ihrer langen Nacht getroffen haben?«

»Das bezweifle ich. Aber fragen Sie ihn. Ich kann Ihnen gerne seine Nummer geben.«

Thomas schrieb sich alles auf und dankte dem Manager für seine Unterstützung. Sie sprachen ihm nochmal ihr Mitgefühl aus und erklärten, sich in den nächsten Tagen zu melden.

»Ja bitte, tun Sie das. Ich will nicht aus Lauras... aus ihrem Tod Gewinn machen, auf keinen Fall. Aber ich muss wissen, was geschehen ist, sie war so ein liebes Ding. Sie hat sowas nicht verdient.«

Das haben die wenigsten Opfer, dachte Thomas.

Vor ihrem Wagen stehend und nun wieder mit einer Dampfzigarette in der Hand telefonierte Thomas mit Dieter.

»Clemens van der Breu, Geschäftsführer der Firma K&B. Wir brauchen die Firmenadresse und wenn du schon dabei bist, ein bisschen Hintergrundinfo über den Mann wäre nicht schlecht.«

»TJ, du unterforderst mich«, beschwerte sich Dieter, »K&B, dabei handelt es sich um eine Kosmetikfirma aus Wiener Neustadt. Klampf und Breu heißt das Unternehmen und es stellt diverse Cremes, Deos und Hautreinigungsmittel her. Ich schicke euch die Adresse. Was das Private betrifft, da benötige ich ein bisschen mehr Zeit. Ich melde mich.«

Barbara drückte Thomas den Wagenschlüssel in die Hand.

»Also, auf nach Wiener Neustadt. Du fährst, ich schau mir unseren nächsten Gesprächspartner an.«

Keine zehn Minuten später lachte Barbara auf.

»Was ist jetzt passiert?«, fragte Thomas verwundert nach.

»Ach du… Na super«, sagte sie, immer noch lachend. Auf Thomas fragenden Blick, drehte sie das Handy und zeigte ihm ein Bild. Thomas erkannte, dass das Bild von der FiLo-App stammte. Der Mann auf dem Bild stand lässig neben einem Motorrad und grinste in einem engen Shirt und Jeans in die Kamera. Er war braungebrannt, die braunen Haare reichten bis zum Nacken und sein 3-Tages-Bart schien bestens getrimmt.

Unter dem Bild stand »BigBoyClemens39«.

»Darf ich vorstellen, Clemens van der Breu. Ich habe ihn vor ein paar Tagen gefunden und geliked, er hat mich gestern geliked. Bislang hatten wir noch keinen weiteren Kontakt.«

Thomas verdrehte die Augen, sagte aber nichts dazu.

Die Firmenadresse lag am Stadtrand von Wiener Neustadt. Neben einem Flugplatz hatten verschiedene Firmen über ein großes Areal verteilt ihre Bürogebäude errichtet. Die gesuchte Firma war nicht zu übersehen, auch wenn das Gebäude an sich unscheinbar war. Ein fünfstöckiger, grauer Betonwürfel, durchzogen von einer Fensterreihe pro Stockwerk, die an um den Würfel gebundene dunkle Bänder erinnerte. Über der letzten Reihe stand in weißen Lettern »Klampf & Breu Cosmetic«.

Da sie nicht angekündigt waren, mussten sich Barbara und Thomas zunächst im Eingangsbereich mit einem Portier auseinandersetzen, der freundlich aber bestimmt darauf bestand, ihre Daten aufzunehmen.

»Wir legen hier großen Wert auf Sicherheit, da in einigen Büros auch Forschungen betrieben werden, die …«

»Wir sind sicher nicht hier, um herumzuspionieren«, unterbrach Thomas den Portier, »Schreiben Sie sich unsere Namen und Dienstnummern auf, dann können Sie bei der Wiener Kriminalpolizei nachfragen, wer wir sind. Viel wichtiger ist aber die Frage, ob wir überhaupt ins Gebäude müssen. Ist Clemens van der Breu anwesend?«

Ein kurzer Blick auf seinen Computer und der Mann nickte.

»Ja, er ist anwesend. Sein Büro befindet sich im 5. Stock. Wenn sie den Aufzug nehmen, landen sie genau davor.«

War das Gebäude von außen unscheinbar und eher trist, erwartete sie, als sich die Aufzugstüren im 5. Stock öffneten, ein ganz anderes Bild. Sie landeten in einem hellen Empfangsbereich, die Wände in beige mit einem würfelartigen Muster aus abwechselnden hellen Farben verziert. Der Boden glänzte in blau. Vor den Bezirksinspektoren glitt eine Glastür zur Seite und gab den

Blick auf ein edel wirkendes Empfangspult aus glänzend lackiertem Holz frei. Dahinter standen zwei Damen, eine telefonierte gerade, während die andere ihnen entgegenlächelte.

»Willkommen bei K&B. Wie kann ich Ihnen weiterhelfen?«, säuselte sie, als Thomas nähertrat. Ihm fiel auf, dass bei dem Gesicht der Frau nicht nur die Kosmetik am Werk war. Die Lippen waren offensichtlich aufgespritzt und er war sich sicher, dass das faltenfreie Gesicht von einer Schönheitsoperation stammte.

»Bezirksinspektor Kratochwil, meine Kollegin, Bezirksinspektorin Gugawitsch«, stellte er sich vor, »Wir möchten mit Clemens van der Breu sprechen.«

»Ich werde ihn umgehend informieren, bitte warten Sie einen kurzen Moment«, sagte sie und verschwand flott im Gang neben dem Pult.

»Was für eine Tussi ist denn das?«, flüsterte Barbara.

»Frau Kollegin, also wirklich. Nur, weil sie sich liften und aufblasen gelassen hat, muss sie ja nicht gleich…«

»Aber hast du ihren Gang gesehen. So übertrieben wackelt niemand mit dem Hintern. Außerdem sind die Brüste auch nicht echt. Diese Person ist wahrscheinlich um die fünfzig und glaubt, sie muss ihren zweiten Frühling erleben.«

»Ich habe sie mir nicht so genau angesehen, schon gar nicht ihren Hintern.«

»Ach nicht?«, spielte Barbara die Verwunderte, »Willst du behaupten, dir ist nicht aufgefallen, wie sie ihre Brust präsentiert hat und wie sie beim Gehen ihr Miniröckchen zurechtgezogen hat, damit der Hintern schön zur Geltung kommt?«

»Ich habe daheim eine Freundin, die zum Glück nicht operiert und nicht so ein Hungerhaken ist. Deren Hintern interessiert mich vielmehr und…«, Thomas stoppte mitten im Satz, als ihm bewusst wurde, dass er von Barbaras Tante sprach.

»Lassen wir das Thema«, meinten beide gleichzeitig und waren erfreut, die Empfangsdame zurückkommen zu sehen.

»Wenn sie mir bitte folgen würden, Herr van der Breu erwartet sie in seinem Büro.«

Sie wurden in ein helles, großräumiges Zimmer gebracht. Eine Seite war durchgehend verglast, dahinter konnten sie bis zum Flugplatz und dem daneben liegenden Schwimmbad sehen. Eine Wand gehörte den Auszeichnungen der Firma und den Personen Klampf und van der Breu selbst. Auf den ersten Blick konnte Thomas eine Urkunde zum »Unternehmer des Jahres« und eine Auszeichnung »Mitarbeiterfreundlichstes Unternehmen in Niederösterreich« lesen. Ein futuristischer Schreibtisch, der die Form eines zur Seite gekippten U's hatte, stand vor der Fensterfront. Der Metalltisch glänzte in schwarz und silber, der Bildschirm und die zwei Ablagefächer auf dem Tisch waren ebenfalls in schwarz gehalten.

Clemens van der Breu saß bei einer Sitzgarnitur aus Leder, die in der Ecke neben ihnen positioniert war. Die Ledercouch, der Tisch und die zwei Stühle waren alle in einem dunklen Braunton, sogar der offene Kasten, der danebenstand und sowohl Minibar als auch Kaffeemaschine beherbergte, hatten denselben Farbton.

Er erhob sich, legte eine Mappe zur Seite und strich sich seine Haare mit beiden Händen zurück.

Seine stechend blauen Augen fielen Thomas auf, und er war sich sicher, dass auch seine Kollegin diese bemerkte, wenn sie sich am Rest des offensichtlich gut trainierten Körpers sattgesehen hatte. Das Hemd saß perfekt und ließ vermuten, dass er mit einem Waschbrettbauch und trainierten, aber nicht übertriebenen, Oberarmmuskeln ausgestattet war.

»Nehmen Sie bitte Platz. Darf ich Ihnen etwas zu trinken anbieten? Kaffee, Wasser, Fruchtsaft oder soll es etwas Stärkeres sein?«, fragte Clemens van der Breu mit freundlicher Stimme. Thomas winkte ab und nahm auf einem Stuhl Platz, Barbara setzte sich ebenfalls. Ihr Blick verriet, wie sie den Mann eingehend musterte.

»Guten Tag. Wie Sie sicher schon wissen, wir sind von der Polizei und haben ein paar Fragen an Sie«, begann Thomas das Gespräch.

»Da möchte ich Sie gleich vorweg bitten, mir zu verraten, worum es geht. Aus geschäftsrechtlichen Gründen muss ich bei Angelegenheiten, die meine Firma betreffen, einen unserer Anwälte hinzuziehen.«

»Das wird nicht notwendig sein, es ist eher privater Natur«, sagte Barbara.

Sie erntete dafür ein smartes Lächeln und bestätigendes Nicken.

»Wenn das so ist, fragen Sie nur, Frau Inspektorin. Ich bin ein offenes Buch für Sie.«

»Wie schön«, meinte Thomas, der verhindern wollte, dass das Gespräch zu einem gegenseitigen Anschmachten wurde, »Wir möchten Sie zu der Feier von Laura Eberle vor zwei Tagen befragen.«

Van der Breu ließ keine Reaktion erkennen.

»Eine nette Feier, ein sympathisches junges Mädchen und eine lange Nacht mit Mesut, ihrem Manager. Ja, daran kann ich mich noch gut erinnern. Worum geht es denn genau?«

»Laura Eberle ist ermordet worden«, sagte Barbara gerade heraus.

Zunächst kam wieder keine erkennbare Reaktion von ihrem Gegenüber. Langsam stellte er sein Glas Wasser hin und sah dann von Barbara zu Thomas.

»Das ist hoffentlich ein schlechter Scherz.«

»Da muss ich Sie enttäuschen. Frau Eberle wurde Opfer eines Gewaltverbrechens.«

Clemens van der Breu vergrub sein Gesicht in den aufgestützten Händen und holte mehrmals tief Luft. Als er wieder zu den beiden Beamten sah, war sein Lächeln verschwunden, mit ernster Miene sah er zu ihnen.

»Das ist schrecklich. Ich kannte sie nicht besonders gut, wir hatten einige Male Kontakt und uns dabei gut verstanden, aber meine Hintergedanken waren geschäftlicher Natur. Meine Firma plante eine Kooperation mit Laura, bis hin zu einer eigenen Kosmetikserie. Deshalb war ich auch vor Ort und habe nach der Präsentation noch mit ihrem Manager lange geredet.«

»Davon hat uns Mesut Özalan bereits erzählt«, sagte Barbara.

»Von ihm sind Sie dann wahrscheinlich auf mich gekommen. Wann ist es denn passiert und was ist ihr zugestoßen?«

»Wir nehmen an, dass sie kurz nach ihrer Feier entführt wurde. Über die genauen Todesumstände können wir im Moment noch keine Auskunft geben«, sagte Thomas, »Würden Sie uns sagen, was Sie am 2. März abends gemacht haben?«

Das Lächeln kehrte auf van der Breus Gesicht zurück.

»Mein Alibi? Für den Abend habe ich zum Glück ein sicheres und gut nachzuprüfendes.«

»Und zwar?«, hakte Thomas nach. Er ließ es sich nicht anmerken, aber es war anzunehmen, dass sie hier wenig Nützliches erfahren würden, sollte Clemens van der Breu gleich die Angaben von Mesut Özalan bestätigen.

»Von Beginn der Veranstaltung bis Punkt 22 Uhr war ich durchgehend anwesend. Als klar war, dass ich mich mit ihrem Manager einigen kann, habe ich meinen Chauffeur heimgeschickt. Danach habe ich es bis kurz vor Mitternacht ruhig angehen lassen und mich eher zurückgezogen. Sie finden mich aber auf den Abschlussfotos mit Laura, Mesut und anderen. Nachdem sich Laura verabschiedet hat, bin ich mit Mesut und ein paar Leuten weitergezogen. Die Nacht hat bis 4 Uhr gedauert, das wird er sicherlich bestätigen können. Meine Heimfahrt kann ich mit der Rechnung von der Taxifahrt belegen.«

Er nahm einen Schluck Wasser und lehnte sich mit einem selbstsicheren Lächeln zurück.

»Ich habe mich schon oft gefragt, wie Verdächtige das mit dem Alibi machen. Aber zu meinem Glück fragen Sie nach dem richtigen Abend. Wenn Sie mich nach dem folgenden Tag fragen würden, hätte ich keines.«

»Warum denn?«, fragte Barbara nach.

»Ich habe nach der langen Nacht den Tag daheim verbracht.«

»Alleine?«

Er lächelte Barbara an.

»Ich wohne alleine, keine Frau oder Freundin, die das bestätigen kann.«

»Ist Ihnen auf dieser Feier jemand aufgefallen? War jemand besonders aufdringlich, oder…«, fragte nun wieder Thomas.

»Nein, Herr Inspektor, es war eine sehr lockere, ausgelassene Stimmung, alle waren gut drauf«, entgegnete van der Breu.

Barbara sah ihn herausfordernd an, worauf er nach einigen Sekunden weitersprach.

»Um ehrlich zu sein, für mich war es nicht besonders aufregend. Der Altersdurchschnitt war doch sehr an der Grenze der Volljährigkeit«, er blickte Barbara in die Augen, »Da ist jemand wie ich leicht fehl am Platz.«

»Nicht ganz ihr Beuteschema?«, fragte sie provokant nach.

»Nein, zu jung. Ich bin 39, mich interessieren Frauen, die ungefähr in meinem Alter sind. Ich würde schätzen, Sie sind leicht zehn Jahre jünger.«

»Danke, aber ein paar Jährchen älter als Ihre Schätzung bin ich dann doch schon«, konterte Barbara, der aber anzuhören war, dass sie sich geschmeichelt fühlte.

»Das sieht man Ihnen nicht an, Frau Gugawitsch.«

»Ich glaube, wir sind hier fertig«, mischte sich Thomas ein und erhob sich.

»Wenn Sie keine weiteren Fragen haben. Ansonsten stehe ich Ihnen gerne jederzeit zur Verfügung.«

Als alle aufgestanden waren, wandte sich Clemens van der Breu nochmals Barbara zu.

»Bevor Sie mich verlassen, darf ich noch eine indiskrete Frage stellen?«

Thomas seufzte, er hatte eine Ahnung, in welche Richtung das Ganze führte.

»Und zwar?«, meinte Barbara, legte ihren Kopf leicht schief und lächelte den Mann verschmitzt an.

»Ich hatte noch nie mit der Polizei zu tun, aber Sie, Frau Bezirksinspektor, kommen mir bekannt vor.«

»Ach wirklich?«

Thomas glaubte, ein leichtes Erröten bei seiner Kollegin zu bemerken.

Heute sind wir wieder ganz professionell, dachte er.

»Nein, wir sind uns noch nie persönlich begegnet«, antwortete Barbara, betonte aber das Wort ‚persönlich‘ sehr auffällig.

»Sind Sie sich da sicher? Ich möchte von mir behaupten, dass ich mir Personen gut merken kann und ganz besonders…«

»Vielleicht haben Sie ein Bild von mir gesehen«, meinte Barbara mit einem geheimnisvollen Unterton in der Stimme.

Thomas hatte genug gehört und gesehen. Er zückte seine Visitenkarte und hielt sie dem Mann hin.

»Wenn Ihnen noch etwas einfällt, melden Sie sich bitte bei uns.«

»Natürlich, versprochen«, schnell wechselte van der Breu wieder zu einer ernsteren Stimmung, »Ich werde mir nochmal den Abend durch den Kopf gehen lassen. Ich hoffe, Sie finden Lauras Mörder sehr schnell.«

Zurück im Wagen, lehnte sich Thomas gegen das Seitenfenster und sah Barbara abwartend an. Sie nahm Platz, schnallte sich an und blickte zu ihm.

»Was?«

»Ich gebe dir genau zehn Sekunden Zeit. Die entscheiden, ob du eine ernsthafte Kriminalpolizistin sein…«

Barbaras Handy piepste, den Ton erkannten beide inzwischen. Es war der spezielle Piepton einer eingehenden Nachricht auf der FiLo-App. Barbara genügte ein kurzer Blick und ihr Grinsen wurde breiter.

»Er ist schnell draufgekommen«, meinte sie triumphierend.

»Barbara Chantal Gugawitsch«, ermahnte Thomas sie oberlehrerhaft, »Ich rufe gleich den Exmann meiner Freundin an und bestehe darauf, dass der Innenminister seine Nichte aus dem Polizeidienst abbestellt, wenn ich nicht augenblicklich…«

Barbara hob einen Finger, als wolle sie Thomas drohen, dann sprach sie ohne Grinsen und völlig ernst: »Er hat vergessen zu erwähnen, dass er mit Laura Eberle im Bett war. Also kannte er sie nicht nur beiläufig, egal ob es eine Beziehung war oder nur ein Betthupferl. Dieter soll einen Hintergrundcheck machen und mit dem FiLo-Geschäftsführer reden. Wir brauchen die Liste der Frauen, die Clemens van der Breu in der App geliked hat. Das macht ihn zwar etwas verdächtig, dafür hat er ein wasserdichtes Alibi. Es gibt so viele Bilder dieser

Veranstaltung, dass er sicherlich auf mehreren zu sehen ist. Lauras Manager gibt ihm dazu noch eines für die Nacht. Motiv gibt es auch keines, er kann nur mit einer lebendigen Laura Eberle eine Kosmetiklinie vermarkten«, sie holte tief Luft, »Zufrieden, Chef?«

Thomas nickte und startete den Wagen.

»Ich bin zufrieden. Und ich erspare mir ein Telefonat, welches ich nicht wirklich führen möchte.«

Bis zum späteren Nachmittag verbrachten Barbara und Thomas die Zeit damit, alle verfügbaren Videos und Bilder von Laura Eberles Feier durchzusehen und gleichzeitig Gemeinsamkeiten mit Valerie Kainz zu finden. Wie zu erwarten, wurde Clemens van der Breus Alibi bestätigt, er war während der Präsentation durchgehend anwesend. Mesut Özalan hatte sich zwischendurch ebenfalls gemeldet und Bilder geschickt. Die stammten von einem Fotografen einer Bar, in welcher der Manager und van der Breu um kurz nach 2 Uhr morgens fotografiert wurden.

»Zwei Befragungen und keine hilft uns weiter. Valerie Kainz ist nicht einmal ein Fan von Eberle, bislang sehe ich nichts, was die beiden verbindet«, sagte Thomas, während er seinen Computer abdrehte. Er entschied, den Tag um 18 Uhr zu beenden und schlug Barbara vor, ebenfalls Schluss zu machen.

Daheim angekommen, schnappte sich Thomas eine Bierflasche und ließ sich auf seine Couch fallen. Er wollte sein Handy gerade auf den Tisch legen, als es klingelte.

»Hallo Thomas, Elisabeth hier.«

Mit ihrem Anruf hatte er nicht gerechnet, hatte sie ihm doch gesagt, dass sie den Tag mit einer Freundin verbringen und es womöglich sehr spät werden würde.

»Hallo, wie geht´s?«

»Ich muss dich etwas fragen«, meinte Elisabeth und Thomas glaubte, herauszuhören, dass sie schon etwas zu viel Wein getrunken hatte.

»Ich muss dich fragen, weil es mir keine Ruhe lässt«, wiederholte Elisabeth.

»Tu nur, ich höre dir zu«, ermutigte er sie.

»Ich hoffe, die Überraschung, wer mein Exmann ist, hat deine Meinung über mich… über uns nicht geändert.«

Thomas musste zugeben, dass es eine große Überraschung war und er nicht ganz glücklich damit war, ihren Exmann so gut zu kennen, auch wenn ihr Verhältnis inzwischen nicht mehr von gegenseitiger Aggressivität geprägt war.

»Nein, wirklich nicht. Klar, ich muss ziemlich deppert dreingeschaut haben, als der Herr Innenminister aufgetaucht ist. Aber Vergangenheit ist Vergangenheit«, antwortete er ihr.

»Ich möchte dich etwas fragen. Wahrscheinlich… Nein, es liegt sicher an der Flasche Wein, okay zwei Flaschen, die ich bereits getrunken habe, aber egal. Ich möchte eine ehrliche Antwort von dir.«

»Die bekommst du, versprochen«, versicherte er ihr, obwohl er spürte, wie die Nervosität in ihm aufstieg.

»Ich möchte von dir wissen, ob dich meine Vergangenheit abschreckt oder… Oder, ob du dir eine ernsthafte Beziehung vorstellen kannst?«

Beinahe wäre Thomas seine Zigarette aus der Hand gefallen. Er hatte mit viel gerechnet und sich selbst die Frage bereits gestellt. Sie nun aber so unvermittelt zu hören brachte ihn aus dem Konzept.

»Thomas?«

»Ja, ich bin da. Und nein, also ja… Nein, deine Vergangenheit stört mich nicht. Ja, ich habe auch schon darüber nachgedacht, dass ich unsere Beziehung gerne… als etwas Ernsthaftes sehen möchte.«

Was rede ich da für einen Schwachsinn, schimpfte er sich selbst.

»Warum ziehst du dir dann nicht was an und kommst einfach spontan zu mir? Aber nimm dir gleich dein Gewand für morgen mit«, schlug Elisabeth vor.

»Du bist schon daheim?«, fragte Thomas verwundert nach.

»Ja und ich vermisse dich«, gestand Elisabeth.

»Ich bin gleich bei dir«, sagte er und legte auf.

Das halbvolle Bier entsorgte er, während er in seine Schuhe und Jacke schlüpfte und sich schnellstens auf den Weg zu seiner Freundin machte.

»Morgen.« Barbaras Begrüßung ließ heraushören, dass ihre Laune nicht die beste war. Ganz im Gegenteil zu Thomas.

»Grüß Dich. Na, was ist dir denn über die Leber gelaufen?« Sie winkte ab.

»Es war einfach ein beschissener Abend. Nicht so erfüllend, wie deiner anscheinend war.«

»Sieht man es mir denn so leicht an?«, fragte Thomas, während er eine dichte Rauchwolke, die nach mehreren Früchten roch, ausblies.

»Du bist überhaupt wie ausgewechselt, seit du mit Tante Elisabeth zusammen bist. Besser gelaunt und gekleidet.«

»Willst du sagen, davor bin ich wie ein Sandler herumgelaufen?«, empörte sich Thomas im Spaß.

»Nein, aber sie tut dir gut.«

»Da kann ich nicht widersprechen. Auch wenn wir im Moment fast nur die Nächte haben, dafür…«

»Bitte«, unterbrach Barbara, »erspare mir die Details. Es reicht schon, wenn Tante Elisabeth mir schreibt, dass sie den Vormittag nutzen möchte, um nach dieser Nacht auszuschlafen.«

Thomas' Grinsen wurde breiter.

»Was bringt eine tolle Dating-App, wenn sich dann Verheiratete und sonstige vergebene Männer anmelden und keine Zeit für ein Treffen haben?«, fluchte Barbara, »Da ist so ein morgendliches Gesäusel von meiner Tante nicht wirklich aufbauend.«

»Apropos Tante«, fiel Thomas ein, was er schon länger nachfragen wollte, »Was ist eigentlich mit deinen Eltern? Das Letzte, was ich gehört habe, war deren Rundreise durch Australien.«

Barbara lachte auf.

»Rundreise ist gut. Die beiden haben den gemieteten Camper gegen ein kleineres Fahrzeug eingetauscht und planen, noch viel länger zu bleiben. Der Freund von meinem Vater, dem sie ursprünglich einen Besuch abstatten wollten, hat ihnen sein Gästehaus zur Verfügung gestellt. Wann sie wieder zurückkommen, steht derzeit in den Sternen.«

Thomas hatte sich gerade am Kaffeeautomaten bedient, als sein Handy klingelte.

»Guten Morgen, Dieter. Wenn du so zeitig...«

»Clemens van der Breu! Wir haben einen Treffer«, rief er völlig euphorisch ins Telefon.

»Komm etwas runter von deinem Höhenflug und erzähl es mir in Ruhe«, bat Thomas.

»Clemens van der Breu hat Valerie Kainz geliked. Ob sie miteinander geschrieben haben, kann ich nicht herausfinden. Aber das könntet ihr ihn fragen.«

Thomas legte auf und drückte seiner Kollegin den Kaffeebecher in die Hand.

»Getrunken wird im Auto. Wir fahren nach Wiener Neustadt.«

»Haben wir nicht gesagt, Clemens van der Breu hat ein sicheres Alibi?«, fragte Barbara nach.

»Alibi hin oder her, er hat uns ein bisschen was zu erklären. Er kannte nicht nur Laura Eberle, sondern anscheinend auch Valerie Kainz.«

Barbara hielt beide Kaffeebecher, während Thomas das Steuer übernahm.

»Echt schade, ich fand Clemens sympathisch«, sagte Barbara.

»Wie bitte?«, meinte Thomas grimmig und streckte die Hand nach seinem Becher aus.

»Vergiss es. Nehmen wir uns den Herrn ordentlich zur Brust. Mal schauen, was er zu sagen hat.«

Eine dreiviertel Stunde später standen sie wieder vor dem Bürogebäude und fuhren in den 5. Stock. Dieselbe Empfangsdame wie tags zuvor begrüßte sie.

»Ist Herr van der Breu anwesend?«, fragte Thomas, ohne sich vorzustellen.

»Ja, aber…«

»Danke, wir kennen den Weg«, meinte er und ging an ihr vorbei den Gang entlang. Sie versuchte nicht, ihn aufzuhalten, griff stattdessen nach ihrem Telefon.

Als sie van der Breus Büro betraten, saß dieser mit einer Zeitschrift in der Hand hinter seinem Schreibtisch.

»Guten Morgen. Ich weiß nicht, ob ich mir Sorgen machen sollte, da sie schon wieder vorbeikommen.« Van der Breu legte die Zeitschrift zur Seite und blieb gutgelaunt in seinem Lederstuhl sitzen.

»Das passiert nun einmal, wenn man uns anlügt und wichtige Details verschweigt«, sagte Barbara. Sie klang dabei persönlich beleidigt.

»Also wirklich, das ist nicht nett von Ihnen, Frau Bezirksinspektorin«, säuselte van der Breu. Dabei erhob er sich aus seinem Stuhl und umrundete seinen Tisch, um sich ihnen entgegenzustellen.

»Welche Details meinen Sie?«, fragte er nach.

Thomas machte einen Schritt auf ihn zu.

»Punkt eins, ihre private Beziehung zu Laura Eberle.«

Das freundliche Gesicht von Clemens van der Breu erstarrte.

»Punkt zwei«, Thomas überlegte einen Augenblick und entschied sich spontan, einen Bluff zu versuchen, »Ihr Treffen mit Valerie Kainz, ausgemacht über die Dating-App FiLo.«

Clemens van der Breus Miene wurde ernst, er fixierte Thomas und sah ihm mehrere Sekunden in die Augen.

»Sie unterstellen mir hier Dinge, die Sie ganz schnell wegen Verleumdung vor Gericht bringen können, Herr Kratochwil«, sagte er mit eiskalter Stimme.

»Drohungen gegenüber einem Kriminalbeamten unterstützen nicht unbedingt Ihre Glaubwürdigkeit«, konterte Thomas, was ihm einen erstaunten Blick von Barbara einbrachte.

»Scheinbar fehlt es Ihnen an echten Spuren, anders kann ich mir diese völlig absurden Anschuldigungen nicht erklären. Vielleicht sollten Sie ihren Job überdenken...«

»Vielleicht sollten Sie es mit der Wahrheit probieren, oder muss ich zuerst ausführen, was Ihnen sonst bevorsteht?«, fiel ihm Thomas immer noch ruhig ins Wort.

Barbara sah ihren Kollegen an, immer noch verwundert, wie gelassen Thomas blieb. Clemens van der Breu schnaubte mehrmals, bevor er weitersprach.

»Es ist wohl besser, wenn Sie mein Büro auf der Stelle verlassen. Mein Anwalt wird sich...«

»Pudel dich nicht auf, Eierbär!«, schnauzte Thomas ihn überraschend schroff an, »Den Anwalt kannst dir sonst wohin schieben. Entweder wir bekommen sofort einige Antworten, oder du kannst zusammenpacken und mitkommen.«

»Na bitte, so kenne ich dich«, flüsterte Barbara mit einem kurzen Grinsen.

»Mir reicht das jetzt!«, erboste sich van der Breu, »Sie wissen nicht, mit wem Sie sprechen. Ich kann mich auch an einer anderen Stelle über Sie beschweren.«

»Und was für eine Stelle meinen Sie?«, entgegnete ihm Thomas herausfordernd.

»Ich habe gute Beziehungen zum Innenminister. Soll ich ihn anrufen?«

Synchron, als hätten sie es bis zur Perfektion einstudiert, zogen Thomas und Barbara ihr Handy aus der Jackentasche und hielten es dem Mann entgegen.

»Wollen Sie mein Handy benutzen?«, fragten beide gleichzeitig.

Kurz stutzte Clemens, bevor er kopfschüttelnd und mit einem Ausdruck der Überlegenheit mit seinem Handy eine Nummer wählte. Nach einigen Sekunden schien sich jemand zu melden.

»Verbinden Sie mich bitte sofort mit Michael und sagen Sie ihm sein Freund Clemens van der Breu ist am Apparat.«

Dabei ließ er die beiden Bezirksinspektoren nicht aus den Augen.

»Hallo grüß dich… Ja meinen Eltern geht es blendend, sie haben erst vorgestern gemeint, wir sollten uns wieder einmal treffen. Es tut mir leid wegen der Störung. Ich habe hier zwei deiner Untergebenen vor mir stehen und die möchten mir einen Mord anhängen… Ja ich weiß, ziemlich übertrieben. Genau, könntest du den beiden kurz erklären, dass sie so nicht mit mir zu reden haben und ihnen klarmachen mit wem sie es zu tun haben?«

Er hielt Thomas das Handy entgegen.

»Untergebene des Innenministers?«, wiederholte Thomas hämisch.

»Hier möchte jemand mit Ihnen reden«, sagte van der Breu selbstgefällig.

Mit einem breiten Grinsen nahm Thomas das Handy ans Ohr.

»Ja bitte?«

»Guten Tag hier spricht Innenminister Steinberger. Ihr Name und Dienstrang?« Die schroffe, strenge Art des Ministers sorgte ausnahmsweise nicht für einen Wutausbruch bei Thomas.

»Mein Name ist Thomas Kratochwil, und neben mir steht mein Kollegin Barbara«, antwortete er ruhig und immer noch Clemens angrinsend.

Es folgte eine kurze Pause, bis der Innenminister antwortete.

»Das ist jetzt aber nicht wahr, oder?«

»Doch Herr Minister.«

»Ich muss Sie nicht darauf hinweisen, wen Sie vor sich haben?«

»Nein, Herr Innenminister.«

»Okay Kratochwil, dann habe ich nur eine Frage: sind Sie sich mit Ihren Anschuldigungen hundertprozentig sicher?«

»Im Moment noch nicht, aber es gibt Indizien, die ihn ziemlich schlecht dastehen lassen.«

Steinberger dachte für einige Sekunden nach.

»Dann sagen Sie Clemens, dass er mir zuliebe voll und ganz kooperieren soll. Bitte bleiben Sie höflich, Kratochwil.«

»Ich gebe mein Bestes, Herr Minister«, sagte Thomas und gab Clemens sein Handy zurück.

»Und was hat Ihr Vorgesetzter gesagt?«, fragte Clemens selbstsicher.

Mit einem Blick auf das Telefon vergewissert sich Thomas, dass das Gespräch beendet war.

»Dass wir die volle Rückendeckung des Herrn Innenministers haben. Sie haben nun die Möglichkeit, voll und ganz mit uns zu kooperieren oder hier auf der Stelle mit Handschellen abgeführt zu werden. Es ist ihre Entscheidung.«

Clemens' Grinsen fror ein. Sekundenlang starrte er Thomas ungläubig an, während sein Kopf eine rötliche Farbe annahm.

»Das ist eine Frechheit!«, schrie er ihn an, »Ich bin gerne bereit zu kooperieren, aber es ist eine Tatsache, dass ich keine der beiden Frauen ermordet habe.«

»Wer spricht denn von ermordet?«, fragte Barbara spitz.

»Ich lese Nachrichten und natürlich habe ich Valerie auf dem Bild erkannt. Aber ich habe bei Ihrem Besuch noch nicht gewusst, dass sie auch umgebracht wurde.«

»Sie müssen verstehen,« sagte Barbara, »dass wir uns natürlich etwas schwertun, Ihnen jetzt zu glauben, nachdem Sie uns schon einige Lügen aufgetischt haben.«

»Ich habe nicht gelogen!«, flog er sie wirsch an.

»Dann haben Sie einfach einiges vergessen zu erwähnen«, sagte Thomas streng.

»Okay, okay, ich habe es verstanden«, schrie Clemens die beiden Bezirksinspektoren an. Er holte tief Luft, wandte sich ab und sah zum Fenster hinaus.

»Ja, ich hatte mit beiden Frauen Kontakt und mit Laura war ich im Bett. Wenn Sie es genau wissen wollen, dabei ging es nur darum, das Mädchen zu überzeugen, für mich zu arbeiten.

Sie können mir unmoralisches Verhalten vorwerfen und mir erklären, dass man so etwas nicht tut. Aber das Mädchen war volljährig und es hat ihr gefallen. Sex mit einer Frau, die halb so alt ist wie ich, ist meines Wissens keine Straftat.«

»Mord schon«, warf Thomas ein.

»Noch einmal, ich gestehe Ihnen alles, was ich getan habe. Valerie Kainz habe ich nie getroffen, wir haben miteinander geschrieben, aber mehr nicht. Mit Laura habe ich mich im Hotelzimmer getroffen. Es war dabei von vornherein klar, dass es nicht nur um Geschäftliches ging. Sie hat es selbst vorgeschlagen. Dieses Treffen war ein reines Treffen für Sex und zwar von beiden Seiten einvernehmlich. Einmal und dann nie wieder.«

Clemens griff nach der Zigarettenschachtel, die auf seinem Tisch lag.

»Darf man in Ihrem Büro etwa rauchen?«, fragte Thomas.

»Nein, aber nebenan am Balkon. Wollen Sie vielleicht mitkommen, Herr Bezirksinspektor?«

»Ja.«

»Aber nur wenn während dieser Zigarette keine Anschuldigungen Ihrerseits kommen.«

»Die hebe ich mir auf, wenn wir wieder bei meiner Kollegin sind.«

»Bevor die Herren rauchen gehen«, mischte sich Barbara ein, »möchte ich Sie bitten, sich auf FiLo einzuloggen.«

»Darf ich erfahren wieso?«

»Ja, dürfen Sie«, antwortete Barbara, »Weil wir auf der Suche nach Beweisen sind. Ich möchte die Nachrichten von Ihnen und Valerie Kainz lesen, aus denen herauszulesen ist, dass es kein Treffen gab.«

Clemens schnaubte kurz und tippe dann auf seinem Computer herum.

»Bitte schön, toben Sie sich aus«, sagte er völlig genervt.

Thomas hielt sich an das Versprechen und stellte keine weiteren Fragen zu dem Fall. Sein Interesse galt etwas anderem.

»Was genau macht Ihre Firma eigentlich?«

»Ich bin stellvertretender Geschäftsführer. Unser Unternehmen ist europaweit in verschiedenen Bereichen für Kosmetik und Pflegeartikel tätig.«

»Sie stellen die Cremes und Pasten hier her?«

»Einige schon. Das Firmennetzwerk erstreckt sich über Österreich, Deutschland, Polen, Ungarn und einen Standort in Italien. ‚Klampf & Breu‘ ist eines der Top Zehn Unternehmen in Europa, wenn es um Umsatz und Marktanteile geht.«

»Ich verstehe. Ich habe zwar bisher von Ihrer Firma noch nichts gehört...«

»Das liegt wahrscheinlich daran, dass ein Großteil unseres Sortiments mit anderem Namen vertrieben wird. K&B ist der Mutterkonzern, aber es ist leicht möglich, dass ihre Zahnpasta, Tagescreme oder Duschgel aus einem unserer Werke stammt.«

Als sie zurück ins Büro kamen, stand Barbara wieder mitten im Raum.

»Haben Sie etwas gefunden?«, fragte Clemens.

»Ich habe eine Frage, Herr van der Breu«, sagte Barbara mit entschlossenem Blick, ohne auf seine Frage einzugehen, »Wie war der Sex mit Laura Eberle?«

Die Frage schien ihn völlig zu überrumpeln.

»Wie bitte?«

»Sie haben mich schon richtig verstanden.«

»Ich wüsste nicht, was Sie das angeht oder wie das Ihrem Fall weiterhelfen sollte.«

»Und ich weiß nicht«, mischte sich Thomas sein, »warum wir Sie nicht auf der Stelle festnehmen und mitnehmen sollten. Es sollte Ihnen aber bewusst sein, wenn wir hier mit Ihnen bei der Tür rausgehen, wissen innerhalb von wenigen Minuten alle Zeitungen Bescheid.«

»Schauen Sie, ich tendiere dazu Ihnen zu glauben«, meinte Barbara, »aber das kann sich schnell ändern, wenn Sie nicht endlich mit uns zusammenarbeiten.«

Clemens van der Breu resignierte. Seine Anspannung fiel von ihm ab, er ließ seine Schultern hängen und wirkte nicht mehr, wie der gut gelaunte, selbstsichere Sunnyboy. Er holte tief Luft, als er weitersprach, lag keine Wut mehr in seiner Stimme, vielmehr sprach er leise und betreten.

»Was genau wollen Sie wissen?«

»Wie der Sex im Hotelzimmer war«, wiederholte Barbara.

»Er war einvernehmlich. Wir haben uns dort nur aus diesem einen Grund getroffen. Das haben wir uns genauso ausgemacht. Wenn Sie wollen kann ich Ihnen den Nachrichtenverlauf auf meinem Handy zeigen. Können Sie mir jetzt erklären, worauf Sie hinauswollen?«

»Etwas genauer bitte. Ich möchte wissen, ob es sanft oder heftig zuging.«

»Warum ist das wichtig?«

Thomas verlor die Geduld.

»Also entweder bekommen wir jetzt gscheite Antworten oder wir marschieren hier zu dritt raus. Ich habe keine Lust mehr auf diese depperten Spielereien«, fauchte er, obwohl er selbst nicht wusste, was seine Kollegin mit dieser Frage beabsichtigte. Clemens blickte zwischen den beiden hin und her.

»Es war eher sanft und... ich hätte gern viel härtere Sachen gemacht aber das lag ihr nicht. Das war auch der Grund warum wir nach dem Treffen beschlossen haben, dass es keine weiteren geben wird.«

Barbaras Miene erhellte sich.

»Danke, damit haben Sie uns und Ihnen weitergeholfen.«

Thomas, der keine Ahnung hatte, was Barbara meinte, blickte zu ihr.

»Dann sind wir hier fertig, Frau Kollegin?«

»Ja, wir können fahren. Ich hoffe, Sie haben sonst nichts vergessen«, sagte sie herausfordernd.

Clemens van der Breu schüttelte den Kopf.

»Nein, da ist sonst nichts. Wenn es nichts Weiteres gibt...«

»Wir sind schon weg. Danke für Ihre Mitarbeit«, meinte Thomas und wandte sich zum Gehen.

»Echt schade«, murmelte van der Breu, als Barbara an ihm vorbeiging.

»Was meinen Sie?«

»Dass eine Frau wie Sie bei der Polizei ist«, antwortete er und ging wieder zu seinem Schreibtisch.

Thomas wartete, bis sie im Wagen saßen, bevor er fragte: »Was sollte die Frage nach seinem Sexleben?«

»Ich habe mir sein Profil angesehen und dort steht unter anderem auch drinnen, nach was für einem Typ Frau er sucht und worauf er so steht. Da sind nicht viele Übereinstimmungen mit Laura Eberle. Ich habe einen Artikel von ihr gelesen, in einer Frauenzeitschrift. Dort hat sie über ihr Liebesleben ausgepackt und erwähnt, dass sie es romantisch mag. Es ist nur ein kleines Detail, aber mit den Textnachrichten von seinem Handy und auf FiLo bietet sich ein schlüssiges Bild.«

»Glaubst du, er ist völlig unschuldig?«

»Was unseren Fall betrifft muss ich zugeben, dass ich große Zweifel habe ob er der Mörder ist.«

Thomas musste ihr zustimmen, außer der Erkenntnis, dass van der Breu beide Frauen kannte, sprach nichts dafür, dass er mit deren Ermordung zu tun hatte.

Ihre Rückfahrt endete nicht bei der Dienststelle, sondern mitten im ersten Bezirk. Thomas lud Barbara zu einem seiner liebsten Würstelstände ein, wo er ihr ungefragt auch ein Bier bestellte.

»Das muss sein, um den Frust runterzuspülen«, erklärte er ihr.

Montag, 11. März
9:30 Uhr

Wie beinahe jeden Tag begann der Dienst für Barbara und Thomas mit einem Kaffee an ihrem Arbeitsplatz.

»Am Wochenende waren beide Begräbnisse«, berichtete Barbara, »Valerie Kainz in ihrer Heimatgemeinde in Kärnten, Laura Eberle in Wien. Die Presse hat sich zurückgehalten.«

»Ich habe den Bericht der Gerichtsmedizin gelesen. Alle Untersuchungen wurden abgeschlossen, ohne weitere Ergebnisse. Wir haben keine einzige Spur und das bei einem Doppelmord mit einer so auffälligen Mordwaffe«, sagte Thomas frustriert.

»Der Fall bleibt bei uns liegen und wird sicherlich nicht abgelegt.« Wie zur Bestätigung nahm er sich den kompletten Papierordner und legte ihn neben sich auf den Tisch.

»Ich habe für heute einen ganz einfachen, schnell erledigten Fall für uns. Ein Kollege hat mich gestern um Hilfe gebeten.« Thomas hielt ihr eine dünne Mappe hin.

»Es ist nicht ganz offiziell, darum hat er an mich gedacht«, ergänzte er, während Barbara die ersten Seiten überflog.

»Ein Ladendiebstahl? Ah, Moment… Sie behauptet, der Kaufhausdetektiv habe sie sexuell genötigt. Er soll sie bedrängt und gezwungen haben, sich auszuziehen. Fürs Fummeln und begrapschen sollte sie straffrei rauskommen. Sie hat es zugelassen, eine Anzeige gab es trotzdem. Aber sie hat erst später einer Freundin davon berichtet und natürlich gibt es keine Spuren. Es steht Aussage gegen Aussage, und das Mädchen hat die schlechteren Karten gegen einen Sicherheitsmann.« Barbara blickte auf.

»Genau. Aber besagte Freundin ist die Tochter von Jochen Lienhart. Jochen und ich kennen uns schon lange. Er hat mich um einen Gefallen gebeten.«

85

»Ich bin dabei, du musst mir nur erklären…«

»Wir beide sitzen nur im Kaffeehaus gegenüber und hören zu. Jochen schickt seine Tochter Jasmin in das Geschäft, ein Bekleidungs- und Schmuckladen, sie klaut und lässt sich erwischen. Mit etwas Glück versucht der Typ dieselbe Masche bei ihr und wir greifen ein. Wenn nicht, fangen wir die gerufene Streife ab und übernehmen die Tochter.«

Barbara lehnte sich in ihrem Stuhl zurück und schmunzelte.

»Ich will nichts verschreien, aber das klingt wirklich nach einem…«

»Sprich es nicht einmal aus!«, fiel Thomas ihr ins Wort.

Zwei Stunden später saßen Barbara und Thomas im Freien eines Kaffeehauses auf der Mariahilfer Straße. Sie sahen zu dem Geschäft auf der anderen Straßenseite, in dem nur eine Dame arbeitete.

»Es ist Montagvormittag, klar, dass nicht viel los ist. Ich hoffe, die Tochter stellt sich nicht zu plump an«, meinte Barbara unsicher.

Fünf Minuten später kam die Tochter von Jochen Lienhart in ihr Blickfeld. Thomas sah ihr zu, wie sie das Geschäft ansteuerte und stupste Barbara an.

»Das wird nichts. Die Kleine zittert jetzt schon wie ein Kluppensackerl.«

»Das passt vielleicht sogar sehr gut. Er weiß ja nicht, warum sie nervös ist, es könnte auch ihr erster Diebstahl sein«, meinte Barbara, »Wir sind in fünf Sekunden drüben, geben wir ihr die Chance.«

Das Mädchen betrat das Geschäft, gleichzeitig steckten sich beide Bezirksinspektoren die vorbereiteten Ohrstecker ins Ohr. Dieter hatte das Handy von Jasmin mit einem Programm versehen, das durchgehend aufzeichnete und gleichzeitig an die beiden Ohrstecker sendete.

Thomas bezahlte ihre beiden Kaffees und wartete gespannt. In seinem Ohr hörte er die andere Kundin an der Kassa und leises Rascheln. Dann erkannte er das Geräusch eines sich öffnenden Reißverschlusses. Nur eine Minute später konnten sie durch die Auslage sehen, wie Jasmin im Begriff war, das Geschäft zu verlassen.

»Moment, junge Dame!«, hörten sie eine männliche Stimme.

»Was… was ist denn?« Jasmin klang aufgeregt und Thomas hoffte, dass sie sich nicht verplappern würde in ihrer Nervosität.

»Du kommst mit mir. Das Shirt unter deiner Jacke gibst du mir auch gleich«, meinte der Mann.

»Und es ist derselbe Kaufhausdetektiv, der angeblich ihre Freundin angegriffen hat?«, wollte Barbara sicher gehen.

Thomas nickte.

»Jochen hat sich vergewissert. Er wartet einige Häuser weiter, wird sich aber nicht einmischen.«

Jasmin wurde in einen Raum hinter dem Geschäft gebracht, wo ihr das gestohlene Shirt abgenommen wurde. Es folgte eine genaue Erfassung ihrer Daten und die Erklärung, dass er verpflichtet sei, die Polizei zu rufen.

»Bitte nicht. Mein Vater…, wenn er das erfährt…«, stotterte Jasmin, die ihre Angst nicht spielen musste und sehr realistisch klang.

»Sie darf ihn nicht zu sehr in die Richtung drängen«, flüsterte Thomas.

»Schau, Mädchen, du bist gerade einmal fünfzehn Jahre alt. So ein Diebstahl, der bleibt in deinem Leumundszeugnis stehen und verbaut dir vielleicht deine weiteren Aussichten.«

Barbara setzte ein Grinsen auf und ballte die Hand.

»Bingo. Er versucht ihr Angst zu machen, ich glaube, das wird was.«

»Ziemlich sicher, er probiert's mit dem Einserschmäh«, stimmte Thomas ihr zu.

»Es ist mein Job, jeden Ladendiebstahl anzuzeigen. Aber es wäre echt schade, wenn sich so ein junges hübsches Mädchen wegen einer Dummheit das ganze Leben versaut, findest du nicht auch?«, redete der Detektiv mit sanfter Stimme auf sie ein.

»Bitte, lassen Sie mich gehen. Ich mach das auch nie mehr wieder, versprochen.« Jasmin klang, als würde sie heulen.

»Das kann ich nicht tun. Auch wenn das Shirt nur zwanzig Euro gekostet hätte, Diebstahl ist Diebstahl. Hast du denn noch was bei dir?«

Thomas und Barbara erhoben sich gleichzeitig.

»Wenn er verlangt, dass sie sich ausziehen muss, sind wir drinnen«, sagte Thomas, nun vollkommen ernst und konzentriert.

»Klar, das reicht auch schon, aber besser wäre…«, Barbara verstummte, als der Mann weitersprach.

»Ich könnte vielleicht eine Ausnahme machen. Aber dafür musst du mir etwas anbieten.«

»Anbieten? Ich habe ja nichts. Wenn ich Geld hätte, dann…«

»Ach Kind, wer spricht denn von Geld? Du bist hübsch, du hast einen tollen Körper…«

Sie hörten, dass der Detektiv aufstand und einen Stuhl zur Seite schob. Das nächste Geräusch klang nach dem Absperren einer Tür.

»Wir gehen rüber«, entschied Thomas.

Sie gelangten zur Tür, als der Mann weitersprach.

»Ich mache dir ein Angebot. Wenn du mir entgegenkommst, kann ich das auch.«

Einen Satz noch, nur einen Satz noch, dachte Thomas und deutete Barbara, stehenzubleiben.

»Ich weiß nicht, was Sie meinen«, stotterte Jasmin ängstlich. Einen Moment später hörte man sie erschrocken sagen: »Was machen Sie da?«

»Aber jetzt!«, sagte Barbara und Thomas nickte. Gemeinsam stürmten sie in das Geschäft. Die Verkäuferin sah sie verdutzt an.

Thomas zog seinen Ausweis.

»Keinen Mucks. Wo ist das Büro Ihres Detektivs?«

Sie sah ihn nur verständnislos an.

»Bitte, greifen Sie mich nicht an«, hörte Thomas im Ohr.

»Das Büro! Wo ist es?«, fragte er eindringlicher.

»Das ist deine einzige Wahl, Mädchen. Tust du mir was Gutes, dann tue ich dir was Gutes.«

Diese Aussage reichte Thomas. Die Verkäuferin hob den Arm und wollte nach hinten deuten, doch darauf wartete er nicht mehr. Er rannte los, riss die Tür neben den Umkleidekabinen auf und sah sich um. Vor ihm waren eine kleine Küchennische, eine halb geöffnete Tür zur Toilette und eine geschlossene Tür.

»Jasmin!«, rief er laut.

»Ja hier!«, dröhnte es in seinem Ohr und aus der Tür vor ihm.

Im nächsten Moment sprintete Thomas zur Tür.

»Sofort aufmachen! Polizei!«, schrie er.

Barbara erschien neben ihm.

»Mach Platz!«, befahl sie, energisch wie sonst nur selten.

Thomas wich zur Seite aus und Barbara trat mit voller Wucht gegen den Türknauf. Mit einem lauten Bersten wurde die Tür nach innen geschleudert.

Vor ihnen stand ein völlig überraschter Mann, dahinter Jasmin mit verrutschter Bluse.

»Er wollte… er hat einfach zugegriffen«, stotterte sie, die Hände vor der Brust verschränkt. Barbara kam sofort auf sie zu und nahm sie in den Arm. Thomas ging wortlos auf den Kaufhausdetektiv zu.

»So ein Blödsinn. Die Kleine phantasiert sich da etwas zusammen. Wer sind Sie überhaupt?«

»Ich bin Bezirksinspektor Kratochwil. Und das…«

Wie aus dem Nichts schoss seine Faust vor und traf den Mann mitten im Gesicht. Die Wucht schleuderte ihn zur Seite und ließ ihn zu Boden stürzen.

»Das war meine Faust. Für alle Anwesenden: der Verdächtige wollte fliehen und wurde vom Bezirksinspektor daran gehindert.«

Er wandte sich den beiden Damen zu.

»Jasmin, dein Vater kommt gleich. Du hast das super gemacht. Dieser Arsch wird nie wieder ein Mädchen angreifen.«

Die junge Frau wischte sich die Tränen aus dem Gesicht.

»Habe ich alles richtig gemacht? Glauben Sie jetzt, dass er meine Freundin…«

»Auf alle Fälle glaubt ihr das Gericht jetzt viel eher. Wir haben alles auf Band, mach dir keine Gedanken mehr über diesen Mistkerl.«

Hinter Thomas kam Jochen Lienhart hereingestürmt. Sofort packte er seine Tochter und hob sie hoch.

»Alles okay. Ist dir nichts passiert?«

»Alles gut, Papa. Dein Freund da hat gesagt, ich habe das gut gemacht und der Typ wird eingesperrt.«

Jochen blickte zu Thomas und dann zu dem auf dem Boden liegenden Mann.

»Fluchtversuch?«

Thomas nickte.

»Du und Jasmin, ihr geht jetzt auf einen Kaffee, heiße Schokolade oder sonst was. Wir warten auf die Kollegen. Alles Weitere klären wir später«, sagte Thomas, und ließ die beiden gehen. Barbara stellte sich zu Thomas.

»Ein Fall, der binnen weniger Stunden geklärt ist, es gibt auch gute Tage«, meinte sie und klopfte ihrem Kollegen auf die Schulter, »Aber der Schlag, der kann dir noch Probleme einbringen.«

Thomas beugte sich zu dem Mann auf den Boden, der sich inzwischen aufgesetzt hatte.

»Nein, weil ich niemanden geschlagen habe. Oder willst du wirklich ab jetzt damit leben, dass hinter jeder Ecke ein Hawara von mir stehen könnte, der dir ohne mit der Wimper zu zucken die Gurgl umdraht?«

Thomas sah ihn eindringlich an.

»Ich hab´s verstanden«, war seine kleinlaute Antwort.

Nachdem die Besatzung eines Streifenwagens den Mann abgeführt hatte, hielt Barbara Thomas am Arm fest.

»Ich weiß, du handhabst manche Dinge, als wären wir noch in den 70ern, 80ern. Aber…«

»Bei Kindern dreht sich mir der Magen um. Solche Gfraster haben noch viel Schlimmeres verdient. Darum wurmt mich der Doppelmord an den beiden Frauen so, das waren ja auch noch halbe Kinder.«

»Ich verstehe dich, Thomas. Aber pass etwas auf, nicht, dass so etwas mal nach hinten losgeht.«

Thomas nickte, setzte dann aber ein Grinsen auf und legte einen Arm um seine Kollegin.

»Im Notfall habe ich ja einen guten Draht in die höheren Etagen der politischen Macht.«

Auch wenn ihr Einsatz nur ein paar Stunden lang dauerte, durften sie den Nachmittag mit dem Schreiben des Berichtes verbringen. In der Aussage des geständigen Kaufhausdetektives wurde tatsächlich kein Schlag von Thomas erwähnt.

»Pack zusammen und hau ab«, meinte Thomas, nachdem er eine Nachricht von Elisabeth bekommen hatte.

»Mach dir einen schönen Abend, such dir wen auf FiLo und morgen sehen wir uns in alter Frische und gut gelaunt wieder.«

Barbara deutete auf sein Handy.

»Gut gelaunt? Das heißt, du wirst es morgen wohl wieder sein.«

»Die Details ersparen wir uns, aber du könntest Recht haben«, gab ihr Thomas schmunzelnd zur Antwort, »Jedenfalls habe ich noch Zeit, bis Elisabeth heimkommt.«

Auf dem Weg zu ihrem Wagen scrollte Barbara durch ihre Nachrichten auf der Dating-App. Eine kurze Nachricht von Clemens van der Breu war ebenfalls dabei.

»Ihr Profilbild wird Ihrer Ausstrahlung in Natura nicht gerecht.«

»Ach wirklich?«, murmelte sie verschmitzt, »Und warum meldest du dich dann nicht?«

Clemens van der Breu verließ das Gelände und spazierte zu seinem Wagen. Erst als er vor seinem Porsche Cayenne stand und seinen Schlüssel in die Hand nahm, sah er die Frau auf ihn zukommen.

»Frau Bezirksinspektor! Was verschafft mir erneut die Ehre, haben Sie noch weitere Fragen?«, fragte er Barbara.

»Nur eine. Haben Sie heute noch etwas vor?«

Clemens stoppte inmitten seiner Bewegung und sah sie völlig überrascht an.

»Wie bitte?«

Barbara kam näher und lehnte sich neben ihn an den Wagen.

»Ich habe keine Lust, via FiLo zu schreiben. Überspringen wir das doch einfach und lernen uns gleich persönlich kennen.«

»Das kommt jetzt aber sehr überraschend«, sagte er und sah sie ungläubig an.

»Glauben Sie mir, ich habe noch einige Überraschungen auf Lager«, gab ihm Barbara mit einem Grinsen als Antwort.

Clemens van der Breu hob die Augenbrauen und sah sie herausfordernd an.

»Das klingt sehr interessant.«

Dienstag, 12. März
6:20 Uhr

Wie jeden Morgen holte Denise Holowitz den schwarzen Sack aus dem Mistkübel in der Küche, packte ihre Zigaretten ein und machte sich auf den Weg. Es war ihr tägliches Ritual, den Mist des Vortages hinuntertragen und dann gemütlich eine oder mehrere Zigaretten zu rauchen, bevor ihr Mann und die drei Kinder munter waren. Diese kurze Zeit in der Früh gehörte ihr ganz alleine.

Im Innenhof der Wohnungsanlage holte sie tief Luft und genoss die Ruhe. Die Anlage war in Form eines Quadrats erbaut, womit der Straßenlärm nur gedämpft zu ihr drang. Mit der Zigarette im Mund spazierte sie zu den Müllcontainern, die ihren Platz im Freien hatten. Zu drei Seiten verdeckten dichte Büsche die insgesamt sechs silbernen Container. Beim Näherkommen stutzte Denise Holowitz. Zwischen zwei Containern sah sie ein Paar Beine auf dem Boden liegen.

»Nicht schon wieder«, fluchte sie und dachte an den Besoffenen, den sie vor zwei Wochen hier vorgefunden hatte.

»Hey, aufwachen! Such dir einen anderen Platz zum Schlafen!«, meinte sie mit strenger Stimme. Die Beine regten sich nicht, sie sah, dass die Person keine Schuhe trug und lackierte Fußnägel hatte. Die schwarze Strumpfhose und der rote Minirock ließen auf eine Frau schließen.

Denise Holowitz kam näher, griff nach ihrem Handy und wollte die Polizei rufen, als sie den ganzen Körper zu Gesicht bekam. Vor Schreck ließ sie sowohl den Mistsack, als auch ihr Handy fallen, die Zigarette rutschte aus ihrem aufgerissenen Mund.

Sie lag richtig mit ihrer Annahme, die offene Bluse mit dem teils entblößten Oberkörper verriet, dass eine Frau vor ihr lag. Mehr Anhaltspukte gab es nicht, da der Körper beim Hals endete. Der Kopf der Frau war abgetrennt worden.

Wo ist denn das ganze Blut, wieso ist da kein Blut an ihrem Hals, Körper, am Boden?, war ihr erster Gedanke, bevor sie zurückstolperte und die Augen schloss.

Erst nach einigen tiefen Atemzügen schaffte es Denise Holowitz wieder, die Augen zu öffnen und erneut zur Leiche zu sehen. Sie spürte, wie ihr Abendessen aus ihrem Magen hochkam, sah sich schnell um und wich dann zurück, bis sie sich an der Hauswand anlehnen konnte. Soweit sie es erkennen konnte, fehlte vom Kopf der Frau jede Spur.

Alles Weitere wollte sie der Polizei überlassen, die sie gleich anrufen wollte. Gleich nachdem sie sich vor Ekel übergeben hatte.

Barbaras erster Weg, als sie das Büro betrat, führte sie zur Kaffeemaschine.

»Hast Du das Mail von gestern gelesen, über mögliche Einsparungen bei uns?«, sprach sie ein Kollege an.

»Solange die uns nicht die Kaffeemaschine wegnehmen«, antwortete Barbara, »Aber im Ernst, was wollen die noch alles einsparen?«

»Vielleicht kannst du deinem Onkel nahelegen...«

»Nein«, unterbrach sie den Kollegen, »Ich bin ganz deiner Meinung, dass wir eher mehr Geld brauchen würden, als Sparmaßnahmen. Aber ich bin Bezirksinspektorin und keine Politikerin.«

Sie beendete das Gespräch, begab sich mit zwei Bechern zu ihrem Platz und las erneut die Nachrichten von Clemens van der Breu durch. Nachdem sie gestern beim gemeinsamen Abendessen tatsächlich nur über Privates gesprochen hatte und den aktuellen Fall ausließ, war sie mit dem Gefühl heimgefahren, dass er tatsächlich unschuldig war. Bei der erneuten Durchsicht der Nachrichten verhärtete sich diese Meinung.

»Schon so fleißig? Entweder willst du ihm unbedingt etwas anhängen oder genau das Gegenteil«, sagte Thomas, der plötzlich hinter ihr auftauchte und über die Schulter blickte. Er griff nach dem Kaffeebecher und setzte sich auf seinen Platz ihr gegenüber. Nachdem er sie eine Minute lang nur ansah, legte Barbara die Ausdrucke zur Seite.

»Was?«

»Mädel, mach keinen Blödsinn«, ermahnte Thomas seine Kollegin.

»Was meinst du?«

Thomas deutete auf die Nachrichten von Clemens van der Breu.

»Er zählt immer noch zu den Verdächtigen. Also verbrenn dir nicht die Finger. Du hast die besten Karten für eine ordentliche Karriere, versau es dir nicht wegen einer Bettgeschichte.«

Barbara verdrehte übertrieben theatralisch die Augen.

»Ja, Papa.«

Thomas wollte etwas erwidern, doch das Telefon kam ihm zuvor. Die Nummer erkannte er sofort.

»Guten Morgen, Dieter. Was verschafft mir die Ehre?«, begrüßte er seinen Freund. Gleichzeitig läutete Barbaras Festnetztelefon.

»TJ, ich habe eine Spur!«, sagte Dieter begeistert.

»Ich bin ganz Ohr«, meinte Thomas.

»Wir haben erst mit Verspätung alle Mails von Laura Eberle bekommen, auch die schon gelöschten, die aber noch auf dem Server ihres Anbieters...«

»Raus damit, was hast du anzubieten.«

»Folgenden Text, aus einer E-Mail an Laura Eberle: Ich träume fast täglich von deinen wunderschönen Beinen. Am liebsten würde ich sie mir hier neben meinen Computer stellen, um sie die ganze Zeit anschauen zu können. Ich bin schon so lange ein Fan von dir und eine Einladung zu deiner Präsentation wäre das Höchste für mich. Es würde mir alles bedeuten, mehr als meine Pflanzen daheim.«

»Pflanzen?«, fragte Thomas nach.

»Ja, er hat tatsächlich Pflanzen geschrieben. Aber er ist nicht ganz helle, jede Menge Tipp- und Rechtschreibfehler, außerdem noch weitere Schwärmereien, die völlig komisch und verrückt klingen. Er würde sich für sie rasieren, nur als Beispiel.«

Thomas riss ein Blatt von seinem Notizblock herunter, welcher auf seinem Tisch lag.

»Name, Adresse?«

»Richard Mühlbacher, 22, arbeitslos. Wohnt im 5. Bezirk. Mann eh, der war sogar so blöd, die E-Mail von seiner Privatadresse zu schicken.«

Thomas schrieb sich die Daten auf, bekam die Wohnadresse und dankte Dieter. Barbara beendete ihr Gespräch nahezu zeitgleich, wobei ihr Blick keine guten Nachrichten versprach.

»Wir müssen in den 19. Bezirk. Eine weitere Frauenleiche, ziemlich sicher gehört sie zu unserem Fall.«

»Was wurde diesmal abgetrennt?«, wollte Thomas wissen, dessen Euphorie augenblicklich verflog.

»Der Kopf.«

Er musste kurz überlegen, dann entschied Thomas, sich aufzuteilen.

»Kopflose Leiche oder Festnahme eines mutmaßlichen Tatverdächtigen? Ich überlasse dir die Entscheidung«, sagte er und hob die Notiz von Dieter hoch. Barbara überlegte nicht lange und griff nach dem Papier.

»Sorry, aber wenn ich die Wahl habe, nehme ich mir lieber einen...«, sie überflog Thomas` Infos, »arbeitslosen Jugendlichen. Sicherheitshalber organisiere ich ein WEGA-Team zur Begleitung.«

Als Thomas die Krottenbachstraße im neunzehnten Bezirk
Döbling mit Blaulicht und Sirene entlangfuhr, konnte er
schon von Weiten die Ansammlung an Fahrzeugen und
Menschen erkennen. Die Adresse gehörte zu einem Eck-
Gemeindebau, die Seitengasse war durch zwei Fahrzeuge
der Polizei, sowie einem Wagen der Spurensicherung
versperrt, weshalb sich Thomas ebenfalls nicht um einen
Parkplatz kümmerte, sondern direkt in der Gasse stehen
blieb.

Er stieg aus und verschaffte sich einen ersten Überblick.
Drei Polizisten hatten damit zu kämpfen, Passanten von
der Straße und neugierige Bewohner vom Tatort
fernzuhalten. Der Tatort selbst lag im Innenhof des Baus,
leicht zu erkennen durch aufgestellte Sichtschutzwände.
Mit seinem Dienstausweis in der Hand kämpfte er sich
durch die kleine Menschenmenge zum Eingang des
Gemeindebaus hindurch. Der Innenhof des viereckigen
Baus bot eine Wiese mit zwei Bäumen, einen kleinen
Spielplatz mit Sandkiste und Schaukel und einen durch
Büsche und einer kleinen Mauer verdeckten Verbau, in
welchem die Müllcontainer standen. Genau dort lag eine
Person unter einer weißen Plane. Während Thomas zu den
Kollegen der Spurensicherung ging, zählte er die
Stockwerke der vier Wohnhäuser.

Fünf Stockwerke, das sind jede Menge Befragungen,
fluchte er in Gedanken.

»Kratochwil, da bist du ja«, wurde er von einem Mann
begrüßt, den er im ersten Moment nicht erkannte.

»Wunder dich nicht, ich wohne eine Gasse entfernt.
Eigentlich habe ich heute frei, aber das Blaulicht hat mich
neugierig gemacht und jetzt knie ich hier vor dieser armen
Frau«, sagte der Mann und im selben Moment fiel Thomas
ein, wer vor ihm stand.

»Grüß Dich Fredi«, begrüßte er den Gerichtsmediziner, »Ich weiß bislang nur, dass sich darunter eine Leiche ohne Kopf befindet.« Thomas sprach mit gedämpfter Stimme, da die Schaulustigen ihm viel zu nahe am Tatort standen.

»Okay, dann werde ich dir erzählen, was ich bisher herausgefunden habe. Im Moment haben wir es mit einer Unbekannten zu tun. Sie hatte keine Papiere bei sich, genaugenommen hatte sie nichts bei sich. Fingerabdrücke und DNA sind bereits auf dem Weg.

Der Kopf wurde mit einem geraden Schnitt abgetrennt, es sieht sehr danach aus, dass es erneut der Kreissägenmörder war. Bestätigen kann ich dir das allerdings erst nach der Beschau in meinem Labor. Offensichtlich ist das hier wieder nicht der primäre Tatort.«

»Kann ich die Leiche sehen?«, bat Thomas.

Das Tuch wurde hochgehoben und Thomas bot sich ein surreales Bild. Sein erster Gedanke galt einer Schaufensterpuppe. Die Öffnung am Hals, an der sich vor kurzem noch der Kopf der Unbekannten befand, war eine rote, trockene Fläche. Er sah keine Blutspuren, weder auf dem Hals noch auf dem Körper. Nur unter der Leiche hatte sich eine verhältnismäßig kleine Blutlache gebildet.

»Keine Spritzspuren?«, fragte er und deutete mit dem Kopf auf die Leiche.

»Das ist auch etwas, was mich verwundert«, meinte Fredi, »Der Schnitt erfolgte anscheinend in der Mitte des Halses, wobei sie abgedeckt gewesen sein musste.«

Thomas warf einen Blick auf die Kleidung. Schwarze Lackstiefel, die bis zu den Knien reichten, eine schwarze, durchsichtige Strumpfhose und ein knapper roter Minirock, dessen Latexstoff glänzte. Die schwarze Bluse war vollständig geöffnet worden und offenbarte, dass die Frau keinen BH getragen hatte.

Thomas vermutete, eine Prostituierte vor sich liegen zu haben. Er reichte Fredi seine Visitenkarte und bat ihn, ihm alle Identifikationsmerkmale, wie Tätowierungen oder ähnliches, sofort mitzuteilen. Danach gab er den Polizisten und Kollegen der Spurensicherung Bescheid, dass sie die Leiche abtransportieren konnten. Er selbst entfernte sich einige Schritte, lehnte sich gegen die raue Fassade des Hauses und genehmigte sich eine Zigarette.

Er hatte keinen Zweifel daran, dass vor ihm das dritte Opfer desselben Mörders lag. Demnach wusste er, was nun auf ihn zukam, sobald er seinen Vorgesetzten, Oberst Frimmel, informieren würde.

Zur selben Zeit traf sich Barbara vor der Adresse im fünften Bezirk mit vier WEGA-Beamten. Die Männer der Sondereinheit wurden von ihr informiert, dass es sich um einen Verdächtigen handelte, bei dem nicht abzusehen war, ob und wie gefährlich er sei.

»Im besten Fall ein 22-jähriger Nerd, der eine selten dämliche Nachricht versendet hat. Es kann aber auch ein gemeingefährlicher Serienmörder sein.«

Diese Information genügte dem Team. Die Pistolen wurden entsichert und nach einer kurzen, präzisen Einteilung marschierten sie in den 3. Stock des Hauses. Barbara wurde dabei in die Mitte genommen. Da sie schon einige Einsätze der Spezialeinheit miterlebt hatte, vermied sie es, sich in deren Aufgaben einzumischen.

Die Wohnungstür wies weder ein Namensschild noch eine Türklingel auf. Dafür drang der typisch herbe Geruch von Cannabis aus der Wohnung. Je zwei Beamte positionierten sich neben der wenig stabil wirkenden Eingangstür. Es genügte ein kurzer Blick, um festzustellen, dass diese Tür einem festen Tritt nicht standhalten würde.

Barbara blickte zu beiden Seiten, wartete die Bestätigung der Einsatzkräfte ab und klopfte an der Tür. Noch bevor sie etwas sagen konnte, rief jemand aus der Wohnung.

»Ich komme schon, bin gleich da. Schön, dass du pünktlich bist.«

Nur einige Sekunden später wurde die unversperrte Tür geöffnet. Die intensive Cannabiswolke, die Barbara entgegenkam, ließ sie zurückweichen.

»Du bist Peters Freundin?«, lallte ein Jugendlicher in schäbiger Jogginghose und zerrissenem Shirt mit Fettflecken. Er war total ungepflegt, sein Vollbart zerzaust, die schulterlangen Haare verfilzt. Gelbe Zähne kamen zum Vorschein, als er sie breit angrinste. Sein glasiger Blick und sein Schwanken verrieten, dass er unter dem Einfluss von Drogen stand.

Barbara kam nicht dazu, ihren Ausweis vorzuweisen. Der Mann vor ihr nahm nicht einmal wahr, dass neben der Tür noch weitere Personen standen.

»Komm rein, unbekannte Schwester. Ich habe dich erwartet und schon alles hergerichtet. Es ist schön, mit guten Freunden so verlässliche Geschäfte zu machen. Komm rein, magst du auch eine Tüte, dir schenke ich sogar eine. Komm rein, mach hinter dir die Tür zu.«

Er drehte sich um und ging davon.

»Ist das unser Mann?«, fragte ein Beamte neben ihr.

»Ich glaube schon. Bleiben Sie bei der Tür und sichern Sie den Vorraum.«

Sie folgte dem Mann in die Wohnung. Der Geruch wurde unangenehm intensiv, dazu mischte sich der Gestank von Schweiß und Fett. Barbara kam an einem verdunkelten Zimmer vorbei, in dem ein aufgedrehter Computer stand. Auf dem Bildschirm erkannte sie eine Internetseite, auf welcher ein Video mit zwei spielenden Katzen lief. Daneben lief in einem zweiten Fenster ein Pornofilm.

»Hierher, Schwester, das Gras liegt hier, fertig abgepackt, wie ausgemacht. Zehn Packerl mit einem Kilo jeweils, wie versprochen. Beste Qualität, selbst gezüchtet und selbst probiert. Feinster Stoff, nur das Beste für meinen Peter. Auch für dich, wenn du magst, ich bastle dir gerne eine Ladung, die dich fliegen lässt.«

Barbara betrat das Zimmer und starrte auf den Tisch. Als Pyramide aufgestapelt lagen zehn eingeschweißte Pakete, gefüllt mit Cannabis oder ähnlichem.

»Du baust das Gras selbst an?«, fragte sie.

»Natürlich, Sister. Echt bio, garantiert frisch und extra stark. Ich habe sogar vom Nachbarn den Strom angezapft, damit ich nicht so hohe Kosten habe. Deshalb kann ich es so günstig verkaufen. Schau her.«

Er ging zur nächsten Tür, öffnete sie und offenbarte Barbara einen Raum voller Hanfpflanzen, die auf mehreren Tischen unter hellen Lampen emporwuchsen. Die Wände und der Boden glänzten vor Feuchtigkeit, die Fenster waren mit undurchsichtiger Folie abgeklebt.

»Echt vegan, verstehst du?«, sagte der Jugendliche und lachte über seinen vermeintlichen Witz.

Barbara konnte nur den Kopf schütteln. Sie glaubte, im falschen Film gelandet zu sein.

»Du bist Richard Mühlbacher?«

»Ja sicher. Wer soll ich sonst sein, ich wohne hier alleine. Aber nenn mich Richie, alle Freunde nennen mich so. Magst du auch eine Tüte?«

Er hielt ihr einen Joint hin.

»Den gibt's gratis. Du bist hübsch, dir gebe ich sogar noch einen aus. Oder wir einigen uns auf etwas anderes und ich gebe dir ein ganzes Paket gratis. Aber nein, lieber nicht. Du bist hübsch, aber ich möchte keine Probleme mit Peter. Er ist ein echter Freund und Freunde hintergeht man nicht, stimmt doch?«

»Ja«, mehr konnte Barbara nicht sagen. Sie erwartete, dass jeden Moment jemand hereinstürmte und "Versteckte Kamera" rief.

»Wie heißt du eigentlich, Schwester?«

»Barbara und ich bin...«

»Barbara! Schöner Name, meine... Ich glaube, sie war meine Cousine, die hieß auch Barbara. Hübscher Name, hübsche Frau. Peter ist echt zu beneiden.«

»Okay, jetzt reicht es«, entschied Barbara, »Ich bin Bezirksinspektorin Gugawitsch und...«

»Oh schau«, unterbrach Richie sie laut und zeigte an ihr vorbei in den Vorraum. Dort hatten sich die Beamten versammelt, ihre Waffen gesenkt, lehnten mit einem Grinsen an der Wand und verfolgten das Schauspiel.

»Du hast Freunde mitgebracht. Machen wir eine kleine Party, Stoff ist genug da. Ist Peter auch mitgekommen?«

»Nein, das sind Polizisten, genauso wie ich.«

Für einen Moment stutzte Richie und sah sie mit großen Augen an. Dann siegten wieder seine Drogen.

»Aber natürlich, die Polizei. Was sollte die denn hier machen? Ich bin Hanf-Richie, den verpfeift doch niemand. Alle sind glücklich mit meinem Stoff und ich habe die besten Preise von hier bis... na bis Entenhausen mindestens.«

Wieder lachte er auf.

»Sind wir hier richtig, Frau Bezirksinspektor?«, kam die Frage hinter Barbara.

»Ja, das ist Richard...«

»Richie! Du sollst mich doch Richie nennen, Barbara.«

»Der ist völlig zugedröhnt«, stellte der Beamte fest.

»Ach wirklich?«, meinte Barbara und sah sich im Zimmer um.

In einer Ecke stapelten sich Shishas und Bongs. Daneben lagen haufenweise leere Getränkeflaschen, Dosen und unterschiedlichste Fast Food Verpackungen. Auf einer niedrigen Ablage stand ein Flachbildfernseher, daneben fand Barbara ein eingerahmtes Bild. Sie erkannte Laura Eberle auf dem Bild und trat an das Bild heran.

»Achtung, das ist mein Heiligstes. Diese Frau ist meine Göttin«, erklärte Richie.

Das Bild entpuppte sich als signierte Autogrammkarte der Influencerin.

»Ihre Beine sind ein Wahnsinn. Nichts gegen dich, Schwester, du bist auch hübsch anzusehen, aber meine Laura... Hast du gewusst, dass sie erst vor ein paar Tagen ihre neue Fussmode hergezeigt hat?«

»Können wir dem hier ein Ende machen?«, wurde Barbara gefragt.

»Nicht jetzt, kleinen Moment noch.« Sie hob die Hand, um die Männer hinter ihr zum Schweigen zu bringen.

»Warst du denn bei der Präsentation, Richie?«

Ihre Frage ließ den jungen Mann kurz verstummen. Er sah sie an, blickte zu den Polizisten und dann wieder zu ihr. Für einen Moment wurde Barbara nervös und bereitete sich auf einen Stimmungswechsel bei Richie vor.

Der kam auch, aber anders als erwartet. Mit einem Mal ging der Mann in die Hocke und begann von einer Sekunde auf die andere zu heulen.

Völlig überrascht blickte Barbara zu ihm herab, auch die Beamten sahen nur mit großen Augen zu, was gerade vor ihnen passierte.

Unschlüssig blieb Barbara stehen, drehte sich zu ihrem Begleitschutz um und hob die Schultern. Dann hockte sie sich kopfschüttelnd zu Richie.

»Was ist denn los, was ist passiert?«

»Passiert? Was passiert ist? Der schlimmste Tag meines Lebens«, stammelte Richie unter Tränen.

»Wieso denn?«, fragte Barbara und bemühte sich, einfühlsam zu klingen.

»Ich... Die Einladung gab es nur zu gewinnen und ich hatte Pech. Ich hätte mich extra für Laura herausgeputzt. Weißt du, Schwester, ich hätte mich rasiert, parfümiert, schön angezogen, alles. Aber nichts, keine Einladung. Ich bin mir sicher, Laura hätte einen schönen Abend mit mir gehabt, wir hätten ordentlich was geraucht und viel Spaß gehabt.«

»Aber du hast sie nicht getroffen?«

»Nein, also ja, aber nein. Ich hatte ja keine Einladung, aber getroffen, also nein eigentlich nicht, aber ja...«

Es war schwer jedes Wort in dem lallenden Schluchzen zu verstehen.

»Ganz ruhig Richie. Was meinst du?«

An der Tür klopfte es.

»Mach auf und schick die Person weg!«, befahl Barbara.

»Aber das wird...«, wollte der Polizist entgegnen, aber Barbara drehte sich mit bösem Blick zu ihm um.

»Wegschicken, sofort! Wenn die deine Uniform sehen, laufen die eh von selbst weg.«

Sie wandte sich wieder Richie zu und bat ihn, weiterzureden.

»Natürlich, Sister. Du bist so eine Liebe«, entgegnete Richie und lehnte sich an Barbara, die in einer Reaktion den Arm um ihn legte.

Was Thomas wohl hier gemacht hätte, überlegte sie.

Richie sniefte.

»Ach, Schwester, es war so traurig. So nah bei ihr, aber dann ist sie einfach... Einfach weg.«

»Bitte, Richie. Konzentrier dich und erzähl mir, was du meinst. Hast du sie gesehen?«

»Ja, aber eben nicht. Sie hat ein Live-Video gepostet und verraten, dass sie dann geht. Ich habe ja gewusst, wo die Feier ist. Meine einzige Chance, meiner Göttin zu begegnen. Du musst das verstehen... Ach Barbara, rauch mit mir eine.«

»Bleib beim Thema, nachher rauchen wir.«

»Versprochen, Schwester?«

»Ja«, antwortete Barbara und bemühte sich, nicht genervt zu klingen, »aber zuerst red weiter.«

»Da gibt es nicht viel zu reden. Ich bin hingelaufen. Ich hatte nicht einmal Zeit... Ich konnte mich nicht herrichten für meine Laura. Aber ich bin gelaufen, geflogen... Ich war ja ziemlich... na, du weißt schon, traurig und eingeraucht. Ach ja, mein Gras ist echt stark. Du musst aufpassen, sonst zieht dich das echt voll runter. Ich war so traurig, aber ich habe gehofft, sie zu sehen.«

»Das glaube ich dir. Hast du sie gesehen?«

»Sie ist raus aus dem Club und ganz alleine die Gasse entlang... ganz alleine.«

Wieder schluchzte Richie laut auf.

»Ich wollte... Nein, ich habe meine Eier gepackt und wollte zu ihr. Ich wollte mit ihr reden, ihr sagen, was sie mir bedeutet.«

Jetzt wird's endlich interessant, dachte Barbara.

»Aber dann kommt dieser Typ plötzlich zu ihr, nimmt sie in den Arm und trägt sie davon.«

»Wie bitte, was?«, fragte Barbara erstaunt.

»Ja, das habe ich mir auch gedacht. Was macht der mit meiner Laura? Er hat sich zu ihr gebeugt, dann...«

»Dann?«

»Dann hat er sie hochgehoben. Sie ist ja nicht besonders groß, nur 1 Meter und 58 Zentimeter. Ich weiß das, ich habe das gelesen und mir gemerkt.«

»Okay, super, dass du dir das gemerkt hast. Er hat sie hochgehoben, und weiter?«

»Dann ist er mit ihr eingestiegen.«

Barbara stöhnte auf, das Gespräch zerrte an ihren Nerven.

»Eingestiegen?«

»Ja, so ein weißer Kastenwagen. Er ist mit ihr eingestiegen, hinten. Ich habe noch gedacht, nein bitte nicht. Aber er ist wieder raus und weggefahren.«

»Okay, ich verstehe. Hast du den Mann gesehen oder dir das Kennzeichen gemerkt?«

»Schwester, ich war völlig high!«, meinte Richie leicht empört.

»Dieses ständige Schwester und Sister nervt!«, fauchte Barbara, »Kannst du den Mann beschreiben oder wiedererkennen?«

»Glaub ich nicht. Es war dunkel, mein Gras war stark, ich bin froh, dass ich überhaupt weiß, was ich an diesem Abend gemacht habe.«

»Was hast du denn danach gemacht?«

Richie blickte auf und sah Barbara in die Augen.

»Vier Cheeseburger, zwei große Cola und einen Eisbecher. Ich hatte Hunger.«

Kurz nach Mittag kehrte Thomas zu seiner Dienststelle zurück. Vor der Tür wartete er auf Barbara, telefonierte währenddessen mit Elisabeth, die ihm anbot, nach dem Dienst zu ihr zu kommen.

»Ich bin bis 17 Uhr bei einem Termin, aber danach würde ich ganz dir gehören. Du kannst mit Barbara zum Essen kommen, oder ...«

»Nichts gegen meine Kollegin, aber wenn es sich ausgeht, dann komme ich lieber alleine und versuche, bei dir diesen beschissenen Tag halbwegs zu verdrängen.«

»Ich verstehe. Dann werde ich nur für uns beide kochen und mir etwas überlegen, damit du den Kopf freikriegst«, meinte sie. Ihre Stimme verriet dabei, wonach ihr der Sinn stand.

Ein Mannschaftswagen der WEGA hielt vor ihm und Barbara stieg mit zwei Beamten aus. Zwischen den Männern hing ein aufgelöster junger Mann, der völlig weggetreten wirkte. Thomas verabschiedete sich rasch von seiner Freundin und fing Barbara ab.

»Nein, es ist nicht unser Mörder«, enttäuschte Barbara ihn sogleich.

»Mörder? Ich? Nein, ich bin ein ganz friedliebender Mensch«, lallte Richie.

»Der ist völlig zugedröhnt«, stellte Thomas fest.

»Ja, und er ist der Letzte, der Laura Eberle lebend gesehen hat. Lass uns reingehen, ich erzähle dir alles in Ruhe. Gleich nachdem wir beim Oberst waren.«

»Die Zeitungen spielen verrückt, der Polizeipräsident und natürlich auch unser Innenminister haben bereits angerufen. Alle haben nur eine Frage: Wann kriegen wir dieses kranke Schwein?«, begann Oberst Frimmel, als die beiden Bezirksinspektoren sein Büro betraten.

»Wir sind ausnahmslos auf den Fall fokussiert, wenngleich es an stichhaltigen Hinweisen fehlt.«

»Schön gesprochen, Frau Gugawitsch, aber das tröstet die Bevölkerung nicht. Ich habe die Genehmigung für eine Sonderkommission, bis zu acht Personen. Bevor Sie sich äußern, Kratochwil, ja, Sie können sich die Leute aussuchen.«

»Okay, Chef.«

Oberst Frimmel wollte etwas sagen, stutzte dann aber.

»Kein aufmucken? Dann nehmen Sie die Sache ja ziemlich ernst.«

»Ja, das tun wir. Sie bekommen die Liste in maximal zwei Stunden.«

»Sehr gut, sie wandern in unser Nebenbüro, es wird gerade verkabelt.«

Während der Raum für sie hergerichtet wurde, spazierten Barbara und Thomas zum nahegelegenen Würstelstand, wo sie ihre Erlebnisse vom Vormittag austauschten.

Im Gegensatz zu seinen Erlebnissen konnte Barbaras Erzählung Thomas mehrmals ein Lächeln abringen.

»Vielleicht kann dieser Richie im nüchternen Zustand etwas mehr Details anbieten«, hoffte er.

»Wenn er wieder bei Sinnen ist, wird er sich damit konfrontiert sehen, dass seine geliebten Pflanzen von unseren Kollegen entsorgt werden und er mit einer saftigen Anklage zu rechnen hat.«

Auf ihrem Rückweg zog Thomas eine E-Zigarette hervor, dieses Mal in neongrün. Als die dichte Rauchwolke zwischen ihnen in der Luft hing, schnupperte Barbara: "Apfel mit einer fruchtigen Note."

"Pfirsich. Gibt es jemanden, den du im Team haben willst?", fragte Thomas gedankenversunken.

"Wir benötigen niemanden von der Suchtmittelabteilung, auch die Kinderabteilung fällt weg. Ich gehe von einem Geisteskranken aus, mit einem Motiv, das nur er verstehen kann."

"Deshalb kommt Werner zu uns. Dieter wird uns sowieso zugeteilt, er dient als Verbindung zur Computerabteilung. Diese ganze Internetrecherche und so, da kennt er sich bestens aus. Dann werde ich Frau Dagmar Breitholz herbestellen."

Barbara sah ihn fragend an und hob die Schultern, als Zeichen, dass ihr der Name nichts sagte.

"Sie ist Sekretärin in der Landesdirektion Wien. Keine aktive Polizistin, aber wenn es um Informations-beschaffung und Kontakte zu Gott und der Welt geht, ist sie die Richtige."

"Das klingt nach einer guten Freundin von dir."

"Ich kenne sie schon lange. Verlässlich und verschwiegen, das ist wichtig. Dann brauche ich einen Streifenpolizisten. Jung, ohne besondere Beförderungen, am besten frisch von der Schule."

"Interessante Wahl. Darf ich fragen warum?"

"Ich möchte, dass einer mit völlig unverklärtem Blick an die Sache rangeht. Ohne jahrelange Erfahrungen mit kranken Straftätern. Dafür haben wir Werner und mich. Und vielleicht brauche ich jemanden, der den Zeitungen etwas erzählt."

Barbara schlug zusätzlich einen Bekannten aus dem Innenministerium vor. Der ehemalige Polizist qualifizierte sich für sie neben seinem Fachwissen auch mit seinen womöglich hilfreichen Kontakten ins Ministerium.

Oberst Frimmel überflog die Auswahl der Bezirks-inspektoren, nickte und versprach, sich darum zu kümmern.

"Lassen Sie allen die kompletten Unterlagen zukommen, völlige Verschwiegenheit sollte selbstverständlich sein. Wir treffen uns morgen um 9 Uhr im Büro."

Auf die Frage seines Vorgesetzten, was sie am heutigen Tag noch vorhatten, erzählte Thomas von einigen Hinweisen, die sie noch verfolgen wollten, auch wenn diese nicht sehr vielversprechend waren.

"Welche Hinweise", wollte Barbara erfahren, als sie wieder unter sich waren.

"Keine, aber du gehörst ins Bett. Schlaf dich aus, ich brauche eine Kollegin, die klar und fit im Kopf ist."

"Als wärst du so ausgeschlafen."

"Nein. Ich werde Elisabeth besuchen und den Abend bei ihr verbringen. Davor gehe ich noch einer Spur wegen der heutigen Leiche nach."

»Alleine?«

»Es ist nur ein Versuch, aber ich werde der ‚Schwarzen Rose' einen Besuch abstatten.«

»Schöne Grüße an Viktor«, meinte Barbara und verabschiedete sich.

Zurück an seinem Schreibtisch rief er zunächst Werner Ritter an. Der Freund und Polizeipsychologe war mit dem Fall vertraut.

»Ich kenne die Unterlagen, und ich bin gerne dabei. Es wird mir ein Vergnügen sein, das Motiv und die Hintergründe für diese Amputationen zu erfahren.«

»Na schön, wie motiviert du bist. Mir geht es in erster Linie darum, dieses Schwein möglichst schnell zu fassen.«

Er bat Werner darum, am nächsten Tag um 9 Uhr auf seiner Dienststelle zu erscheinen, wo sich das ganze Team kennenlernen würde.

Als nächstes informierte Thomas Dieter, der sich am liebsten sofort auf den Weg gemacht hätte.

»Ganz ruhig, mein Freund. Es reicht morgen, 9 Uhr. Bis dahin schau, dass unsere Technik funktioniert und du jederzeit deine Wunder vollbringen kannst.«

»Natürlich. Endlich arbeite ich einmal richtig mit dir und Barbara zusammen. TJ, das wird richtig cool. Also, schon klar, wir haben keinen lustigen Fall, verstehe mich nicht falsch. Ich bin voll und ganz bei der Sache, aber mit dir…«

»Und Barbara, ich weiß«, meinte Thomas schmunzelnd

»Ja natürlich auch. Ich werde morgen pünktlich da sein«, versprach Dieter.

Neben Thomas erschien ein junger Kollege, der ihm bislang nicht aufgefallen war.

»Herr Kratochwil?«

»Ja, und du bist?«

»Ich soll… Also, ich bin Bernd, Bernd Moser. Ich bin gerade erst hierher versetzt worden. Also ganz neu. Ich habe gerade den Abschluss…«

»Ich brauch keine Lebensgeschichte, ich will dich nicht adoptieren. Was gibt's?«

Der junge Polizist zuckte zusammen, wirkte nervös und eingeschüchtert.

»Ich soll Ihnen ausrichten, die Leiche von heute wurde identifiziert. Ein Streifenwagen steht für Sie bereit.«

Kurz überlegte Thomas, ob er Barbara zurückholen sollte, entschied sich dann aber dafür, ihr den freien Nachmittag zu gönnen.

»Danke«, sagte er und wollte weggehen. Dann drehte er sich nochmal zu dem jungen Mann um.

»Du bist ganz neu hier?«

»Ja, Herr Bezirksinspektor.«

»Erfahrung auf der Straße?«

»Ich war bisher… na so knapp ein halbes Jahr vielleicht, also nicht viel…«

»Und jetzt bist du hier eingeteilt, auf unserer Dienststelle?«

»Ja, im Moment im Innendienst. Ich warte, dass ein Kollege… also jemand dann Zeit hat und mich mitnimmt. Auf die Straße eben, damit ich…«

Thomas hob einen Finger und brachte ihn zum Schweigen.

»Interessiert an einer Sonderkommission, ein Team betreffend Mördersuche?«

Bernd Moser starrte ihn ungläubig an.

»Wirklich? Ich habe doch keine… also ich kann ja nicht… sowas habe ich noch nie…«, stotterte er.

»Ja oder Nein?«, fragte Thomas mit ernster Stimme, die den jungen Mann wieder zusammenzucken ließ.

»Ja, Herr Inspektor… Bezirksinspektor. Ja, natürlich, gerne.«

Thomas schmunzelte.

»Gut, dann bist du morgen Punkt 9 Uhr hier hinten im Büro gestellt. Sag deinem Vorgesetzten, Thomas Kratochwil braucht dich in der Sondereinheit ‚Körperkult‘.«

Er packte Bernd Moser am Arm.

»Und bis morgen legst dir ein bissl Rückgrat und Eier zu, verstanden?«

Der Mann verstand nicht und sah ihn nur mit großen Augen an.

»Du bist Polizist und kein Weichei, also brauchst du dir vor niemandem in die Hosen machen, egal ob Strizzi oder Bezirksinspektor.«

»Aso, ja… ich verstehe. Danke, Herr Inspek… Bezirksinspektor. Bis morgen, ich werde Punkt 9 Uhr anwesend sein.«

Thomas sah dem jungen Mann nach, wie er kopfschüttelnd abzog.

Diese Kinder, so habe ich auch einmal angefangen, dachte er und griff nach seiner Jacke.

Vor der Polizeistation standen zwei Beamte und erwarteten ihn bereits.

»Wir sollen mit Ihnen in den 14. Bezirk fahren, Linzer Straße.«

»Also ist es eine Nutte gewesen?«, wollte Thomas wissen.

»Die kopflose Leiche im 19. Bezirk? Ja. Ich erzähle Ihnen alles auf dem Weg. Sollen wir die Spurensicherung…?«

»Ja, ein Team soll sich auf den Weg machen, aber auf uns warten. Zuerst will ich mir ein Bild vor Ort machen.«

Thomas nahm neben dem Beamten auf den Rücksitz Platz und bat um die Details.

»Bei dem Opfer handelt es sich um Petra Vancsa, 35 Jahre alt, ungarische Staatsbürgerin mit gültiger Aufenthalts- und Arbeitsberechtigung. Sie arbeitet unter dem Namen Candy in einem Studio auf der Linzer Straße, scheinbar alleine. Es gibt gültige Papiere, die letzte Kontrolle ihres Studios war am 20. Februar, ohne Beanstandungen.«

Thomas strich über sein Kinn und fluchte leise.

»Damit fällt die nächste Übereinstimmung weg.«

»Was meinen Sie?«, fragte der Beamte nach.

»Die zwei vorigen Opfer waren junge Mädchen, 20 und 25. Jetzt eine 35-jährige. Das sieht sehr willkürlich aus, bei der Auswahl der Mordopfer«, überlegte Thomas laut.

Sein Handy piepste, eine Kurznachricht von einer nicht gespeicherten Nummer.

»Fredi aus der Gerichtsmedizin. Ich wollte nur Bescheid geben, es ist erwiesenermaßen wieder dieselbe Kreissäge benutzt worden. Dasselbe Sägeblatt, an dem ein oder zwei Zähne fehlen. Mehr gibt es später per Mail.«

Damit bestätigte sich Thomas' Vermutung, sie hatten es mit einem Serienmörder zu tun.

Der Streifenwagen parkte direkt vor dem Eingang zum Studio. Über der Eingangstür leuchtete in roter Neonschrift »Best Love«. Das zum Studio gehörende

Fenster war mit schwarzer Folie abgeklebt, auf der ein rotes Herz prangte. Daneben stand »täglich 9 bis 24 Uhr«.

Thomas und die beiden Beamten standen vor der Tür, alle drei rauchten, als sich der unauffällige Kastenwagen der Spurensicherung hinter dem Streifenwagen einparkte.

Nach einem letzten tiefen Zug von seiner E-Zigarette verstaute Thomas das grüne Teil und grüßte den ersten Mann, der ausstieg.

»Sie meinen aber nicht das Establishment hinter Ihnen, Herr Inspektor?«

»Doch, genau dieses.«

Der Mann bekam Gesellschaft von zwei Frauen, die neben ihm stehen blieben. Ihr Gesichtsausdruck war schwer zu deuten, eine Mischung aus Belustigung und Unglauben.

»Was erwarten Sie, dass wir finden?«

»Hinweise auf ihren letzten Kunden«, antwortete Thomas.

»Ich bin mir sicher, wir finden dutzende Hinweise auf diverse Kunden. Es ist kaum anzunehmen, dass die Dame nach jedem Besuch gründlich sauber gemacht hat.«

»Trotzdem brauchen wir etwas.«

»Na dann, wünschen Sie uns viel Glück. Spuren werden wir genug finden, hoffentlich sind passende für Sie dabei.«

Die Tür war verschlossen und auch nach mehrmaligem Läuten öffnete ihnen niemand die Tür.

Der Fahrer des Streifenwagens trat näher und inspizierte das Schloss.

»Wir könnten den Schlüsseldienst rufen und warten, oder Sie machen kurz die Augen zu«, sagte der Mann zu Thomas.

»Ich gehe davon aus, dass unser Mörder nicht eingebrochen ist, also mach nur. Du hast meinen Segen«, versicherte er ihm und nicht einmal eine Minute später hatte der Beamte mit seinem eingesteckten Set an Dietrichen die Tür geöffnet. Thomas stieß die Tür auf und rief hinein. Da niemand antwortete, betrat er das Studio und stand in einem Vorraum. Eigentlich erwartete er den typischen Geruch eines derartigen Lokals. Doch anstatt einer Mischung aus Massageöl, Schweiß und Desinfektionsmittel roch die Luft nur leicht nach abgestandenem Rauch.

Er sah weitere drei Türen, eine führte zu einem engen Badezimmer mit Dusche und Toilette. Das andere Zimmer hatte nur einen Tisch und zwei Stühle, das Fenster war gekippt und in den Innenhof gerichtet. Auf dem Tisch lagen leere Zigarettenpackungen und der Aschenbecher drohte überzugehen. Eine geöffnete Packung Kekse und eine halbleere Mineralwasserflasche standen ebenfalls auf dem Tisch. In einer Ecke des Raumes sammelten sich leere Wasserflaschen.

Das dritte Zimmer war offensichtlich das Arbeitszimmer der Prostituierten. In dem abgedunkelten Raum stand ein großes Bett, mit roter Bettwäsche bezogen. Neben dem Kopfpolster war ein roter Knopf an der Wand.

Thomas ließ sich Handschuhe reichen und zog sie über. Erst dann lehnte er sich über das Bett.

»Mal schauen, was passiert«, meinte er und drückte den Knopf.

Nichts geschah, keine Sirene, kein Anzeichen, dass jemand alarmiert worden wäre.

»Ein Techniker soll überprüfen, ob das nur ein Dummy ist, oder manipuliert wurde«, ordnete Thomas an und sah sich weiter um.

»Kann mir jemand zeigen, wie sie um Kunden wirbt?«, fragte er.

Die Frau der Spurensicherung zückte ihr Handy, tippte eine Minute lang und drehte ihr Smartphone dann in seine Richtung.

»Bitte schön. Sie hat eine eigene Seite.«

Zum ersten Mal sah er das Gesicht der Frau. Die Ungarin war sehr hübsch, auf dem Bild ihrer Titelseite lag sie in Spitzenunterwäsche auf einem Bett und lächelte in die Kamera. Der Blick ihrer dunklen Augen und ihr sanftes Lächeln machten sicherlich Lust auf mehr, war sich Thomas sicher. Ihn interessierte nur die Telefonnummer. Es handelte sich um eine Festnetznummer.

»Okay, wir verschwinden. Lassen wir die Spurensicherung ihre Arbeit verrichten«, entschied er und verließ das Studio.

Aus Erfahrung wusste Thomas, dass die Ergebnisse frühestens in der Nacht eintreffen würden. Er bat die Kollegen, ihn mit dem Streifenwagen in den sechzehnten Bezirk zu bringen.

Vor dem Lokal »Schwarze Rose« stieg er aus, dankte den beiden Beamten und erklärte ihnen, dass er nachher selbst heimfahren würde.

Das Lokal hatte bereits geöffnet, aber als Thomas eintrat, fand er keine Gäste vor. Alle Tische in dem dunkel gehaltenen Raum waren leer, die Vorhänge der kleinen Separees, in denen sich nur ein Tisch und eine dunkelrote Sitzbank befanden, standen offen. Die beiden leichtbekleideten Damen hinter der Bar grüßten ihn und stellten ihm ungefragt ein Bier auf das Pult. Sie wussten, so wie die anderen Frauen in der Bar, dass sie sich nicht an Thomas ranmachen mussten. Nicht einmal der Türsteher erhob sich von seinem Platz neben der Bar, auch er kannte Thomas inzwischen.

»Ziemlich ruhig heute«, meinte Thomas und nahm einen Schluck.

»Es ist noch zu früh. Es sind gerade einmal zwei Mädchen oben beschäftigt«, erzählte ihm die junge Slowakin Tatjana. An sie erinnerte sich Thomas, denn sie hatte kurz vor ihrem 18. Geburtstag in der Bar angefangen. Thomas hatte dem Barbesitzer Viktor damals nahegelegt, sie unter keinen

Umständen auf die Männer loszulassen, auch wenn das Mädchen ihm persönlich versicherte, dass sie aus freien Stücken hier war. Inzwischen war sie volljährig und sicherlich eines der begehrtesten Mädchen aus der Bar. Soweit es in diesem Gewerbe möglich war, hatten die Damen ein gutes Leben bei Viktor in der »Schwarzen Rose«, da er großen Wert darauf legte, möglichst legal zu arbeiten. Als Gegenleistung für das Wohlwollen von Thomas und der Polizei versorgte er Thomas immer wieder mit Insiderinformationen.

Thomas musste nur fünf Minuten warten, bis Viktor erschien und sich zu ihm setzte.

»Mein liebster Kommissar, schön dass du wieder einmal vorbeikommst.«

»Und es ist kein dienstlicher Besuch, nur ein bisschen quatschen«, sagte Thomas und deutete dem Barmädchen, ihrem Chef auch ein Getränk zu servieren.

Nachdem sie sich mit einem Bier zuprosteten, lehnte sich Viktor zurück.

»Worüber willst du reden, mein Freund?«

»Wie schnell sind die Nachrichten, wenn es um einen Mord an einer Nutte geht?«, fragte Thomas nach und erkannte sofort, dass Viktor wusste, wovon er sprach.

»Eine schlimme Sache. Aber ich habe gehört, es soll nicht unbedingt mit ihrem Job in Verbindung stehen.«

»Genau das würde ich gerne von dir erfahren. Weißt du etwas, Gebietskämpfe, neue Machtverhältnisse oder etwas in die Richtung?«

Viktor schüttelte den Kopf.

»Es ist im Moment sehr ruhig. Unsere Branche hat gerade andere Sorgen, die uns alle aber gleich betreffen.«

»Große Sorgen?«, fragte Thomas nach.

»Es kann zu größeren Sorgen kommen, für uns und auch für euch.«

Thomas nahm sich eine Zigarette und lehnte sich an die Bar, bereit, zuzuhören.

»In den nächsten Monaten werden deine Kollegen vermehrt Mädchen aus Südamerika antreffen. Viele kommen sicherlich in den ganzen Häusern unter, aber es wird auch genug geben, die ihre Dienste privat anbieten.«

»Freiwillig?«

»Großteils. Nachdem in Spanien die Gesetze in der Branche stark verschärft wurden, kommen viele weiter in den Norden Europas. Die Durchschnittspreise in Österreich sind ähnlich zu Spanien, aber viele Damen organisieren sich lieber selbst, als sich einem Aufpasser…«

»Zuhälter meinst du wohl«, warf Thomas ein.

»Das ist so ein grobes Wort. Ich sehe mich mehr als Chef und Aufpasser. Aber ja, es gibt auch andere. Jedenfalls kann es sein, dass es zu Revierkämpfen kommt, immerhin ist der Markt vor allem mit Osteuropäerinnen besetzt.«

»Ich werde es weitergeben, wie immer ganz vertraulich«, versicherte ihm Thomas.

Viktor lehnte sich etwas vor und sprach leise weiter.

»Du kannst deinen Freunden erzählen, dass sie in zwei Wochen ein besonderes Augenmerk auf den Grenzübergang bei Kittsee werfen sollten.«

Thomas blickte ihn fragend an und deutete mit der Hand, weiterzusprechen.

»Ein Reisebus mit kolumbianischen Studentinnen würde ansonsten nicht auffallen und ohne genauere Beobachtung bis nach Wien fahren. Soweit ich informiert bin, studieren diese Mädchen vor allem Französisch und Griechisch, wenn du verstehst.«

Thomas nickte.

»Danke für den Hinweis. Kannst du mir noch etwas zu der Ungarin sagen?«

Viktor schüttelte den Kopf.

»Sie hat alleine gearbeitet und niemanden hat das gestört. Ich weiß, dass sie einige Angebote hatte, weil sie ein wirklich hübsches Ding war, aber es gab keine Ambitionen, sie zu überreden und sie war niemandem im Weg. Ich habe schon etwas herumtelefoniert, im Moment glaubt niemand, dass es sich um ein Problem im Milieu handelt.«

Thomas leerte sein Bier.

»Das glaube ich auch, leider. Denn somit fällt eine Spur nach der anderen weg.«

Auf ein zweites Bier verzichtete Thomas, er dankte Viktor und versprach ihm eine weitere gute Zusammenarbeit, solange Viktor sich bemühte auf der richtigen Seite des Gesetzes zu bleiben.

Mittwoch, 13. März
8:00 Uhr

Thomas und Barbara waren die Ersten im neu eingerichteten Büro. Ihr erster Blick fiel auf die Kaffeemaschine, die sie gleich ausprobierten.

»Der ist schonmal nicht schlecht«, kommentierte Thomas nach einem Schluck.

»Ich bin gespannt, was für ein Team du zusammengetrommelt hast«, meinte Barbara und aktivierte den Computer, der auf einem Tisch in der ersten Reihe stand. Es erinnerte sie an eine Schulklasse, vorne war Platz für sie und Thomas, alle restlichen Mitglieder konnten auf den parat stehenden Stühlen mit integrierter Schreibablage Platz nehmen. Der Raum war mit Projektor, Whiteboards, einem großen Kopier- und Druckergerät und Telefon ausgestattet worden. Neben einem Computer bei Barbara und Thomas standen noch zwei Laptops bereit. An der Wand sah Barbara drei Fahrzeugschlüssel hängen.

Die Tür ging auf und Dieter kam herein, gefolgt von Werner.

»Na klar, dass ihr beiden die ersten seid. Nehmt euch einen Kaffee«, begrüßte Thomas seine beiden Freunde. Werner hielt eine Papierschachtel hoch.

»Frische, selbstgemachte Krapfen als Motivationshilfe. Da ich nicht wusste, wie groß deine Sondereinheit ist, habe ich mal zwölf Stück mitgebracht.«

»Nebenbei hat mir unser Freund noch erklärt, dass ich diese Dinger als Berliner kenne«, fügte Dieter grinsend hinzu. »Aber egal, ob Berliner, Pfannkuchen oder Krapfen, sie schmecken lecker.«

Hinter ihnen betrat eine Frau um die vierzig den Raum. Sie war relativ klein, ihre tiefschwarzen Haare reichten über ihren ganzen Rücken. Mit einem freundlichen »Hi, Thomas« kam sie zu ihm und umarmte ihn. Er musste sich bücken, erwiderte die Umarmung und stellte sie den anderen vor.

»Dagmar Breitholz, Sekretärin in der Landesdirektion. Sie kennt überall irgendjemanden und kann uns sicherlich helfen, wenn wir schnell an bestimmte Informationen kommen wollen.«

»Irgendwer schuldet mir immer einen Gefallen, also wenn ihr etwas braucht, fragt zuerst mich«, meinte sie in die Runde, bevor sie Werners Schachtel erblickte und ungefragt öffnete.

»So lässt sich der Dienst beginnen. Danke«, meinte sie, nahm sich einen Krapfen heraus und begab sich zur Kaffeemaschine.

Ein Mann betrat den Raum und lenkte augenblicklich alle Blicke auf sich. Der Beamte war knapp zwei Meter groß, muskelbepackt und wirkte im ersten Moment furchteinflößend. Seine Glatze glänzte wie frisch rasiert und poliert, seine Miene konnte einen verschrecken.

»Du brauchst mich, Barbara?«, fragte er mit einer tiefen, brummenden Stimme, die zu seinem Erscheinungsbild passte.

»Darf ich vorstellen, Karl Christow. Wir kennen uns durch meinen Onkel, er arbeitet offiziell im Innenministerium.«

»Offiziell?«, fragte Dieter und musterte den Muskelberg vor sich mit Ehrfurcht.

»Schau Kleiner, ich hatte schon mehrere Stationen. Cobra, Spezialeinsätze undercover oder Personenschutz. Es gibt Angelegenheiten, wo ganz bestimmte Personen benötigt werden. Genaueres können wir gerne bei einem Bier bereden, aber zuerst möchte ich erfahren, worum es hier geht.«

»Zuerst würde ich gern erfahren…«, wollte Thomas ansetzen, er wurde aber von Barbara unterbrochen.

»Wenn wir schnell Unterstützung brauchen, wenn wir etwas ohne lange Behördenwege erledigen wollen, dann ist

Karl unser Mann. Ich kann nur meinen Onkel anbieten, auch wenn er Innenminister ist. Aber Karl kennt einige andere, die bei Bedarf sofort helfen können.«

»Und sollten wir einmal vor einer verschlossenen Tür stehen, brauchen wir nicht auf die Kollegen mit der Ramme warten«, ergänzte Karl trocken, während er an Werner vorbeiging. Er sah die offene Schachtel und griff nach einem Krapfen.

»Danke dir. Du bist der Psychologe, oder?«

Werner nickte.

»Ich mag keine Psychologen. Der letzte hat mich zum Weinen gebracht«, meinte Karl und nahm Platz.

Kurz darauf stürmte ein junger Mann hinein.

»Morgen, ich bin schon da. Hoffentlich bin ich nicht zu spät.«

»Passt schon«, sagte Thomas, »Stell dich gleich mal vor.«

»Ja, also, ich bin Bernd Moser, 24, habe gerade die Polizeiausbildung abgeschlossen und… ja, jetzt bin ich hier. Ich… also ich wurde gestern von Ihnen, Herr Bezirksinspektor… also Sie haben mich gefragt…«

»Junge, beruhig dich!«, riefen Thomas und Karl gleichzeitig, was ihn zusammenzucken ließ.

»Nimm Platz und bleib cool«, ermutigte ihn Dieter und deutete auf den Sitz neben ihm.

Thomas stellte sich und Barbara vor und teilte an alle Anwesenden einen Ordner mit allen bisherigen Berichten aus.

»Vergesst, was in den Zeitungen steht, die haben nur einen Bruchteil der Informationen von uns erhalten. Ihr habt Zugriff auf alle Ermittlungsergebnisse, eure Benutzer-Accounts sind freigeschaltet und werden bei neuen Informationen aktualisiert.«

Er hob seinen Ordner hoch.

»Ich möchte, dass ihr bis morgen alles lest und euch Gedanken macht. Was haben wir bislang übersehen, in welche Richtung müssen wir suchen? Jeder Vorschlag, jede Idee ist willkommen, egal wie abwegig. Wir haben es mit einem Geisteskranken zu tun, aber sicher nicht mit einem Deppen. Morgen 9 Uhr sehen wir uns wieder und dann geht es los. Es dürfen keine weiteren Morde passieren und das liegt nun ganz an uns.«

Bernd Moser hob die Hand.

»Wir sind hier nicht in der Schule, du kannst einfach losreden«, sagte Thomas.

»Ich habe eine Frage. Es ist zwar nett, dass Sie mich hinzugezogen haben, aber darf ich nach dem Warum fragen?«

Na endlich, du denkst wenigstens mit, dachte sich Thomas.

»Darfst du. Es gibt zwei Gründe. Erstens, du bist neu und noch nicht von perfiden Morden, perversen Verbrechen und anderen Verrückten verblendet. Du bist frisch und darum bin ich auf deine Meinung und Ideen gespannt.«

Bernd Moser sah ihn mit einer Mischung aus Verwunderung und Stolz an.

»Zweitens, du bist ein unbekanntes Gesicht. Es kann sein, dass wir jemanden brauchen, der sich glaubhaft von den Medien kaufen lässt.«

»Was?«, »Wie bitte?«, »Ernsthaft?«

»Ja«, bekräftigte Thomas, »Vielleicht müssen wir dieses Schwein provozieren und das klappt am besten, wenn ein junger Polizist sich etwas dazuverdienen möchte und mit der Presse spricht. Keine Sorge, Bernd, sollte es dazu kommen, gebe ich dir genaue Angaben und natürlich wird es auch so in der Akte stehen, dass du auf meinen Befehl hin agiert und uns damit geholfen hast. Du siehst, du bist sogar recht wichtig, also reiß dich zusammen.«

»Jawohl, Herr Bezirksinspektor!« Jetzt überwog der Stolz in der Stimme des jungen Polizisten.

126

Thomas entließ alle und erinnerte sie an den nächsten Termin, am nächsten Tag um 9 Uhr. Barbara, Dieter und Werner blieben noch.

»Gibt es schon etwas von der Spurensicherung?«, fragte Barbara.

»Ja, der Bericht ist schon da. Auf dem Bett wurden Rückstände eines Narkotikums gefunden, ansonsten war das Bettlaken unbenutzt. Es wurden keine benutzten Gläser, Taschentücher oder Kondome gefunden. Aber insgesamt 12 verwertbare DNA-Spuren, die gerade ausgewertet werden. Die Ergebnisse landen direkt bei dir, Dieter.«

»Soll ich alle Personen überprüfen?«, fragte Dieter wenig begeistert.

»Ja. Und danach versucht auszusortieren, ob es jemanden gibt, der mit den anderen Opfern in Verbindung steht.«

»TJ, ich mag dich, aber manchmal könnte ich dich echt mehr als verfluchen.«

Barbara lehnte sich vor.

»Dann denk einfach, du machst es auch für mich«, flötete sie.

»Das ist gemein, Barbara. Aber ich werde schauen, was ich herausfinden kann«, gab er ihr als Antwort.

Werner wusste, was von ihm verlangt wurde. Er versicherte ihnen, bis zum morgigen Treffen ein Täterprofil zu erstellen, soweit ihm das mit den bisherigen Daten möglich war.

Als die beiden Männer ebenfalls das Büro verließen, drehte sich Thomas zu Barbara.

»Er hat Recht, du bist gemein.«

»Was meinst du?«

»Dieter. Du spielst mit ihm. Der Bua ist bis über beide Ohren in dich verknallt, träumt wahrscheinlich jede Nacht von dir und du…«

»Er ist ja eh ein ganz Lieber. Aber genau das ist das Problem. Zu jung und viel zu lieb. Ich bin alles andere als ein kuscheliger Typ Frau, die auf romantische Liebesbekundungen und dergleichen abfährt. Dieter wäre geschockt, wenn er von meinen Vorlieben wüsste.«

Donnerstag, 14. März
8:00 Uhr

Thomas hatte am Vorabend endlich das gemeinsame Abendessen mit seiner Tochter Anastasia und Elisabeth nachgeholt und dann die Nacht wieder bei seiner Freundin verbracht. Trotzdem erschien er schon um 8 Uhr im Büro. Unterwegs hatte er sich die aktuellen Tageszeitungen besorgt und las, was er befürchtet hatte. Überall wurde bereits von einem Serienmörder gesprochen, von bestialischen Verstümmelungen, und wilde Theorien wurden aufgestellt.

Als Barbara zwanzig Minuten später erschien und fragte, was es Neues gab, antwortete Thomas genervt: »Die Presse weiß schon, wen wir suchen. Einen frauenhassenden, geisteskranken, sadistischen Ritualmörder.«

»Nette Zusammenfassung. Ich warte lieber auf Werners Einschätzung«, meinte sie und nahm neben Thomas Platz.

»Bevor die anderen kommen, muss ich dir etwas beichten«, sagte sie und wirkte dabei beschämt. Thomas sah sie kurz an und schüttelte dann den Kopf.

»Offizielle Meinung von deinem Kollegen: Dumm, ganz dumm. Persönliche Meinung von einem Freund: Pass auf, was du machst. Ich weiß aus Erfahrung, wie sowas nach hinten losgehen kann.«

»Aber du weißt ja gar nicht, was sich sagen will«, sagte Barbara, erntete aber nur ein spöttisches Grinsen.

»Du triffst dich mit Clemens van der Breu. Ob ihr auch ins Bett geht, ist für mich Powidl. Ich kann dir nur sagen: sei vorsichtig. Ansonsten behalt es für dich und hab deinen Spaß.«

Kurz zeigte sich Barbara irritiert.

»Okay, danke. Ich wollte nur, dass du Bescheid weißt«, sagte sie dann.

Kurz nach 9 Uhr waren alle anwesend und mit Kaffee versorgt.

»Morgen. Beginnen wir gleich mit unserem Polizeipsychologen«, startete Thomas und deutete Werner. Dieser erhob sich.

»Wenn ihr heute schon in die Zeitung gesehen habt, vergesst deren Vermutungen. Auch wenn wir es noch nicht sehen, unser Mörder geht nach System vor. Er sucht sich die Frauen nicht zufällig aus und er agiert nicht spontan. Keines der Opfer wurde missbraucht oder gequält.«

»Wie bitte, nicht gequält?«, meldete sich Karl Christow ungläubig.

»Ich spreche aus der Sicht des Mörders und wir müssen den Begriff ‚quälen' definieren. Er – ich gehe davon aus, dass wir einen Mann suchen – ist kein Sadist, er handelt nicht im Affekt und Hass ist nicht sein vorrangiges Motiv. Dazu geht er zu methodisch vor. In seinen Augen ist das Abtrennen der Körperteile weder Qual noch Folter, er hat einen ganz speziellen Grund dafür. Schlecht für uns, dass wir diesen nicht genau wissen.«

»Vermutungen?«, fragte Barbara.

»Die Nachricht an Valerie Kainz, die Erwähnung ihrer Hände zeigt uns, er hat es auf für ihn besonders schön aussehende Körperteile abgesehen«, fuhr Werner fort.

»Das passt auch zu dem Verdächtigen Richard Mühlbacher«, meldete sich Dagmar Breitholz.

»Vergiss dieses eingerauchte Kind«, sagte Thomas, »Dem sein Geschreibe ist nicht mehr als ein feuchter Bubentraum. Er wurde auf freien Fuß angezeigt und seine Hanfplantagen entsorgt. Für ausgeklügelte Mordpläne fehlen dem schon lange einige Gehirnwindungen.«

»Da muss ich Thomas Recht geben«, sprach Werner weiter, »Aber das Motiv ist eine gute Spur. Wir wissen, dass der Mörder bei Valerie Kainz von den Händen geschwärmt hat. Laura Eberles Beine sind ihr Markenzeichen. Wir haben inzwischen alle gesehen, wie Petra Vancsa ausgesehen hatte. Ein sehr hübsches Gesicht.«

»Du meinst, er holt sich, was ihm gefällt und er nicht anders bekommen kann?«, fragte Barbara.

»Aber, also…«, meldete sich nun auch Bernd Moser zu Wort, »Die Prostituierte hatte er ja. Zumindest hätte er sie für eine Stunde haben können.«

»Aber eben nur eine Stunde. Diese Person will die für ihn attraktiven Teile besitzen oder, genau das Gegenteil, will nicht, dass ebendiese Teile weiterhin vorhanden sind.«

Karl schüttelte den Kopf.

»Vorhanden sind? Wie der Psychologe redet, gefällt mir nicht.«

Werner sah ihn verständnisvoll an.

»Ich weiß, was du meinst. Aber ich muss von seinem Standpunkt ausgehen. Meine Aufgabe hier ist nicht, diese Person dingfest zu machen. Ich verurteile nicht, ich beurteile. Über meine persönliche Meinung können wir später sprechen.«

Karl nickte ihm verstehend zu.

»Zurück zu unserem Mann«, fuhr Werner fort, »Er handelt sehr überlegt, er trennt die Gliedmaßen nicht brutal ab, sondern verwendet eine Säge, um einen sauberen Schnitt zu machen. Wie ihr im Obduktionsbericht von Petra Vancsa lest, wurden so gut wie keine Blutspuren auf dem Hals und am Körper gefunden. Sie muss abgedeckt worden sein, ähnlich wie bei einer Operation. Genau so denkt auch unser gesuchter Mann. Weiters ist darauf hinzuweisen, dass es keinen Geschlechtsverkehr mit Petra Vancsa gab, also können wir diesen Trieb völlig beiseiteschieben.«

»Okay«, übernahm wieder Thomas, »er geht planmäßig vor. Haben wir eine Möglichkeit, sein nächstes Opfer einzugrenzen?«

»Nein«, entgegnete Werner ohne Zögern, »So ehrlich muss ich sein. Wir können zum jetzigen Zeitpunkt nur festlegen, dass er in Wien agiert, immer dieselbe Kreissäge benutzt und es sich um Frauen handelt. Alle anderen Überschneidungen können reiner Zufall sein.«

Thomas erwähnte noch, dass es keine Spur in die Prostituierten-Szene gab und nicht damit zu rechnen sei, dass es sich um einen Mord aus diesem Milieu handelte.

Nachdem Werner seinen kurzen Vortrag beendet hatte, teilte Thomas sein Team für den heutigen Tag ein. Dagmars Aufgabe war es, alle Anstalten für geistig abnorme Rechtsbrecher und spezialisierte Kranken-anstalten durchzurufen und nach einem Mann zu suchen, auf den das magere Profil passte. Karl sollte zusammen mit Bernd vom Studio in der Linzer Straße ausgehend die Umgebung erkunden und Nachforschungen anzustellen. Dieter wurde eingeteilt, sich die Telefonverbindungen von Petra Vancsa vorzunehmen und nebenbei die gefundenen DNA-Spuren auszuwerten. Außerdem galt es, alle Befragungen aus dem Gemeindebau im 19. Bezirk nochmals durchzusehen, auch wenn sich Thomas davon wenig erwartete.

»Bleibe noch ich übrig«, meinte Werner.

»Du kannst nur warten, um mit neuen Erkenntnissen das Profil zu verfeinern.«

»Und du kannst nochmal Krapfen machen, die waren lecker!«, warf Karl grinsend ein.

Alle standen auf und es wurde vereinbart, dass bei besonderen Erkenntnissen sofort das Team informiert werden sollte. Ansonsten würde man sich am nächsten Tag um 9 Uhr wieder hier treffen.

»Und was machen wir beide?«, fragte Barbara.

»Spazieren gehen. Zuerst schauen wir uns die Gegend rund um diese Feier von Laura Eberle an. Nicht, dass ich mir viel erhoffe, aber irgendwo müssen wir anfangen.«

Die Passagiere der Maschine aus Manchester standen vor dem Gepäckband und warteten auf ihre Koffer. Becky Sundale ging an der Gruppe vorbei und lächelte. Sie musste nicht warten, für die vier Tage in Wien passte alles in ihren Handgepäcks-Trolley. Sie steckte ihren Ausweis in die Hosentasche, der Rest blieb in ihrer Handtasche. Beim Ausgang zur Ankunftshalle achtete sie nicht auf die Leute, auf sie wartete niemand. Die englische Krankenschwester war zu einer Konferenz eingeladen worden, bei der zwar die Unterkunft und Verpflegung bezahlt wurde, den Transfer musste sie aber selbst organisieren.

»Miss Sundale! Miss Sundale!«

Becky Sundale zuckte zusammen, als sie ihren Namen hörte. Ein Mann im schwarzen Anzug kam ihr aus der Menge der Wartenden entgegen, in der Hand eine Tafel, auf der ihr Name stand.

»Miss Sundale, ich wurde geschickt, um sie abzuholen«, sagte der Mann auf Englisch und wollte nach ihrem Trolley greifen. Sie wich skeptisch zurück.

»Mir wurde gesagt, dass es keinen Transfer vom Flughafen gibt.«

Lächelnd nickte der Mann ihr zu.

»Das ist richtig, aber unser Unternehmen ist einer der Sponsoren der Veranstaltung und hat sich bereit erklärt, einige Teilnehmer ins Hotel zu chauffieren. Die vortragenden Ärzte haben ihre Privatchauffeure, aber die anderen Gäste, die sollen sich selbst darum kümmern. Das wollten wir ändern, immerhin sind Sie und die anderen Krankenschwestern die wirklich wichtigen Personen auf dieser Konferenz.«

Während er auf sie einredete, gingen sie in Richtung Ausgang. An der frischen Luft deutete der Mann auf den Parkplatz, gegenüber der Bushaltestellen.

»Keine Sorge, ich werde Sie sicher in Ihr Hotel bringen. So haben Sie noch genügend Zeit, sich vor der Eröffnung frisch zu machen.«

Becky kam gar nicht dazu, viel darüber nachzudenken und folgte dem Mann zu einem schwarzen BMW mit verdunkelten Scheiben.

»Nehmen Sie Platz, es ist noch ein Teilnehmer im Wagen, der bereits angekommen ist.«

Nun ließ sie sich ihren Koffer abnehmen, ihr wurde die hintere Tür geöffnet und sie stieg ein.

Durch die verdunkelten Scheiben konnte sie den Mann nicht deutlich sehen, dennoch setzte sie sich neben ihm und grüßte ihn freundlich.

»Hallo«, antwortete er, »Es ist schön Sie endlich in natura zu sehen, Becky.«

Sie stutzte. Im nächsten Moment flog die Tür zu.

»Ich bin ein großer Fan Ihrer Seite und bewundere Ihre natürliche Ausstrahlung und Schönheit schon seit langem.«

»Sie sprechen von meiner Seite bei OnlyforFans? Danke, es freut mich...«

Weiter kam sie nicht, denn blitzschnell schoss die Hand des Unbekannten nach vor und presste ihr den Mund zu. Gleich darauf spürte sie einen Nadelstich im Hals.

»Auch wenn ihre Beine nicht perfekt sind, der Rest gehört verewigt und dafür werde ich sorgen«, war das Letzte was sie hörte.

Der Spaziergang von Barbara und Thomas endete gegen Mittag in einem kleinen Restaurant, wo sie bei Wiener Schnitzel und alkoholfreiem Getränk ihren Frust hinunterspülten.

»Nichts. Absolut nichts erreicht. Es gibt keine Kameras, keine Zeugen, keine Spuren. Nur die Aussage eines vollgekifften Fans, was uns auch nicht weiterhilft. Ein weißer Lieferwagen, danach zu suchen ist, höflich ausgedrückt, sinnlos«, sagte Thomas entmutigt und schlecht gelaunt.

»Wenn wir nur einen Anhaltspunkt hätten. Die App wäre ja eine Spur gewesen…«

»Die wir vergessen können. Weder Eberle noch die ungarische Nutte waren registriert. Wie Werner sagte, er geht nach äußerlichen Besonderheiten.«

Sein Telefon läutete.

»Hallo Elisabeth.«

»Hallo, mein Süßer. Ich nehme an, du bist gerade mit meiner Nichte unterwegs?«

»Korrekt. Möchtest du mit ihr sprechen?«, fragte Thomas.

»Nein, du kannst sie selbst fragen, ob sie heute Abend mitkommen möchte. Ich habe Karten für das ABBA-Musical bekommen, ganz vorne, vier Stück. Anastasia hat schon zugesagt, ihr Freund ist dienstlich unterwegs und kommt erst übermorgen wieder. Ich weiß, du steckst mitten in diesem Fall, aber…«

»Aber ein ganz normaler Abend täte uns sicher gut. Ich sage einmal für Barbara und mich zu, unter der Voraussetzung, dass…«

»Schon klar, bei einem Notfall kann es kurzfristig ganz anders aussehen. Die Vorstellung beginnt um 20 Uhr. Treffen wir uns eine halbe Stunde vorher vor dem Raimund-Theater, einverstanden?«

»Gerne, mein Schatz. Ich freue mich.«

Barbara sah ihn fragend an, als er sein Telefon zur Seite legte.

»Liebe Kollegin, wir beide gehen heute in ein Musical.«

»Wir beide? Ein Musical? Das ABBA-Musical?«

»Ganz genau. Zusammen mit meiner Tochter und Elisabeth. Ein paar Stunden abschalten und Normalität erleben. Vorausgesetzt der Tag bringt keine neuen Überraschungen.«

Barbara, die das Musical vor Jahren schon einmal begeistert miterlebt hatte, stimmte sofort zu.

Als meine es das Schicksal ausnahmsweise gut mit ihnen, blieben sie von Hiobsbotschaften verschont. Es ergaben sich auch keine neuen Erkenntnisse, weder Karl und Bernd, noch Dagmar konnten Erfolge verzeichnen. Sie meldeten sich nur per Kurznachricht und gaben bekannt, nichts erfahren zu haben.

So erschienen Barbara und Thomas in Abendgarderobe pünktlich um 19:30 Uhr vor dem Raimund-Theater. Thomas paffte an seiner E-Zigarette und wurde von Barbara gemustert.

»Alle Achtung. Ein feiner Anzug mit Krawatte, sogar passende, elegante Schuhe«, meinte sie erstaunt.

»Elisabeth war vor einiger Zeit mit mir einkaufen und hat mir das aufs Aug gedrückt«, erklärte Thomas. Es war ihm anzumerken, dass er selten Anzüge trug, er wirkte viel zu steif darin, die Schultern hochgezogen und ständig richtete er seine Krawatte.

Elisabeth erschien mit Anastasia, die sie von ihrer Mutter abgeholt hatte. Auch die beiden waren festlich angezogen, beide in einem langen Abendkleid. Barbara hatte sich für einen eleganten Hosenanzug entschieden, der sie wie eine wichtige Businessfrau wirken ließ.

Als sie sich dem Eingang zuwandten, standen überraschend zwei Männer vor ihnen und grinsten sie an.

»So sieht man sich wieder«, grüßte Werner die kleine Gruppe. Sein Lebensgefährte Christian drückte zuerst Thomas an sich und grüßte dann alle anderen Anwesenden.

»Schön, euch alle wiederzusehen. Guten Abend, werte Dame, wir kennen uns noch nicht«, sagte er zu Elisabeth und reichte ihr die Hand.

»Stimmt, aber ich habe schon von dir gehört. Thomas hat mir von eurem Abenteuer im Schnee erzählt.«

Christian blickte zu Thomas. Soweit er wusste, war ihr damaliger Ausflug eine verschwiegene Angelegenheit.

»Darf ich vorstellen, Elisabeth«, sagte Thomas und Christian grinste noch mehr.

»Na das ist eine Freude, Werner hat schon erzählt, dass es eine Frau in deinem Leben gibt, die dich etwas kultiviert und…«

»Was heißt kultiviert? Ich war ja davor nicht der ärgste Sandler und…«

Elisabeth strich ihm über den Kopf und ließ ihn verstummen.

»Das passt schon so, komm Süßer, reg dich nicht auf«, meinte sie lachend. Dann wandte sie sich Christian zu.

»Etwas mehr Kultur schadet ihm nicht«, flüsterte sie ihm zu.

Die Aufführung sorgte vom ersten Moment an für die totale Ablenkung. Selbst Thomas, der normalerweise nicht so leicht zu begeistern war, benötigte nur fünf Minuten, um mit einem Lächeln im Gesicht die bekannten Songs mitzusummen. Er ertappte sich sogar dabei, einige Textzeilen leise mitzusingen. Elisabeth suchte immer wieder seine Hand oder legte ihre auf seinen Oberschenkel und schien den gemeinsamen Abend mit ihm ebenfalls voll auszukosten. Ein Blick zur anderen Seite zeigte ihm, dass seine Tochter ebenfalls begeistert mitsang und jeden Moment des Musicals genoss. Die Handlung war allen bekannt, jeder von ihnen hatte den Film ,Mama Mia' gesehen. Das änderte nichts daran, dass mit jedem Lied das Publikum mutiger wurde, immer mehr Leute mitsangen und der Applaus von Song zu Song mehr wurde.

Am Ende der Vorstellung gab es minutenlang Standing Ovations, bis die Darsteller erneut auf die Bühne zurückkehrten und eine Zugabe von zwei Liedern darboten.

Euphorisch und in bester Stimmung verließen Thomas und die Damen zusammen mit Werner und Christian das Theater. Während Thomas an seiner E-Zigarette zog, wurde ausführlich darüber diskutiert, welches Lied nun am besten angekommen war.

Barbara unterbrach die angeregte Unterhaltung mit dem Vorschlag, den späten Abend noch in einem nahegelegenen Lokal auf der Mariahilfer Straße ausklingen zu lassen.

»Ich weiß nicht«, überlegte Barbara mit gespieltem Ernst und Blick auf Thomas, »Ich habe einen sehr strengen Chef, der erwartet mich morgen um 9 Uhr ausgeschlafen in der Arbeit.«

»Ich glaube«, spielte Werner mit, »den kenne ich. Das psychologische Profil deutet auf einen grantigen Wiener hin, der aber in letzter Zeit, aufgrund persönlicher Umstände, etwas umgänglich geworden ist.«

»Ihr könnt mir beide nen Bock aufblasen«, empörte sich Thomas, »Es hat Nächte gegeben, in denen habe ich durchgemacht und am nächsten Tag trotzdem Gfraster geschnappt und Fälle gelöst. Also, lasst uns gehen. Ana, ich nehme an…«

139

»Du nimmst sicher falsch an, Papa«, unterbrach ihn seine Tochter, »Ich habe morgen Nachtdienst, also kann ich den ganzen Tag schlafen. Ich bin dabei.«

Nachdem auch Christian zustimmte, machte sich die ganze Gruppe auf den kurzen Weg zur Mariahilfer Straße, wo sie schnell eine Cocktailbar fanden und einen Tisch in Beschlag nahmen.

14. März
00:50 Uhr

Auf der Hadikgasse stadtauswärts war kein Fahrzeug unterwegs, abgesehen von einem weißen Kastenwagen. Der Wagen fuhr mit normaler Geschwindigkeit, bremste sich vor der grün blinkenden Ampel bei der Hütteldorfer Brücke ein und wartete die Rotphase ab. Kaum wurde es wieder grün, bog der Wagen langsam auf die Brücke über den Wienfluss ein. Die Seitentür des Kastenwagens war inzwischen nicht mehr vollständig geschlossen. Mitten auf der Brücke blieb der Wagen stehen. Die Seitentür glitt auf und ein in schwarz gekleideter Mann mit Jacke und Wollmütze sprang aus dem Fahrzeug, in der Hand einen schwarzen Müllsack. Er schwang den Sack, der offensichtlich nicht besonders schwer war, über das nur einen Meter hohe Geländer und sah zu, wie er in dem seichten Wasser landete. Sofort sprang er wieder in den Wagen, schloss die Schiebetür und das Fahrzeug fuhr wieder los.

Das alles hatte nur wenige Sekunden gedauert, die Ampel vor dem Wagen war noch auf grün geschaltet. Ohne besondere Eile bog der Wagen wieder ab und fuhr zurück in Richtung Stadtzentrum.

Zur selben Zeit lehnten Barbara und Anastasia an der Bar, um eine weitere Runde Getränke zu bestellen.

»Mädels, ich bekomme wegen euch noch Probleme. Du bist doch noch keine 18, oder?«, meinte der Barkeeper argwöhnisch. Es war unübersehbar, dass die beiden Frauen über den Durst getrunken hatten.

»Kriegst du nicht«, versicherte ihm Barbara und kramte in ihrer Handtasche. Sie fand ihren Dienstausweis und wedelte damit vor dem Barkeeper herum.

»Die Pozelei... Polizei ist eh schon da und das hübsche Ding ist in meiner Begleitung hier. Ich erlaube es ihr.«

»Aber der Erziehungsberechtigte hat da schon noch ein Wörtchen mitzureden!«, rief Thomas vom Tisch aus.

»Ihr Papa ist auch da, und der ist auch Polizist. Also mach dir keine Sorgen, du kriegst keine Troubles«, lallte Barbara, nahm die beiden Cocktails und deutete einen Kuss an.

Zurück am Tisch setzten sie sich zu den Männern und Elisabeth.

»Der ist ein ganz ein Süßer«, schwärmte Barbara.

»Ich schaue nicht, ich bin glücklich mit meinem Oliver«, meinte Anastasia.

»Das ist gut so. Sonst hätte ich dich vielleicht heute mitgenommen«, antwortete Barbara und erntete einen überraschten Blick von Thomas.

Elisabeth stieß ihre Nichte an.

»Was kommen denn da für Geheimnisse auf?«

Barbara nahm einen Schluck von ihrem Getränk und schubste ihre Tante zurück.

»Ach komm, das wird dich bei mir doch nicht wundern. Du weißt noch viel mehr, worüber wir hier nicht reden. Außerdem...«, sie unterdrückte ein Rülpsen, »gerade du, Tante, solltest nicht vorlaut werden. Es reicht schon, wenn ich daran denke, was du mir schon alles erzählt hast und mit wem du dich jetzt austobst.«

Christian lehnte sich zu Werner.

»Verstehe ich diese Familienverhältnisse richtig? Thomas' Kollegin ist die Nichte seiner Freundin und Barbara ist die Nichte des Innenministers?«

»Genau. Bei diesem Familientreffen wäre ich gern dabei«, scherzte Werner.

»Könnten wir über etwas anderes reden, mein Kind ist anwesend«, ermahnte Thomas die Gruppe, doch aufgrund seiner alkoholgeschwängerten Stimme wurde er nicht besonders ernst genommen.

In dieser Art ging es bis 3 Uhr in der Früh, erst dann hatten sie Mitleid mit dem Barkeeper und dem letzten anwesenden Personal und verließen das Lokal.

»Einige von euch sehe ich in ein paar Stunden eh wieder«, meinte Thomas, der mit Elisabeth ins Taxi stieg. Als er sich von Anastasia verabschiedete, sagte er noch:« Wenn die Mama noch munter ist, oder morgen was sagt, gib ruhig mir die Schuld.«

Im Taxi griff er nach Elisabeths Hand, gab ihr einen Handkuss und sah auf ihre Uhr.

»Na servas, das wird ein toller Tag«, stöhnte er.

Thomas erschien als Vorletzter im Büro, nur Dieter fehlte. Beim Betreten richteten sich alle Augen verwundert auf ihn. Da er nicht genügend Kleidung bei Elisabeth parat hatte, kam er in seinem Anzug. Die Krawatte hatte er weggelassen, und zu seinem Glück hatte seine Freundin wenigstens ein frisches Hemd für ihn.

Barbara hing in ihrem Stuhl und hob nur die Hand zur Begrüßung. Werner und alle anderen Anwesenden wirkten frisch und ausgeschlafen.

»Morgen. Ich weiß nicht, ob Barbara etwas gesagt hat, ansonsten, einfach nicht fragen«, bat er und schlich auf seinen Platz, wo bereits ein voller Kaffeebecher auf ihn wartete.

»Was gibt es Neues?«, fragte er, die Hände an die Schläfen gedrückt.

»Das spielt´s erst morgen Freitag im Fernsehen«, sagte Karl Christow mit tiefer Stimme.

Thomas blickte ihn zunächst verwundert an und benötigte einige Sekunden, um zu verstehen.

»Heben wir uns die Witze für später auf, mindestens zwei Kaffee…«

»Oder ein Reparaturseidl«, meinte Dagmar.

»Gute Idee, aber nicht jetzt«, erwiderte Thomas.

»Also, haben wir etwas Neues zu berichten?«

Stille.

Thomas nahm einen Schluck Kaffee und legte dann sein Gesicht in die aufgestützten Hände.

»Es kann doch nicht sein, dass ein Dreifachmörder überhaupt keine Spuren hinterlässt«, stöhnte er auf.

Die Tür flog auf und Dieter kam herein.

»Bin schon da, ich habe noch auf die letzte Auswertung der DNA-Spuren gewartet. Wie siehst du denn aus, TJ?«

»Lange Nacht, frag nicht nach.«

Dieter blickte zu Barbara, die ebenfalls komplett übermüdet in ihrem Stuhl saß.

»Und das ganz ohne mich?«, fragte er und klang fast ein bisschen beleidigt.

»Es war eher ein Familientreffen«, versuchte Thomas zu erklären.

»Jetzt zählt meine Tante also schon als Familie?«, meldete sich Barbara zu Wort.

»Können wir das später besprechen?«, brummte Thomas und zeigte auf Dieter, »Was ist mit den Spuren?«

»Spuren? Aso, ja. Von den 12 gefundenen DNA-Spuren konnten wir neun zuordnen. Eine davon habe ich unter Verschluss gehalten, betrifft sie doch einen hochrangigen Polizisten.«

Thomas hob den Kopf, auch wenn sich daraufhin seine Kopfschmerzen wieder stärker meldeten.

»Dieter, alles was wir hier besprechen ist Verschlusssache. Unsere Untersuchungen sind vertraulich und genau deshalb wollte ich Leute wie Dagmar und Karl dabeihaben. Also, wer ist es und können wir ihn mit Sicherheit ausschließen?«

Dieter sah von Thomas zu Barbara.

»Ja, können wir. Ganz sicher.«

»Wer?«, fragte Thomas erneut.

»Oberst Frimmel«, antwortete Dieter mit gedämpfter Stimme.

»Das ist euer Chef, oder?«, meinte Dagmar.

Barbara und Thomas nickten.

»Dann schließen wir ihn aus«, meinte Karl, »Ich kenne ihn und sein Privatleben zwar nicht, aber das soll uns auch nichts angehen.«

»Von den anderen acht Personen sind fünf aufgrund von Vorstrafen gelistet, davon wiederum sind zwei in Haft. Die restlichen drei sind noch gespeichert, weil sie bei anderen

Straftaten als Ausschließpersonen gelistet sind. An diese Daten sollten wir normalerweise auch nicht gelangen.«

»Wie können zwei Inhaftierte ihre DNA-Spuren hinterlassen?«, fragte Dagmar.

»Das wirst du schnell herausfinden«, meinte Thomas, »Überprüf die beiden. Ich nehme an, beide hatten vor kurzem Freigang. Lass dir die genauen Zeiten geben und vergleiche sie mit unseren Mordzeiten.«

Auf seine Frage nach den fünf Vorbestraften, zählte Dieter die Delikte auf. Nichts davon passte ins Bild, es waren Wirtschaftsdelikte und eine Körperverletzung. Bernd bekam den Auftrag, diese Männer zu überprüfen.

Thomas überlegte gerade, was sie noch für Möglichkeiten hatten, als die Tür aufging und ein Beamter hereinstürmte.

»Wir haben gerade einen Anruf bekommen, der vielleicht was für eure Sonderkommission sein könnte.«

»Ein Hinweis?«, fragte Barbara und richtete sich auf.

»Nein, ein abgetrennter Unterkörper.«

Karl bot sich Barbara und Thomas als Fahrer an, was beide dankend annahmen. Auf dem Weg zum Wagen informierte Thomas bereits Fredi von der Gerichtsmedizin, dass er demnächst eine neue, nicht vollständige, Leiche zugestellt bekommen würde und bat darum, so schnell wie möglich festzustellen, ob sie ebenfalls mit derselben Kreissäge zerstückelt worden war.

Mit Blaulicht und Dauerton raste Karl mit ihnen vom ersten Bezirk aus quer durch die Stadt in Richtung Westausfahrt von Wien.

Kurz nachdem sie das Schloss Schönbrunn hinter sich gelassen hatten, folgten sie der mehrspurigen Straße neben dem Wienfluss. Thomas konnte sehen, dass der grünliche Fluss nur wenig Wasser führte, er schätze die tiefste Stelle auf dreißig Zentimeter. Der Wienfluss war meistens nicht mehr als ein kleines Rinnsal, in einem scheinbar viel zu groß angelegten Bachbett. Ein eigener betonierter Weg bot Radfahrern und Spaziergängern die Möglichkeit, im Flussbett zu flanieren, während über ihnen zu beiden Seiten die mehrspurigen Straßen aus und in die Stadt führten. Doch Thomas kannte den Grund für den breiten Ausbau des Flusses. Zusammen mit einem Auffangbecken an der Stadtgrenze diente der Bau als Hochwasserschutz und hatte bereits gute Dienste geleistet. Er selbst hatte vor Jahren miterlebt, wie der Fluss binnen weniger Stunden auf ein Vielfaches gestiegen war.

Bei der Hütteldorfer Brücke angekommen, sahen sie unter sich bereits die Ansammlung an Polizisten und Mitarbeiter der Spurensicherung. Auf der anderen Seite der Brücke lag eine Stahlleiter auf einem betonierten Streifen im Grünteil des Abhangs. Es war die einfachste Möglichkeit, bis zur Uferkante zu gelangen.

»Bereust du die letzte Nacht schon?«, fragte Barbara.

»Was soll's, der Tag ist eh schon beschissen genug«, fluchte Thomas und folgte Karl zu dem Beamten, der neben der Fahrbahn beim Anfang der Leiter stand. Der Abstieg entpuppte sich als weniger herausfordernd, als Thomas angenommen hatte. Die Leiter war stabil, die Trittflächen rutschsicher. Nachdem er sich vorgestellt hatte, wurde er unter der Brücke hindurch zu einem weißen Zelt geführt. Im Inneren befand sich ein schwarzer Sack, der inzwischen komplett aufgeschnitten war. Wie schon bei der Leiche der ungarischen Prostituierten, musste Thomas beim Anblick vor ihm zuerst an eine Schaufensterpuppe denken. Eine, bei welcher der Oberkörper fehlte. Vor ihm lagen zwei bekleidete Beine und ein Teil des Unterkörpers. Zentimeter über dem Hosenbund war der restliche Körper abgetrennt worden. Rund um die Beine war das getrocknete Blut zu erkennen, die hellblaue Jeans war vom Blut vollgesogen.

»Das ist viel zu wenig Blut«, war seine erste Erkenntnis.

»Das haben wir uns auch gedacht«, meinte einer der drei Polizisten, die neben der Leiche standen.

»Ich hatte einmal eine Messerstecherei, da war mehr Blut auf der Straße als hier. Das Opfer muss vor der Entsorgung – tut mir leid, anders kann man das hier nicht nennen – schon einige Zeit an anderer Stelle ausgeblutet sein.«

Thomas nickte nur und ging einen Schritt näher. Die Beine schienen einer Frau zu gehören.

»Wir haben in der Früh einen Anruf erhalten, dass ein Mistsack hier abgeladen wurde. Das kommt gar nicht mal so selten vor, aber noch bevor wir etwas unternehmen konnten, kam ein weiterer Anruf von diesem Herrn«, der Beamte zeigte auf einen Mann um die dreißig, der mit blassem Gesicht abseits saß und eine Flasche Cola in der Hand hielt. Auf einen Wink von Thomas hin ging Barbara zu ihm.

»Hallo, ich bin Barbara Gugawitsch, Bezirksinspektorin. Du hast die Leiche gefunden?«

Der Mann nickte.

»Ich heiße Stefan. Stefan Stöger. Ich bin…«, er holte tief Luft und unterdrückte ein Würgen, »ich sollte die Wasserqualität prüfen und die Zuleitungen kontrollieren. Das wäre mein Job für heute gewesen. Den Sack… es kommt öfter vor, dass jemand seinen Müll im Wienfluss entsorgt. Zunächst war ich sogar froh, weil der Sack verschlossen war. Aber dann war da dieser Geruch. So ein Gestank, wie ich ihn von den Rohren kenne, wenn ein Tier darin verendet ist.«

»Ich verstehe. Hast du selbst nachgesehen?«

»Nein. Ich habe die Polizei gerufen… die Form in dem Sack kam mir verdächtig vor.«

»Okay, danke. Mein Kollege wird deine Daten aufnehmen«, sagte sie und deutete Karl, sich um alles Weitere zu kümmern.

»Das heißt, niemand hat die Beine bislang untersucht?«, fragte Thomas die Beamten. Diese schüttelten den Kopf.

»Nachdem wir den Sack geöffnet haben, mussten wir an diesen Serienmörder denken und haben in der Zentrale angerufen. Die haben uns an die SOKO ‚Körperkult‘ verwiesen.«

Thomas nickte und wandte sich an Barbara.

»Die Beine müssen sofort zur Gerichtsmedizin, dort ist man bereits informiert. Ich will schnellstens wissen, ob dieses Opfer unserem Serienmörder zuzuordnen ist. Außerdem brauchen wir eine Möglichkeit, das Opfer zu identifizieren.«

Er blickte hinauf zur Brücke. Nichts wäre einfacher, als den Sack über das niedrige Geländer zu werfen, die dünnen Beine konnten nicht besonders schwer sein.

»Seit wann kann der Sack hier liegen?«, fragte er mit lauterer Stimme.

»Nicht vor 20 Uhr«, meldete sich ein anderer Beamter und kam näher.

»Ich wohne gleich da drüben und bin am Abend laufen gewesen, genau hier. Da wäre mir der Sack aufgefallen.«

»Okay, lassen wir die Spurensicherung ran, und die Leiche muss überstellt werden. Wie sieht es mit Zeugen aus?«

Allgemeines Kopfschütteln war die Antwort.

Nachdem Thomas die Anwesenden informiert hatte, an wen alle weiteren Berichte zu schicken waren, verabschiedete er sich.

Karl ließ er noch vor Ort, um den schnellen Transport der Beine zu gewährleisten, mit Barbara machte er sich wieder auf den Weg die Leiter hinauf.

»Wir lassen Karl den Wagen hier und fahren mit dem Taxi«, entschied er und marschierte in Richtung U-Bahnstation. Diese lag nur fünf Gehminuten entfernt.

»Wohin?«, fragte Barbara während ihres Spaziergangs.

»Zuerst zu unserem Würstelstand. Jetzt brauch ich ein Reparaturseidl. Uns steht noch ein verdammt langer Tag bevor.«

Als sie ihre Dienststelle betraten, wurden sie bereits von ihrem Vorgesetzten, Oberst Frimmel, erwartet.

»Kratochwil, in mein Büro!«, rief er ihm zu und verschwand auch gleich wieder in sein Zimmer.

»Der übliche Anschiss, dass wir zu langsam sind und endlich was Verwertbares abliefern sollen?«, mutmaßte Barbara.

»Er wird sich freuen, wenn ich ihm von einer wahrscheinlich vierten Leiche erzähle«, meinte Thomas und marschierte in das Büro seines Vorgesetzten.

»Tür zu«, befahl der Oberst, der bereits hinter seinem Schreibtisch saß.

Thomas nahm vor ihm Platz und wartete, was auf ihn zukam.

»Kratochwil, ich habe mir alles zum Fall durchgesehen, aber ich finde nirgendwo eine Liste von Verdächtigen.«

»Korrekt. Es gibt weder eine Liste noch einzelne Personen. Dafür vielleicht sogar eine vierte Leiche«, gestand er.

Frimmels Kopf wurde rot, seine Miene eine Mischung aus Verärgerung und Entsetzen.

»Auf die Dringlichkeit muss ich wohl nicht hinweisen, inzwischen hat sich sogar der Bürgermeister gemeldet. Das Ganze nimmt Ausmaße an, die uns über den Kopf zu wachsen drohen. Wenn sogar meine Frau schon meint, sie traut sich nachts nicht mehr raus und unseren Kindern das Spielen am Spielplatz verbieten will, dann müssen wir reagieren. Haben Sie denn überhaupt eine Spur?«

Du spielst mit dem Feuer, dachte Thomas.

»Nun, die Auswertung der letzten Telefonate und DNA-Spuren unseres letzten Opfers«, er machte eine kurze Pause, »die Prostituierte Petra Vancsa, bringen uns auch nur Namen von diversen Männern, die ansonsten keinen Bezug zu den Opfern haben.«

Die beiden Männer sahen sich an und Thomas glaubte, etwas Nervosität in den Augen seines Chefs zu sehen.

»Ich nehme an, ihr Freund Dieter Brehme war sehr gründlich.«

Thomas nickte.

Wieder folgte kurzes Schweigen.

»Und unter den letzten Kunden von Petra... von der Dame ist Ihnen da etwas...«

Thomas war es zu blöd, um den heißen Brei herumzureden.

»Oberst Frimmel, wir wissen beide, worauf Sie hinauswollen. Ihr Name taucht auf, wird aber nicht in den Unterlagen erwähnt. Das hat nichts mit dem Fall zu tun, das ist Ihre Angelegenheit und dabei werden wir es auch belassen. Ich nehme an, darüber wollten Sie sprechen?«

Der Oberst presste die Lippen zusammen, strich sich über den Mund und sah nervös an Thomas vorbei in das Großraumbüro dahinter.

»Ich bin davon ausgegangen, dass ich auf Ihre Diskretion vertrauen kann, Kratochwil. Vielen Dank. Ich werde Ihnen und Ihrem Team weiter den Rücken freihalten, keine Sorge. Sie finden diesen Mistkerl, da habe ich vollstes Vertrauen.«

Thomas stand auf.

»Wir geben wie immer unser Bestes. Und glauben Sie mir, ich möchte dieses Gfrast... diese Person auch schnappen, unbedingt«, versicherte er ihm.

151

»Danke nochmals, dass ich mich auf Sie verlassen kann«, sagte der Oberst und wandte sich, immer noch mit rotem Kopf und sichtlich nervös, seinen Unterlagen zu.

Bis zum späten Nachmittag verbrachten Thomas und Barbara die Zeit in ihrem Büro, wo nur langsam Neuigkeiten eintrafen. Zuerst berichtete Dagmar, dass ihre Nachforschungen in den Krankenanstalten nichts ergeben hatte. Dafür konnte sie ihm etwas über die beiden Straftäter erzählen. Sie hatten am selben Tag Freigang und Petra Vancsa besucht. Die zuständigen Polizisten hatten gestanden, dass sie Bescheid gewusst und gegen eine kleine finanzielle Aufmerksamkeit den Ausflug ermöglicht hatten. Inzwischen saßen beide längst wieder in ihrer Haftanstalt, und der Freigang bot keine zeitliche Übereinstimmung mit den Morden.

Dieter meldete sich zwischendurch, da er in der Aufregung wegen der gefundenen Beine auf die Telefonliste vergessen hatte. Wobei die auch wenig hergab. Die letzte Nummer, die angerufen hatte, war eine nicht angemeldete Handynummer, die nicht mehr zu orten war.

Auf Thomas' Frage, ob es nicht doch irgendwelche Möglichkeiten gab, den Besitzer herauszufinden, antwortete ihm Dieter: »Ich bin gut, aber Wunder kriegst du nur in der Kirche. Die SIM-Karte wurde bei einem Elektronikhändler in Salzburg gekauft, mehr kann ich dir nicht sagen.«

Auch Bernd konnte nichts herausfinden, keiner der von ihm überprüften Personen lebte in Wien. Am nächsten zur Stadt lebte der Mann mit der Körperverletzung als Vorstrafe, doch dieser war seit zwei Wochen auf einer Baustelle in Deutschland arbeiten.

Erst kurz nach 17 Uhr läutete Thomas' Handy.

»Ja, bitte?«

»Kratochwil, bist du das?«

»Ja, und wer sind Sie?«

»Fredi aus der Pathologie, du erinnerst dich?«

Ja, und ich sollte mir die Nummer endlich einspeichern, tadelte er sich selbst.

»Jetzt schon, auch wenn die Erinnerungen nicht gerade meine schönsten sind.«

»Das ist mein Schicksal, damit muss ich leben. Aber privat bin ich sehr umgänglich, wenn dieser Wahnsinnige gefasst wurde, stoße ich gerne mit dir und einem guten Glas Whisky drauf an."

»Whisky klingt gut, das macht dich richtig sympathisch.«

»Aber zuerst der berufliche Teil. Gleich vorweg, ja, wieder dieselbe Säge. Dieser kranke Typ hat sie bislang nicht ausgewechselt.«

Thomas packte seine E-Zigarette aus und nahm einen tiefen Zug. Im Moment war es ihm egal, dass im Gebäude Rauchverbot galt.

»Ich muss noch genauere Untersuchungen anstellen, aber das, was vor mir liegt, wurde nach der Trennung noch mindestens eine Stunde liegen gelassen, bevor es eingepackt wurde. Deshalb auch so wenig Blut im Sack. Dafür wird die Identifizierung leicht, auf den ersten Blick jedenfalls.«

»Schon wieder berühmte Beine?«, sagte Thomas, erkannte aber im nächsten Moment, dass dieser Gedankengang falsch sein musste.

»Keine Ahnung, ob die Frau berühmt war. Aber ihre ID-Karte war noch in der Hosentasche.«

»ID-Karte?«

»Ja, sie war britische Staatsbürgerin. So wie bei uns der Personalausweis, gibt´s bei denen eine ID-Karte im Scheckkartenformat. Sie ist bereits fotografiert und auf den Weg zu euch, per Mail.«

Kaum hatte Thomas das Gespräch beendet, öffnete er sein Mailprogramm und fand die E-Mail.

»Unser letztes Opfer heißt Becky Sundale, wohnhaft in Manchester«, las er vor und wählte bereits Dieters Nummer, »Jetzt wird's international.«

»Kannst du herausfinden, ob die Person Becky Sundale tatsächlich unser neues Opfer ist?«, fragte Thomas, kaum dass Dieter abgehoben hatte.

»Neues Opfer? Dann ist es schon bestätigt. Mann eh, mit was für einem Verrückten haben wir denn da zu tun? Ja sicher, TJ, ich setze mich gleich hin.«

»Noch besser, mach das auf dem Weg zu uns, ich trommle alle zusammen«, entschied Thomas und legte auf.

Eine halbe Stunde später war das gesamte Team im Büro versammelt. Werner hatte wieder eine Packung seiner selbstgemachten Krapfen mitgebracht, Barbara und Thomas teilten Kaffee aus.

»Okay, alle versorgt?«, fragte Thomas in die Runde, dann deutete er Dieter, dass er beginnen sollte.

Dieter erhob sich.

»Ich habe mich mit den Kollegen in Großbritannien in Verbindung gesetzt. Es spricht alles dafür, dass es sich bei den gefundenen Beinen um Becky Sundale handelt. Dafür sprechen ihre ID-Card, die Blutgruppe und der Umstand, dass die Frau gestern in Wien gelandet ist. Aufgrund ihres Berufs als Krankenschwester werden wir im Laufe des Tages noch mehr Klarheit bekommen. Die Gerichtsmedizin wird alles Notwendige bekommen und sich bei uns melden.«

»Wer ist diese Becky Sundale?«, fragte Thomas.

Dieter, Dagmar und Karl blickten zu Bernd Moser, der den Kopf einzog und jeden Blickkontakt vermied. Thomas sah zu Barbara, die nur unwissend die Schultern hob.

»Gibt es hier irgendwas, worüber wir alle Bescheid wissen sollten?«

Karl lehnte sich zu Bernd und meinte: »Niemand wird sich lustig machen, versprochen.«

»Ich glaube nicht, dass irgendwem hier im Moment nach Witzen zumute ist«, sagte Thomas streng.

»Nein, das ist es nicht«, verteidigte sich Bernd und stand auf, »Es ist eher unangenehm.«

»Noch eine Hure und du hast sie vor Kurzem besucht?«, kam Barbara in den Sinn.

Bernd wurde knallrot im Gesicht und knetete nervös seine Hände.

»Nein so eine war Becky nicht. Sie ist... war Krankenschwester, glaube ich. Ich weiß auch nicht viel, da hat Dieter mehr Informationen. Ich habe sie nur durch das Gesicht auf dem Ausweis erkannt. Bis heute habe ich nicht einmal gewusst, ob sie wirklich Krankenschwester war oder es nur für ihre Bilder und Videos gespielt hat.«

Thomas schüttelte den Kopf.

»Okay, das macht wenig Sinn. Jetzt holst einmal tief Luft und dann hätte ich gerne eine Zusammenfassung über Becky Sundale. Krankenschwester, Fotos, Videos, eine Engländerin die du kennst und doch nicht kennst...«

Dieter stand auf und kam zu Thomas an den Tisch.

»Ich werde es dir erklären, TJ.«

Er schnappte sich die Tastatur auf dem Tisch und öffnete eine Internetseite.

»Du wirst die Seite nicht kennen. Im Grunde ist die Internetseite OnlyforFans.com wie eine der gängigen Social-Media-Seiten aufgebaut, mit dem Unterschied, dass die User für ihre Beiträge Geld verlangen. Auf diese Weise bieten zum Beispiel Models, Fitness-Trainer, Musiker und andere Influencer besonderen Content an.«

»Influenza ist eine Krankheit«, unterbrach Thomas.

Dieter überging sein Kommentar.

155

»Es werden Bilder und Videos angeboten und mittels Bezahl-Abo hat man Zugriff darauf. Ich nehme an, worauf Bernd hinauswill, ist, dass die Person Becky Sundale jede Menge erotische Inhalte angeboten hat.«

Inzwischen hatte Dieter die Seite auf dem Laptop geöffnet und sich angemeldet. Thomas blickte verständnislos vom Bildschirm zu Barbara.

»Reden wir von einer Pornoseite? War diese Becky eine Pornodarstellerin?«

»Ja und Nein«, antwortete Dieter und tippte mit seinem Finger auf den Bildschirm, »Hier ist die Seite von Becky Sundale. Sie hat über 5.000 Bilder, mehr als 100 Videos und über eine Million Follower. Sie bietet freizügige Bilder und Videos von sich an, teils nackt, teils in Krankenschwesterkleidung oder auch in anderen Outfits.«

»Und dafür zahlen Leute?«, wunderte sich Thomas und sah zu Bernd. Dieser schwieg und wich Thomas` Blick aus.

»Ja. Genauso wie mehr als genug Leute auf unterschiedlichsten Pornoseiten zahlen«, fuhr Dieter unbeirrt fort.

»Okay, wir sind nicht hier, um über irgendwelche Fantasien zu reden. Was ist für uns relevant?«, warf Karl ein.

»Eigentlich nur, dass ein paar Tausend Leute den Teil ihres Körpers kennen, der uns fehlt«, fasste Barbara nüchtern zusammen.

»Der Firmensitz ist in Amerika, womit ein Ansuchen bezüglich einer Liste aller Follower aus Österreich einige Zeit in Anspruch nehmen wird«, meldete sich Dagmar, »Ich werde es dennoch gleich versuchen.«

Dieter durchforstete die Bildergalerie von Becky Sundale und druckte zwei Bilder aus. Auf einem trug sie hellblaue Krankenschwesterkleidung und zeigte viel Bein, wobei es keinen Hinweis gab, um welches Krankenhaus es sich handelte. Auf dem zweiten lächelte sie nur mit einer durchsichtigen Unterhose bekleidet in die Kamera.

»Die beiden Bilder sollten reichen. Anhand einiger Muttermale an ihren Beinen können wir weitere Übereinstimmungen finden. Becky Sundale ist gestern Vormittag in Wien gelandet. Sie war in ihrem Hauptberuf tatsächlich Krankenschwester in Manchester. Von dort wurde sie zu einem internationalen Vortrag eingeladen, der ab heute für drei Tage im Vienna International Center stattfindet. Dabei geht es um neueste Methoden in der Palliativmedizin. Sie ist nie bei der Veranstaltung angekommen.«

»Endlich etwas, womit wir arbeiten können«, meinte Thomas, »Demnach müssen wir herausfinden, was zwischen ihrer Landung und dem Beginn der Veranstaltung geschehen ist.«

»Kurze, vorläufige Antwort: Nicht viel«, meldete sich Karl und holte einen kleinen Notizblock hervor.

»Ihre Maschine ist um kurz nach 10 Uhr vormittags gelandet. Die Tagung begann um 15 Uhr. Becky Sundale hat weder in ihrem Hotel eingecheckt, noch ihre Kreditkarte benutzt. Es gab keinen organisierten Transfer vom Flughafen.«

Thomas stützte sich mit beiden Ellbogen auf dem Tisch ab und strich sich mit geschlossenen Augen über sein Kinn.

»Kann mir irgendjemand eine Verbindung zwischen dieser Person und unseren anderen Frauenleichen anbieten?«

Es folgte nur Schweigen. Nach zehn Sekunden meldete sich Bernd.

»Ich möchte nur sagen, dass außer uns die wenigsten so viel über Becky Sundale wissen. Ich habe... Also, ich bin einer ihrer Follower und kenne ihre Seite gut. Aber im Grunde weiß ich nur, dass der Username Becky ist, sie aus Großbritannien stammt und angeblich Krankenschwester

157

ist, weil sie in der Kleidung posiert. Mehr Details weiß man als Follower nicht.«

»Das ist ein Anhaltspunkt«, gab Thomas zu. Er befahl Bernd und Dieter, alles über die Frau in Erfahrung zu bringen und dabei darauf zu achten, wie andere an diese Informationen kommen könnten. Auf die Frage, wer gute Verbindungen zur Flughafenpolizei hatte, nickten Dagmar und Karl gleichzeitig.

»Sehr gut. Dann lasst eure Beziehungen spielen, wir brauchen die Videos von Becky Sundale, vom Aussteigen aus dem Flieger bis zum Verlassen des Flughafengeländes.« Dagmar stand auf und stellte sich zu Karl.

»Komm großer Mann, wir geben sicher ein gutes Team ab, wenn wir gemeinsam da draußen auftauchen.«

Karl erhob sich, womit ihm Dagmar gerade einmal bis zum Bauch reichte.

»Das wird garantiert ein Spaß«, meinte er und blickte auf die Frau herab.

»Und wir beide?«, fragte Barbara.

»Wir müssen mal etwas schlafen«, entschied Thomas.

Während sein Weg zu Elisabeth führte, schrieb Barbara noch eine Nachricht an Clemens van der Breu.

»Ist es schon zu spät, oder bist du noch munter genug für einen Besuch von mir«, schrieb sie ihm.

Innerhalb von einer Minute kam die Antwort: »Für eine Frau wie dich, kann es nie zu spät sein. Sekt oder Bier, was soll ich einkühlen?«

Mit einem Grinsen setzte sich Barbara in ihren Wagen. Sie würde vielleicht erneut wenig Schlaf bekommen, aber dafür eine schöne Nacht verbringen und das war es ihr wert.

Dagmar und Karl waren die ersten im Büro. Ihr gestriger gemeinsamer Ausflug zum Flughafen hatte bis 22 Uhr gedauert.

»Da machst du den Eindruck, so ein großer, starker Mann zu sein und dann erlebt man dich lachend wie… ich weiß nicht, du hast gestern bei deinen Freunden gewirkt, wie ein Teenager.«

Karl setzte sich und drehte den Stuhl zu ihr.

»Ich bin ein ganz lieber, sensibler Mensch. Meine Statur zeigt nicht mein wahres Inneres. Aber für meinen Beruf ist es sicherlich besser, so auszusehen«, er spannte den rechten Oberarm an und ließ die Muskeln wachsen.

»Aber«, fügte er hinzu, »eigentlich haben wir es deiner netten Kollegin zu verdanken. Deren flinke Finger haben uns viel Zeit gespart. Die Videos sollten inzwischen an uns geschickt worden sein.«

»Dann wird die Besprechung heute wohl zu einem Videostudium werden«, meinte Dagmar und ging zur Kaffeemaschine.

»Du auch?«, fragte sie.

»Ja bitte, ganz schwarz, keine Milch, kein Zucker.«

Kurz nach 9 Uhr waren wieder alle versammelt. Dieter hatte den Projektor bereits vorbereitet, um die Videos vorzuführen. Auf der Wand vor ihnen konnten sie sehen, wie Becky Sundale am Gepäcksband vorbeiging.

»Sie ist nur mit Handgepäck gereist. Wie wir hier sehen, hat sie ihren Ausweis in der Hand und nun verschwindet er in der Hosentasche. Es ist leicht möglich, dass ihr Mörder den übersehen hat, alle anderen Habseligkeiten wurden bislang nicht gefunden«, sagte Barbara und deutete Dieter, auf das nächste Video zu wechseln.

»Sie verlässt die Gepäckshalle, sieht sich kurz um und geht dann zielsicher zum Ausgang. Wie wir wissen, war kein Transport geplant. Und jetzt…«

Er stoppte das Video, in dem Moment, als Becky Sundale plötzlich stehen blieb und sich umdrehte.

»Jemand spricht sie an!«, rief Bernd.

Ein Mann im schwarzen Anzug und Lederkappe kam auf sie zu. Seine Kopfbedeckung war gut gewählt, der Schirm an der Vorderseite der Kappe verdeckte sein Gesicht vor der an der Hallendecke montierten Kamera. Sie konnten mitansehen, wie er mit der Frau sprach und sie hinausbegleitete. Dabei hielt der Unbekannte seinen Kopf stets nach unten geneigt.

»Das letzte Video zeigt uns eine Außenansicht«, meinte Dieter und schaltete es ein.

Becky Sundale verließ das Gebäude und folgte dem Unbekannten an den bereitstehenden Bussen vorbei zum Parkplatz.

»Damit endet der für uns interessante Teil«, sagte Dieter und ließ einige vorbereitete Standbilder erscheinen. Auf diesen waren Becky Sundale und der Unbekannte zu sehen, aber auf keinem konnte man den Mann genauer erkennen.

»Wir können davon ausgehen, dass sie auf dem Parkplatz in ein Fahrzeug eingestiegen ist, haben aber keine Bilder.« Thomas klang wenig begeistert.

»Ich hätte eine Idee, wenn Dieter mir hilft«, sagte Barbara.

»Sehr gerne, wie kann ich dir zu Diensten sein?«, meinte dieser erfreut.

»Kommst du in die Datenbank der Parkplatzbewachung am Flughafen?«

»Vielleicht, aber wenn ich erwischt werde, haben wir ein Problem. Der Flughafen steht unter besonderem Schutz. Wenn ich da als Hacker aktiv werde, brauche ich mindestens die Rückendeckung von deinem Onkel. Aber wir können auch hinfahren und nett darum bitten. Die Zentrale der Parkfirma liegt im 3. Bezirk, dort sind auch die Server.«

»Gut, damit habt ihr zwei schon eine Aufgabe. Findet heraus, was ihr könnt. Bernd, was habt ihr über Becky Sundale sonst herausgefunden?«

Bernd erhob sich und richtete sich gerade auf.

»Also, es ist nicht leicht an Informationen zur Privatperson Becky Sundale zu gelangen. Wenn man… Also wenn ein normaler User nach ihr sucht, findet der nur einige geleakte Bilder, aber keine privaten Infos, die nicht schon von ihrer Seite bekannt sind.«

»Geleakte Bilder?«, fragte Thomas.

»Ja, das sind Bilder… Also Bilder, die jemand von ihrem Account genommen hat und ins Internet gestellt hat.«

»Ich dachte, alle ihre Bilder sind im Internet?«, war Thomas verwirrt.

»Ja schon. Nur für ihre… also die Bilder auf denen sie… na, halt die Bilder…«, redete Bernd nervös herum.

»Er meint, die Nacktbilder der Dame sind nur gegen Bezahlung auf ihrer Seite zu sehen«, half Karl ihm aus, »Und es gibt Leute, die kopieren diese Bilder und stellen sie auf diversen Seiten rein, gratis.«

»Danke, Karl. Weiter«, sagte Thomas.

Bernd holte tief Luft und versuchte ruhig zu bleiben.

»Sie hat eine Facebook-Seite unter ihrem Namen Becky Sundale. Die ist aber auf privat gestellt, das heißt, außer ihrem Profilbild sieht man nichts. Nochmals zur Erinnerung, sie bietet ihre Bilder nur unter dem Namen Becky an, somit ist es schon schwer, diesen Account zu finden. Dieter hat sich eine Genehmigung von Facebook geholt und ihr Profil durchgesehen. Der letzte Eintrag stammt vom 2. März, wo sie erwähnt, demnächst nach Wien zu fliegen. In ihrer Freundesliste kommt niemand aus Österreich vor.«

»Woher wusste der Mörder dann, dass sie hier war?«, fragte Thomas.

»Naja, die einzige Idee, die mir eingefallen ist… sie muss aber nicht stimmen, aber es wäre eine Option…«

»Sprich sie aus, bitte.«

»Wenn jemand sich Mühe gibt, die vermeintlichen Fakten hernimmt und nach ihr sucht, könnte man auf das Krankenhaus in Manchester stoßen. Ich habe es unter Dieters Aufsicht probiert. Der normale Kunde weiß ihren Vornamen, ihren Beruf und von ihren Videos weiß man, dass sie Engländerin ist. In einem Video trägt sie ein Fußballtrikot von Manchester City. Das alleine ist jetzt nicht vielsagend, aber wenn man sich die Zeit nimmt, findet man im Krankenhaus von Manchester einige Bilder, darunter auch ein Gruppenbild der Belegschaft mit ihr. Als Stationsleiterin ist sie auf der Seite auch namentlich erwähnt, und schon hat man die Infos.«

»Und solch ein Aufwand würde zu unserem Täterprofil passen«, meldete sich Werner zu Wort.

Dieter kam mit einem kleinen Rucksack zum Wagen.

»Nur ein bisschen Hausaufgaben. Neueste GPS-Tracker, die wir testen und demnächst ausgeben sollen.«

Er nahm neben Barbara Platz und ließ sich chauffieren.

»Du bist sicher, dass wir nicht zum Flughafen, sondern in den 3. Bezirk müssen?«, fragte Barbara nach.

»Ganz sicher. Die Zentrale hat das komplette Rechenzentrum im Keller. Die Firma hat insgesamt zwölf Standorte. Wenn wir Glück haben, sind die Daten noch gespeichert.«

»Na wenigstens klingt das nach einer schnellen Erledigung.«

»Hast du denn heute noch was vor?«

Barbara huschte ein Grinsen über ihr Gesicht.

»Wenn ich nicht zu spät heimkomme, schon.«

»Das klingt nach etwas sehr Erfreulichem«, hakte Dieter weiter nach.

»Kann man so sagen, aber die Details behalte ich lieber für mich.«

»Verstehe. Es ist wohl nicht ganz jugendfrei.«

»Das ist es selten, wenn ich mich mit Clemens treffe«, antwortete Barbara spontan und zuckte im nächsten Moment zusammen. Für einen Moment hatte sie vergessen, dass nicht Thomas neben ihr saß.

»Du meinst aber nicht den Clemens, der in unserer Liste aufscheint?«, bohrte Dieter nach.

»Vergiss es einfach wieder, okay?«, bat Barbara, wobei sie wusste, dass gerade Dieter nun erst recht hellhörig geworden war.

»Du bist nicht wirklich mit diesem Typen zusammen, nachdem er zu den Verdächtigen zählt?«, entrüstete sich Dieter.

»Er war nie ein Verdächtiger, er hat von Anfang an ein wasserdichtes Alibi gehabt«, verteidigte sie ihren Freund, »Außerdem ist das meine private Angelegenheit. Dieter, bei aller Freundschaft, aber das will ich nicht mit dir ausdiskutieren müssen.«

»Schon klar«, meinte er beleidigt und vertiefte sich wieder in sein Handy.

Wortlos fuhren sie bis zu der Adresse, einem Hochhaus, in dem mehrere Firmen ihren Sitz hatten.

»Wir müssen in den ersten Stock, Parking Unlimited.« Dieter war immer noch eingeschnappt. Er stieg aus und wartete auf Barbara, hinter der er ins Gebäude trottete.

Die Empfangsdame holte nach einem kurzen Telefonat den Abteilungsleiter der EDV-Abteilung zu ihnen, der auf ihr Ansuchen aber nur kopfschüttelnd grinste.

»Das gibt es nur im TV-Krimi. Diese Daten werden nicht gespeichert.«

»Aber...«, setzte Dieter an, wurde aber sofort unterbrochen.

»Schauen Sie, unser System registriert das Kennzeichen eines einfahrenden Fahrzeuges. Die Daten werden bei Bezahlung aktualisiert und beim Verlassen des Parkplatzes gelöscht. Alleine schon wegen dem Aufwand, dem Datenschutz und weil wir mit diesen Daten nichts anfangen können.«

»Danke«, sagte Dieter zerknirscht und drehte sich zu Barbara, »Freu dich, dein Feierabend beginnt heute früher. Also genug Zeit...«

»Es passt schon, Dieter«, maßregelte sie ihn, dankte dem Mann und machte kehrt.

Vor dem Gebäude wollte Dieter zum Wagen gehen, als ihm Barbara festhielt.

»Hier«, sie drückte ihm den Schlüssel in die Hand, »du bringst den Wagen zurück. Ich fahre öffentlich. Bis morgen«, meinte sie sauer. Bevor Dieter reagieren konnte, hatte sich Barbara umgedreht und marschierte davon.

16. März
1:20 Uhr

Richard Mühlbacher lag auf seiner Couch in seinem inzwischen ausgeräumten Wohnzimmer, als sein Handy läutete. Die Polizei hatte alle Pflanzen und alles, was an Drogen bei ihm gefunden wurde, mitgenommen und ihn auf freiem Fuß angezeigt. Fluchtgefahr bestand bei seinen finanziellen Mitteln nicht.

Verschlafen drehte er sich zu seinem Couchtisch und griff nach dem leuchtenden, vibrierenden Handy. Sein erzwungener, spontaner Entzug sorgte für Kopfschmerzen.

»Wer stört um diese Zeit?«, krächzte er mit trockenem Mund.

»Richie, du kennst mich nicht, aber ich habe ein Angebot für dich. Du kannst ganz groß in deinem Business zurückkommen.«

»Wer bist du? Weißt du nicht, dass sie mir alles weggenommen haben? Meine geliebten Pflanzen, meine Lieblinge sind alle weg.«

»Das macht nichts, glaub mir«, meinte die freundliche Männerstimme ruhig, »Mach mir die Tür auf und ich werde dir zeigen, was ich meine.«

»Die Tür? Meine Tür?«

»Ja, ich bin bereits bei dir. Ich habe so viel von dir gehört, deshalb möchte ich dir umgehend helfen.«

Langsam rollte sich Richie von der Couch, stützte sich an seinem Tisch ab und stemmte sich hoch. Er schlurfte zur Eingangstür und öffnete diese. Tatsächlich stand ein Mann vor ihm.

»Okay... ich habe nicht geträumt«, stellte Richie beruhigt fest.

»Nein, aber gleich wirst du für immer schlafen«, antwortete der Mann.

Richie verstand nicht, was er meinte, aber dafür erkannte er plötzlich, wer ihm gegenüberstand.

»Hey, du bist der Typ, der meine Laura abgeschleppt hat«, stieß er hervor, »Du bist der, der sie als Letztes...«

Er sah noch das Aufblitzen von Metall in der Hand des Mannes, dann fuhr das Skalpell durch seinen Hals. Wie durch Butter schneidend, durchtrennte die scharfe Klinge in einem Schwung seine Halsschlagader, Stimmbänder, Luft- und Speiseröhre.

»Genau der bin ich«, sagte der Unbekannte.

Mit aufgerissenen Augen starrte Richie den Fremden an, griff sich an den Hals und versuchte, etwas zu sagen. Nicht einmal ein Gurgeln war zu hören, dafür spürte Richie, wie ihm das warme Blut über seine Hände lief. Es genügte ein Stoß vor die Brust und er taumelte zurück in den Vorraum seiner Wohnung, wo er auf die Knie fiel. Beide Hände an seinen Hals gepresst, blickte er zu dem unbekannten Mann hoch. Der trat einen Schritt vor, zog leise die Wohnungstür zu und sah wortlos zu ihm herab.

9:20 Uhr

Zur obligaten Morgenrunde versammelten sich erneut alle Mitglieder der Sonderkommission ‚Körperkult‘, doch wie so oft gab es keine Fortschritte zu berichten.

»Egal, in welche Richtung wir ermitteln, alles verläuft im Sand«, sagte Thomas missmutig.

»Es wird noch schlimmer«, meldete sich Barbara, sichtlich übermüdet.

»Für heute ist eine Presseerklärung des Wiener Bürgermeistes angekündigt, bezogen auf die Frauenmorde. Auch der Innenminister wird vor Ort sein.«

»Was haben wir zu erwarten?«

»Eine Brandrede auf den Schutz der Frauen vor Gewalt, Versprechen, dass die Polizei alles versucht, um den Schuldigen zu finden und weitere Floskeln zur Beruhigung der Medien.«

»Gewalt gegen Frauen?«, meldete sich Dagmar, »Das ist aber eine gscheite Themenverfehlung. So ernst das Thema auch ist, aber wir haben es hier mit einem geisteskranken Mörder zu tun.«

Resignierend schickte Thomas die ganze Gruppe ins Wochenende. Sie sollten den Samstag und Sonntag zur Entspannung nutzen. Vielleicht würden sich bis Montag neue Spuren ergeben, hoffentlich jedoch keine neuen Leichen aufgefunden werden.

»Was bringt dein Wochenende?«, fragte Thomas Barbara, als alle gegangen waren.

Nachdem sie fertig gegähnt und den Kaffee in wenigen Schlucken ausgeleert hatte, konnte Barbara antworten.

»Ich muss noch einen Bericht für Montag schreiben. Du erinnerst dich an Richard Mühlbacher? Seine erste Anhörung ist am Montag. Abends habe ich frei, Clemens ist übers Wochenende bei einem Firmentermin in Italien. Was auch gut so ist.«

Thomas, dem aufgefallen war, wie schlecht gelaunt Dieter erschienen war, erkundigte sich bei ihr, ob sie diesbezüglich eine Ahnung hatte. Sie erzählte ihm von ihrer gestrigen Diskussion mit ihm.

»Also gekränkter Stolz, Eifersucht, Liebeskummer. Deshalb hat er vorhin gemeint, er wird sich am Wochenende daheim verkriechen, verstehe. Elisabeth ist dieses Wochenende auch schwer beschäftigt. Sie soll der Kuratorin eines Museums bei der Planung einer Ausstellung helfen. Irgendwelche besonderen Gemälde, die bisher noch nie in Österreich gezeigt wurden.«

So verlief ihr Vormittag ruhig und getrennt voneinander. Während Barbara im Büro blieb und ihren Bericht fertigstellte, besuchte Thomas seinen Kollegen Jochen Lienhart und erkundigte sich nach dem Stand der Dinge bezüglich des grapschenden Kaufhausdetektivs. Sie verabredeten sich zum Mittagessen in einem Lokal im 7. Bezirk, unweit von Jochens Dienstort.

»Er ist geständig, sein Anwalt will sich aber auf die Sache mit Jasmin stürzen. Sie soll ihn in die Richtung provoziert und es herausgefordert haben«, erzählte Jochen bei Wiener Schnitzel und Bier.

»Die Aufzeichnungen belegen eindeutig, dass es nicht so war«, entgegnete Thomas.

»Ja, aber die sind ohne richterlichen Beschluss entstanden. Wie ich erfahren habe, wird es auf eine Geldstrafe und ein Berufsverbot hinauslaufen.«

»Viel zu wenig für diesen Arsch. Wer weiß, wie oft er diese Masche schon abgezogen hat?«, ärgerte sich Thomas.

»Angeblich erst einmal. Die Freundin von meiner Tochter kommt mit ein paar Sozialstunden davon und hoffentlich ohne psychischen Schaden. Deine sogenannte Verhinderung der Flucht wollte er noch erwähnen, aber das habe ich unterbunden. Ich benötige nur eine kurze Stellungnahme, aus der herauszulesen ist, dass ich dich um diese Aktion gebeten und ich die Verantwortung übernehme, weil ich die offiziellen Wege ausgelassen habe.«

»Wirst du Probleme kriegen?«, wollte Thomas wissen.

»Meine bevorstehende Beförderung wird sich verschieben, aber das war es mir wert«, Jochen nahm einen großen Schluck Bier, »Weißt du, ich kenne ja meine zwei Kinder. Jasmin war immer schon ruhiger und zurückhaltend, deshalb bin ich so froh gewesen, dass sie mir das anvertraut hat. Nicht vorzustellen, wenn ihr so etwas passiert. Bei meinem Sohn, er ist ein Jahr älter, da tue ich mir leichter. Der ist nicht auf den Mund gefallen, lässt sich nichts sagen. Leider auch uns gegenüber, aber das ist halt die Pubertät.«

Sie plauderten noch weiter über Erziehungsmethoden und ihre Erfahrungen mit den heranwachsenden Kindern, bis Jochens Telefon klingelte. Er wurde zu einem Einbruch gerufen.

»Geh nur, ich übernehme die Rechnung. Wir werden uns sicherlich wieder einmal zusammensetzen. Schönen Tag noch«, meinte Thomas, der noch nicht ausgetrunken hatte.

Danach ging es auch für Thomas zurück zur Dienststelle. Das Büro der Sonderkommission war leer, auf dem Tisch lagen noch Unterlagen zum Fall, die scheinbar von Barbara liegengelassen wurden. An der Wand hing eine Karte von Wien, die Fundorte der Frauen waren mit dickem rotem Stift eingekreist worden. Thomas blieb davor stehen und studierte die Stellen. So sehr er es auch versuchte, er konnte kein System dahinter erkennen.

»Was wahrscheinlich auch sein verdammter Plan ist. Uns zum Narren halten und …«

»Nein, so denkt er nicht«, meldete sich Werner, der plötzlich im Raum stand. Thomas hatte nicht gehört, wann er eingetreten war.

»Ich möchte behaupten, er will nicht mit uns spielen. Es geht ihm nicht darum, seine Überlegenheit zu beweisen. Ansonsten hätten wir längst etwas von ihm gehört. Wer vier Frauen in so kurzer Zeit ermordet und dabei so gar keine Spuren hinterlässt, der würde bei einer narzisstischen Ausprägung um unsere Anerkennung buhlen. Er würde uns an seiner Überlegenheit teilhaben lassen.«

»Glaubst du an einen Einzeltäter?«

»Die bisherigen Fakten sprechen dafür«, meinte Werner und sah auf seine Uhr.

»Thomas, ich muss los. Christian holt mich ab, wir fahren zu Freunden. Schönes Wochenende.«

»Danke«, sagte Thomas und wandte sich wieder der Karte zu.

Sein Wochenende schien sich auf der Couch oder in seinem Stammlokal »Schwarze Rose« abzuspielen. Dabei fiel ihm ein, dass er Elisabeth vor einiger Zeit schon versprochen hatte, ihr seine Lieblingsabsteige zu zeigen. Sie war zuerst sehr skeptisch gewesen, ob Thomas wirklich nur die Getränke und Gespräche in dem Nachtlokal genoss. Dabei hatte sie ihm auch klargemacht, dass sie nicht mit anderen Frauen konkurrieren wolle und einen Fehltritt nicht akzeptieren werde. Etwas, womit Thomas sehr gut leben konnte, da er nur Augen für sie hatte.

Er schaltete den Computer ein und klickte sich zum Livestream des ORF durch, um die Pressekonferenz des Wiener Bürgermeistes anzuhören.

Die Ansprache des Bürgermeisters wurde aus dem Wiener Rathaus übertragen. Neben dem Bürgermeister hatten zu seiner Linken Oberst Frimmel und rechts Innenminister Steinberger Aufstellung bezogen.

»Guten Tag, meine Damen und Herren, liebe Wienerinnen und Wiener. Die Ereignisse der letzten Tage haben uns alle erschüttert. Als Bürgermeister unseres schönen Wiens, möchte ich ihnen versichern, dass es keinen Grund gibt, Angst zu haben. Für niemanden.

Ich habe persönlich mit dem Innenminister und dem zuständigen Polizeioberst gesprochen und mich vergewissert, dass die Polizei auf Hochtouren daran arbeitet, diesen Serienmörder zu fassen.

Gerade erst haben wir in der Stadtregierung ein umfangreiches und, meiner Meinung nach, hilfreiches Paket im Kampf gegen Gewalt an Frauen in die Wege geleitet.«

Thomas schüttelte den Kopf.

»Wovon redest du?«, fragte er den Bildschirm.

»Ich habe mich mit dem Innenminister verständigt, dass die Polizeipräsenz in Wien aufgestockt wird. Kein Bürger, keine Bürgerin dieser Stadt soll Angst haben müssen, wenn er oder sie auf die Straße geht, egal zu welcher Uhrzeit.

Ich hatte vorhin ein langes Gespräch mit Oberst Frimmel, unter dessen Leitung die Fahndung nach dem Mehrfachmörder mit Hochdruck vorangetrieben wird. Er hat mir versichert, dass alles gemacht wird, um den Täter schnellstens ausfindig zu machen und aus dem Verkehr zu ziehen.

Bei dieser Gelegenheit möchte ich auf die Aussagen der Opposition eingehen, in denen erklärt wurde, unser Paket gegen häusliche Gewalt an Frauen würde nicht greifen. Bereits in den letzten zwei Wochen wurden mehr als fünf Wegweisungen und Betretungsverbote von Seiten der Polizei ausgesprochen. Und ich bin weiterhin sehr bemüht…«

»Die Leute zum Narren zu halten«, vollendete Thomas den Satz und drehte das Video ab.

171

Das war für ihn wieder eines der Beispiele, wieso er ein Problem mit der Politik hatte. Nichts von dem, was er gerade gehört hatte, traf auf den eigentlichen Fall zu. Was natürlich auch daran lag, dass Oberst Frimmel eine Nachrichtensperre verhängt hatte, um keine sensiblen Daten plötzlich in den Zeitungen zu lesen.

Kopfschüttelnd drehte Thomas den Computer ab und wandte sich nochmals den Unterlagen zu.

Als Barbara kurz nach 17 Uhr wieder ins Büro kam, saß Thomas noch immer über den Fallakten. Der Projektor zeigte das Video von Becky Sundale am Flughafen.

»Du siehst nicht glücklich aus«, stellte sie fest.

»Hast du gehört, was unser lieber Herr Bürgermeister von sich gegeben hat?«

»Ja. Selbst mein Onkel hat gemeint, dass wir es wohl nicht mit einem Frauenmord zu tun haben, der auf häuslicher Gewalt oder grundsätzlich Gewalt gegen Frauen beruht. Aber deshalb ist der Typ Bürgermeister und nicht Polizist. Wir verlassen uns auf Spuren die wir finden... oder, wie in diesem Fall, eher nicht finden«, meinte Barbara und schloss die Tür hinter sich.

Thomas erhob sich und richtete Kaffee für sie beide her.

»Warum bist du hier und nicht bei deinem Freund?«, fragte Thomas nach.

»Weil er auf Dienstreise ist.«

»Stimmt, hast du erwähnt«, erinnerte sich Thomas.

»Außerdem brauche ich etwas Abstand. Letztens haben wir die halbe Nacht verplempert, weil wir über meinen Job diskutiert haben.«

Thomas nickte, diese Diskussionen kannte er zur Genüge. Manche Fälle machten es einem schwer im Privatleben abzuschalten.

»Zuerst war er noch neugierig und die Story mit Richard Mühlbacher war ja recht lustig. Aber es ist weniger lustig,

wenn ich noch nicht abschalten kann und mein Freund…
und Clemens am liebsten nur eins möchte. Da gab es einen
kleinen Streit, aber er wird sich schon wieder beruhigen,
wenn er zurückkommt.«

Sie griff nach ihren Unterlagen.

»Du gehst nochmals alle nicht vorhandenen Spuren
durch?«

»Wieso gibt es keine Spuren? So einen perfekten Mord
schafft normalerweise keiner! Und dieses Gfrast schafft
das gleich vier Mal«, sagte er und stellte zwei Kaffeebecher
auf ihren Tisch.

»Apropos Spuren«, fiel Barbara ein, »Fredi, der
Gerichtsmediziner hat vorhin geschrieben. Er hat bei
Becky Sundale irgendeine Substanz gefunden, Poliethü-
irgendwas. Es ist aber nichts, was nicht bis Montag warten
kann, weil es keine, wie er es nannte, verwertbare Spur
zum Weiterforschen sei.«

Thomas setzte sich und lehnte sich zurück, streckte den
Kopf nach hinten und stöhnte mit geschlossenen Augen
auf.

»Das sind so Tage, wo ich den Job am liebsten
hinschmeißen möchte. Einfach raus hier, in ein kleines
Häuschen am Land und im Garten in der Hängematte
liegen. Ein kaltes Bier dazu…«

»Serviert von deiner Freundin, die dich vorn und hinten
verwöhnt…«, Barbara erschrak, »Nein, das war nicht so
gemeint, ich wollte sagen, von vorn bis hinten verwöhnt.«

»Freud'scher Versprecher nennt man das«, meinte Thomas
mit einem kurzen Grinsen.

»Sollen wir nochmal alles durchgehen?«, überging sie ihren
Fauxpas, nahm sich einen Stuhl und setzte sich ihm
gegenüber.

Zwei Stunden später, inzwischen war es nach 20 Uhr, waren sie nicht viel klüger geworden.

»Wir wissen, dass bei allen Opfern dieselbe Kreissäge benutzt wurde. Inzwischen wissen wir sogar, dass zwei Zähne dieser Säge beschädigt sind. Aber sonst...«

Barbara hob die Schultern.

»Wir haben nicht einmal Verdächtige und nichts, was die Frauen miteinander verbindet.«

»Was übersehen wir?«, fragte Barbara.

»Wenn es wirklich darum geht, dass er die schönen Dinge dieser Frauen haben will, Hände, Beine, Kopf oder bei der Engländerin gleich den ganzen Oberkörper, dann ist es schwer zu sagen, was noch kommt. Dasselbe gilt, wenn er genau diese Teile nicht haben will und sie deshalb aus der Welt schaffen will.«

»Aber...«, ein Gähnen überkam sie, »Aber wozu. Was bringt ihm das?«

»Keiner behauptet, dass er nicht geisteskrank ist. Intelligent, aber geistig gestört.«

»Ein Ritualmord ist auch auszuschließen.«

»Sehr unwahrscheinlich, da wären die Methoden und Körperteile ähnlicher. Die Pressekonferenz unseres Bürgermeistes macht das Ganze auch nicht einfacher. Er macht den Leuten nur noch mehr Angst, bis sich Frauen auf der Straße nicht mehr sicher fühlen. Seine Idee von mehr Polizeipräsenz ist schon vom Personal her nicht machbar. Und für unseren Fall sinnlos, da die Frauen sorgfältig ausgesucht wurden. Wenn es also ein zukünftiges Opfer gibt, dann steht sie längst in Kontakt mit ihrem Mörder, bewusst oder unbewusst.«

Er blickte über den Tisch. Barbara hatte ihren Kopf auf der Hand abgestützt, die Augen geschlossen. Der Kugelschreiber rollte aus ihrer Hand und über den Tisch, doch sie reagierte nicht.

»Du bist mir echt ne Hilfe, Mädl«, sagte er leise und erhob sich.

Kurz darauf schreckte Barbara hoch, als vor ihr eine Dose geöffnet wurde.

»Nein danke, kein Bier«, war ihre erste Reaktion, obwohl sie nicht klar aus den Augen sehen konnte.

»Trink das und dann zieh dich an«, befahl Thomas.

Barbara blickte auf die Dose, einen Energydrink.

»Anziehen? Wohin gehen wir?«

»Den Kopf frei bekommen. Das hier macht heute keinen Sinn mehr«, meinte Thomas und schnappte sich seine Jacke.

Dieter saß zu Hause an seinem Computer und durchforstete das Internet. Im Moment suchte er nach Berichten und Bildern zu Clemens van der Breu. Er fand unzählige Bilder von dem Mann, von geschäftlichen bis privaten.

»Klar, so ein Typ ist natürlich weitaus besser als der Computer-Nerd von der Polizei«, war Dieter immer noch verärgert vor Eifersucht.

»Aber ich bin mir sicher, so ein reicher Typ wie du, der hat schon seine Geheimnisse. Vielleicht finde ich ja was Nettes über dich«, sprach Dieter zu sich selbst, während er auf seiner Tastatur tippte. Er wusste selbst, dass er mit seinen 24 Jahren für eine Frau von Barbaras Kaliber zu jung war, aber dennoch konnte er seine Gefühle ihr gegenüber nicht unterdrücken. Er hoffte einfach, etwas über diesen Clemens van der Breu zu finden, mit dem er ihn vor Barbara schlecht machen konnte.

Thomas fuhr mit Barbara in den 9. Bezirk, wo ihr erster Stopp bei einem Würstelstand war. Nach einer Stärkung in Form eines Käsekrainer-Hot Dogs ließ sich Barbara durch ein paar Gassen geleiten, bis sie vor einer Bar standen. In gelben und roten Neonlichtern leuchteten neben dem Eingang die Schriftzüge »Dance Night« »Samba & Salsa« und »Summerfeeling«.

»Tanzen?«, war Barbara verwundert.

»Du bewegst dich doch gerne, oder?«, antwortete Thomas und ging vor.

»Ich schon, aber du?«, meinte Barbara und folgte ihm.

Noch war das Lokal nicht überfüllt, ohne Schwierigkeiten konnten sie zwei Caipirinhas ordern und sich an einen Stehtisch neben der Tanzfläche stellen.

»Ausschlafen kannst du morgen, ich gebe dir nur einen triftigen Grund dafür«, erklärte Thomas und hob sein Glas. »Kein Wort über die Arbeit, nichts über irgendwelche Geisteskranken, verstanden?«

»Jawohl, Chef... Thomas!«, sagte Barbara und zog an dem Strohhalm ihres Glases.

»Eine gute Mischung, ziemlich stark«, stellte sie fest.

Es sollte nicht bei diesem einen Cocktail bleiben. Zwei weitere Getränke später, war Barbara ausgelassen und bester Stimmung. Sie zog Thomas auf die Tanzfläche, wunderte sich kurz darüber, dass er keinen Widerstand leistete, und sie tanzten lange und ausgelassen. Thomas registrierte die Blicke einiger Männer und Frauen und musste innerlich grinsen. Die meisten dachten sich wahrscheinlich, dass der alte Knacker ein junges Ding aufgerissen hatte, um mit ihr seinen zweiten Frühling zu erleben.

Nach fast zwei Stunden auf der Tanzfläche beugte sich Barbara verschwitzt zu Thomas. Aufgrund der Lautstärke und dem inzwischen großen Andrang musste sie brüllen, damit er sie hörte.

»Ich hol uns noch was zu trinken! Geile Musik, voll gute Stimmung.«

Er nickte.

Sie kam mit zwei neuen Cocktails wieder und auch, wenn Thomas mehr Lust auf ein Bier hatte, nahm er den Drink und kostete. Er wusste zwar nicht, welchen Cocktail Barbara bestellt hatte, der Alkoholgehalt war jedenfalls nicht gering ausgefallen.

»Da musst du mal mit meiner Tante her. Der gefällt das sicher«, schrie Barbara ihm ins Ohr.

»Ich weiß, sie hat mir das Lokal gezeigt. Sie liebt tanzen und kann sich echt gut bewegen.«

Barbara legte einen Arm um ihn, um nicht zu sehr zu schwanken.

»Du stehst echt voll auf sie?«

»Ja! Sehr sogar.«

»Das hat sogar Onkel Michael bemerkt bei unserem leider viel zu kurzen Abendessen damals. Aber sie ist auch voll in dich verschossen. Hat sie dir von ihrer Idee mit dem Haus am Land erzählt?«

»Hat sie. Aber ob ich wirklich aus der Stadt wegziehen mag, kann ich im Moment nicht sagen.«

Barbara packte Thomas und drehte ihn zu sich.

»Wenn deine Tante… Nein, meine Tante, also deine Freundin, umzieht, dann wirst du gefälligst mit ihr ziehen! Du tust ihr gut und sie dir auch. Das ist ein Befehl der Frau Bezirkinsekt… Besirsinspektor… Bezirksinspektorin Gugawitsch, und du hast zu tun…«

Ihr Kopf landete auf seiner Schulter.

»Thomas ich bin müde«, meinte sie, plötzlich mit leiserer, fast weinerlicher Stimme.

»Trink aus und wir gehen, kein Problem«, meinte er und reichte ihr das Glas.

An der frischen Luft umarmte Barbara eine Straßenlaterne, während Thomas seine Zigaretten zur Hand nahm. Als sie die Hand aufhielt, sah er sie verwundert an.

»Nur wenn ich stinksauer oder besoffen bin. Für meinen heutigen Rausch bist du verantwortlich«, rechtfertigte sie sich.

Er gab ihr eine Zigarette und half ihr beim Anzünden.

»Was findest du denn so toll an ihr?«, fragte Barbara aus dem Nichts heraus.

»Elisabeth? Ihre Ausstrahlung, ihre lockere und direkte Art, natürlich auch ihr Aussehen und was sie mit mir so anstellt.«

»Da will ich keine Details, nicht einmal in meinem derzeitigen Zustand. Es kann ja sein, dass ich mich morgen daran erinnere«, lallte Barbara und hakte sich bei Thomas ein. Sie wusste nicht, wohin er mit ihr ging, fragte aber auch nicht nach.

»Wo sind wir, das kenn ich doch«, sagte sie nach einigen Minuten, als sie vor einem Wohnhaus standen.

»Wirklich? Das könnte daran liegen, dass du schon öfters bei mir zu Hause warst.«

»Soll ich etwa mitkommen?«

»Du kannst auch heimfahren, aber ob du es alleine noch bis zum Taxistand schaffst bezweifle ich.«

»Aber nicht, dass du Probleme mit Elisabeth bekommst, wenn fremde Frauen bei dir übernachten.«

Thomas lehnte sie neben der Tür an die Hausmauer und kramte nach dem Schlüssel. Er war alles andere als nüchtern, aber noch nicht so betrunken wie Barbara.

»Keine Sorge. Nimm's nicht persönlich, aber du bist nicht mein Typ.«

Thomas musste Barbara mehrmals festhalten, damit sie nicht über die Stiegen stolperte. In seiner Wohnung schaffte es Barbara noch, ihre Schuhe selbst auszuziehen,

179

danach dirigierte er sie in sein Schlafzimmer und setzte sie aufs Bett.

»Frisch bezogen, als hätte ich gewusst, dass ich heute noch Besuch bekomme.«

»Danke. Du bist ein lieber Kollege. Aber wo schläfst du denn?«

»Wieder einmal auf der Couch, dass kenn ich ja schon«, meinte Thomas. Er wandte sich um und wollte das Zimmer verlassen, als ihm noch etwas einfiel.

»Falls dir schlecht wird…«

Weiter sprach er nicht, Barbara war bereits zur Seite gekippt und lag schlafend im Bett.

17. März
10:20 Uhr

Es war helllichter Tag, als Barbara erwachte. Ihr Kopf dröhnte, das Licht im Zimmer tat ihr in den Augen weh.

»Nie wieder«, stöhnte sie auf, wobei sie selbst wusste, dass sie sich das schon öfters geschworen hatte. Sie setzte sich auf und blickte verwundert an sich herab.

»Das ist nicht mein Shirt«, stellte sie fest. Außerdem trug sie keine Hose. Als sie ins Wohnzimmer schlurfte, saß Thomas beim Couchtisch, in der Hand eine Tasse Kaffee und vor sich eine Tageszeitung. Daneben auf dem Tisch standen eine Kaffeekanne und frische Semmeln.

»Morgen. Bedien dich, der Kaffee ist frisch. Wurst und Käse liegen im Kühlschrank.«

Erst ein paar Minuten später und zwei Tassen Kaffee später war sie in der Lage, nachzufragen, wann sie sich umgezogen hatte.

»Gar nicht. Nachdem du aus dem Bett gefallen bist, habe ich versucht, dich wieder hineinzulegen. Du hast gejammert, dass dich die Hose einschnürt. Ach ja, und dein BH ist angeblich auch zu klein. Deshalb trägst du ein T-Shirt von mir.«

Barbara nickte nur, ihr fehlte jegliche Erinnerung daran.

»Dieter wäre sicherlich neidisch, wenn ich ihm das erzähle«, meinte Thomas.

»Untersteh dich!«, empörte sich Barbara, »diese Nacht bleibt unter uns.«

»Glaub mir, wir hatten beide diese Nacht nötig.«

»Aber gleich so heftig?« Barbara schenkte sich erneut Kaffee ein.

»Ich kenne dich schon etwas. Darum war klar, dass du es heftig brauchst. Außerdem hat es dir doch gefallen, oder?«

Barbara blickte verdutzt auf.

»Wir reden immer noch vom Tanzen und Alkohol?«

»Ja, was sonst?«, antwortete Thomas und widmete sich wieder der Zeitung vor sich.

Erst gegen Mittag verließen Barbara und Thomas die Wohnung. Kurz zuvor hatte sich Elisabeth gemeldet und Thomas zum Mittagessen eingeladen. Nachdem sie vorgeschlagen hatte, den Nachmittag und die Nacht bei ihr zu verbringen, packte er einige Kleidungsstücke zusammen und war mit Barbara gegangen. Sie freute sich auf eine lange Dusche daheim und rechnete mit einem Anruf oder Besuch von Clemens.

»Ich kann dich morgen in der Früh abholen. Tante Elisabeth wohnt ja gleich in meiner Nähe«, schlug Barbara vor und Thomas nahm das Angebot dankend an.

Elisabeth wartete bereits vor ihrem Haus. Sie wollte mit Thomas im nahen Park spazieren und das angenehme Frühlingswetter mit ihm entspannt genießen. Dabei erzählte er ihr vom gestrigen Abend und Barbaras Absturz.

»Du lebst viel zu ungesund, mein Süßer. Du rauchst, auch wenn es weniger geworden ist, du trinkst zu oft und zu viel, und jetzt fängt Barbara auch noch an.«

»Willst du mir erklären, ich bin ein schlechter Umgang für deine Nichte?«

Elisabeth zog ihn näher zu sich.

»Ich möchte damit sagen, ich will einen gesunden Mann, den ich noch ganz lange an meiner Seite haben kann.«

Darauf konnte Thomas nichts entgegnen.

»Vorausgesetzt, du willst das auch?«, hakte sie nach.

»Ja, natürlich. Und wie ich das will«, antwortete Thomas schnell. Ihr Grinsen kam ihm verdächtig vor.

»Ich weiß«, antwortete sie, immer noch verräterisch grinsend. Sie zog ihr Handy heraus und öffnete eine Kurzmitteilung.

»Dann wirst du lernen, etwas gesünder zu leben und meine Nichte nicht so besoffen zu machen. Auch wenn ihre Nachrichten dann sehr interessant sind«, meinte sie und zeigte Thomas die Nachricht. Sie stammte von Barbara, geschrieben um 1 Uhr in der Früh, also kurz nachdem sie bei Thomas ins Bett gekippt war.

»Nur damit du es weißt, Thomas ist sowas von verschossen in dich. Sogar angetrunken schwärmt er noch von dir. Ich musste dir das jetzt schreiben, weil morgen weiß ich das wahrscheinlich nicht mehr, so in Öl wie ich bin.«

Thomas las die Nachricht, spürte, wie er errötete.

»Ich werde meiner Kollegin nicht widersprechen«, sagte er und küsste Elisabeth.

18. März
7:55 Uhr

Beschwingt lief Barbara die Stufen zur Wohnung ihrer Tante hoch. Nachdem sie gestern bis zum späten Nachmittag geschlafen hatte, wurde sie von Clemens geweckt, der sie abgeholt und in ein sündhaft teures Restaurant eingeladen hatte. Danach hatte er sie zwar heimgebracht, war aber noch mitgekommen und erst nach Mitternacht wieder gegangen.

Barbara hatte einen Schlüssel zur Wohnung ihrer Tante. Ohne zu überlegen holte sie ihn heraus und sperrte auf.

»Guten Morgen, es ist 8 Uhr. Zeit, um in die Arbeit zu fahren«, rief sie beim Eintreten. Erst jetzt kam ihr in den Sinn, wie selbstverständlich sie inzwischen Thomas' Anwesenheit nahm.

»Sofort, wir sind gleich fertig«, antwortete ihre Tante stöhnend.

Barbara blieb erstarrt im Vorraum stehen.

»Ach du… Ich habe ja nicht gewusst…«, stotterte sie.

»Komm rein, es steht noch Fruchtsaft auf dem Tisch«, rief ihr Thomas entgegen, ebenfalls stöhnend.

»Nein, sicher nicht. Ich bewege mich keinen Millimeter«, meinte sie verlegen und wollte am liebsten vor Scham im Erdboden versinken.

»Komm her, du denkst mal wieder viel zu versaut!«, rief Elisabeth.

Barbara überwand sich und betrat das Wohnzimmer, wo ihre Tante neben Thomas auf einer Yoga-Matte lag. Beide waren verschwitzt und trugen Jogginghosen und Shirt. Thomas hatte die Beine in der Luft und atmete schwer, während Elisabeth nur ein Bein und einen Arm in die Höhe streckte.

»Ich will nichts hören, keine dumme Bemerkung«, stöhnte Thomas, ließ die Beine sinken und kniete sich auf.

185

»Wenn ich viel erwartet hätte, aber Yoga?«

»Es soll dabei helfen…«, sagte Thomas, aber Elisabeth fiel ihm ins Wort.

»Es hilft der Gesundheit, tut dem Körper gut und soll hilfreich sein, um weniger zu rauchen«, erklärte sie und stand auf.

»Ich dusche mich kurz ab, dann fahren wir los«, meinte Thomas erschöpft und ging an ihr vorbei, »Im Kühlschrank gibt's noch selbstgemachtes Fruchtjoghurt, Kaffee ist auch frisch. Bedien dich einfach.«

Als die Frauen alleine waren schüttelte Barbara den Kopf.

»Ich weiß nicht, was mich mehr verwundert. Thomas Kratochwil macht Yoga oder sein Selbstverständnis bei dir daheim, als würdet ihr seit Jahren zusammenleben.«

Elisabeth grinste sie an.

»Das passiert vielleicht früher als du denkst.«

Ohne zuvor noch eine zu rauchen, setzte sich Thomas in den Wagen.

»Hast du das Wochenende gut verbracht, oder war unser Ausflug zu anstrengend?«, fragte er, als Barbara losfuhr.

»Ja, die Nacht mit dir war heftig, aber dafür konnte ich gestern ausschlafen, bevor Clemens mir noch einen netten Abend bereitet hat. Er ist extra wegen mir früher zurückgeflogen, natürlich mit einem Privat-Jet. Er gibt zwar etwas an mit seinem Geld, aber das soll mir recht sein.«

»Geld hat Elisabeth auch, aber das weißt du selbst. Ich glaube, sie weiß, dass mir das wenig bedeutet. Im Moment plant sie ja, dieses Haus außerhalb von Wien zu kaufen.«

»Hast du dir schon Gedanken gemacht, ob du mit ihr gehen würdest?«, fragte Barbara ganz direkt.

»Das ist keine Entscheidung, die ich spontan treffen kann. Es ist jetzt schon schwer, Anastasia regelmäßig zu sehen und ich habe einen Job mit keinen normalen Dienstzeiten. Auf der anderen Seite…«

Barbaras Telefon klingelte, eine dienstliche Nummer erschien auf dem Display. Thomas hob für sie ab und schaltete den Lautsprecher ein.

»Gugawitsch.«

»Guten Morgen, Frau Bezirksinspektorin. Maria Popovic, Dienststelle Wien Margareten. Ich wurde angewiesen, sie umgehend zu informieren bezüglich Herrn Mühlbacher Richard.«

»Morgen, hallo. Ich weiß, er hat heute die Vorladung. Meinen Bericht habe ich bereits…«

»Die Vorladung wird nicht stattfinden«, unterbrach sie die Frau, »Mühlbacher wurde vor einer Stunde tot in seiner Wohnung aufgefunden.«

»Was? Überdosis?«, fragte Barbara bestürzt.

»Das ist auszuschließen. Offensichtlich Mord.«

Da die Beamten noch vor Ort waren, änderten die Bezirksinspektoren die Richtung und fuhren auf direktem Weg zur Wohnung von Richard Mühlbacher, während Thomas das Magnetblaulicht auf ihrem Wagendach befestigte und das restliche Team informierte, dass sie später kommen würden.

»Das sollte nichts mit unserem Fall zu tun haben, aber wer weiß«, überlegte Barbara laut.

»Wir haben nicht die große Auswahl an Spuren. Dieser kleine Dealer ist der Letzte, der Laura Eberle gesehen hat. Damit wäre er ein interessanter Zeuge gewesen«, gab Thomas zu bedenken.

Ein Blick genügte, um sicher zu sein, dass sie es mit Mord zu tun hatten. Richard Mühlbacher lag im Vorzimmer seiner Wohnung, das Blut unter seinem Kopf und Hals war längst getrocknet. Erste Verwesungsanzeichen deuteten darauf hin, dass die Leiche schon mehr als einen Tag hier lag. Dazu gehörte auch der Geruch, der ihnen unangenehm in die Nase stieg.

»Eine Nachbarin hat sich wegen des Gestanks beschwert und die Polizei gerufen«, erklärte die Beamtin den beiden Bezirksinspektoren.

»Dieser Geruch hat also gestört, aber der Duft von Hasch hat niemanden interessiert?«, meinte Barbara spöttisch.

Thomas sah sich in der Wohnung um und musste feststellen, dass er keine Anzeichen eines Kampfes finden konnte.

»Habt ihr ihn durchsucht?«, fragte er die beiden Beamtinnen.

»Ja, nichts in den Hosentaschen.«

»Kein Handy?«

Beide schüttelten den Kopf.

Nach einem erneuten Rundgang zog er sein Telefon hervor und rief Dieter an.

»Morgen TJ. Hat die Leiche etwas mit unserem Mörder zu tun?«

»Weiß ich noch nicht. In den Unterlagen zu Barbaras Befragung von Richard Mühlbacher sollten seine persönlichen Daten vermerkt sein. Such seine Handynummer und ruf sie an.«

»Sofort«, meinte Dieter und ließ Thomas nur zehn Sekunden lang warten. Dabei hörte er, wie sich Karl, Dagmar und Bernd über ihr Wochenende unterhielten.

»Ich habe sie und rufe jetzt an.«

Gleich darauf konnte Thomas eine vertraute, wenn auch unbekannte Stimme hören: »Der Teilnehmer ist im Moment nicht verfügbar. Bitte versuchen sie es zu einem späteren Zeitpunkt noch einmal.«

»Ausgeschaltet«, informierte ihn Dieter.

»Lass es orten, so schnell wie möglich. Und ich brauche die Anrufliste. Dagmar oder Karl können dir helfen, damit das schnell passiert.«

»Wird erledigt.«

Für Thomas ergab sich ein mutmaßlicher Tathergang.

»Jemand hat ihn zur Tür gelockt, aufgeschlitzt und ist wieder gegangen. Wahrscheinlich mit seinem Telefon. Man wird keine Spuren hier finden.«

Er überreichte den Beamtinnen seine Karte und bat darum, den Kollegen der Spurensicherung mitzuteilen, dass die Ergebnisse zu ihm geschickt werden sollten. Mehr konnten sie hier nicht ausrichten.

»Was glaubst du?«, fragte Barbara, als sie wieder losfuhren, »Ein Mord im Drogenmilieu oder war es unser Mörder, der Angst hatte, erkannt worden zu sein?«

»Mein Bauchgefühl geht von Zweiterem aus. Warum ihn jetzt umbringen, wo er keine Drogen mehr zum Verkauf hat.«

»Andererseits könnte jemand Angst gehabt haben, dass er auspackt«, gab Barbara zu bedenken.

Thomas nickte.

»Einfach zu viele Tote in letzter Zeit«, murmelte er und blickte hinaus auf die Straße.

Kaum betraten Barbara und Thomas das Gemeinschafts-
büro, erhob sich Dieter.

»Das Telefon ist nicht auffindbar, vermutlich vernichtet.
Der letzte Anruf kam von einer – wie könnte es anders
sein – Wertkartennummer«, informierte sie Dieter.

»Nicht registriert und nicht einmal in Wien gekauft.«

»Doch, diese wurde in Wien gekauft, vor über sechs
Monaten. Das hilft uns aber nicht weiter.«

Thomas seufzte und bemühte sich, nicht ausfällig zu
werden.

»Kann jemand Fredi von der Gerichtsmedizin anrufen und
auf Video oder Lautsprecher schalten? Er hat etwas
gefunden«, sagte er griesgrämig.

Eine Minute später erschien der Mann auf Dieters
Bildschirm und wurde vor Thomas positioniert.

»Kratochwil, grüß dich! Noch immer nicht Zeit für einen
gemeinsamen Whisky?«

»Hallo, leider nicht. Ich habe gehört, du hast was
gefunden?«

Fredi nickte.

»Gefunden ja, aber ob es hilfreich ist, wage ich zu
bezweifeln. Ich habe bei den ersten beiden Leichen eine
Substanz gefunden, in so geringem Maß, dass es
vernachlässigbar ist. Bei den gefundenen Beinen war aber
viel mehr vorhanden.«

»Wovon sprechen wir?«, fragte Karl ungeduldig.

»Es handelt sich um flüssiges Polyethylenglykol. Die
Besonderheit ist, dass es sich jedes Mal um die exakt
gleiche molekulare Zusammensetzung handelt.«

Thomas sah in die Gesichter vor ihm und stellte die Frage,
die jedem auf der Zunge lag.

»Kannst du uns einen Crashkurs geben, womit wir es zu
tun haben? Am besten so, dass es auch ein Laie versteht.«

Fredi lachte laut ins Telefon.

»Sorry, natürlich. Polyethylenglykole sind flüssige oder feste, wasserlösliche und nicht toxische Polymere. Es gibt eine Menge an Anwendungsmöglichkeiten dafür, vorwiegend medizinisch, in der Kosmetik, in der Präparation, aber auch in der Industrie und noch mehr. Die Frauen könnten zum Beispiel dieselbe Creme benutzt haben, bei der Polyethylenglykole als Grundlage der Salbe benutzt wurden. Oder dasselbe Deo, wobei es dann eher eines dieser Roll-Ons sein müsste. Warum dieses an so unterschiedlichen Stellen aufgetragen wurde, weiß ich aber nicht. Auch als Teil eines Badezusatzes kann es zur Anwendung gekommen sein.

»Okay...« Thomas klang wenig begeistert.

»Was mich nur stutzig macht, es ist eine besonders starke Konzentration einer Mischung, die ich so nicht kenne. Bei allem, was ich aufgezählt habe, sollte ich nicht so ein pures Konzentrat finden.«

Während alle interessiert zum Bildschirm blickten und Fredis Ausführungen lauschten, war Werner aufgestanden. Er hatte sich einen Laptop genommen und darauf etwas gesucht, wobei sein Blick verriet, dass er eine erschreckende Eingebung hatte.

Thomas bedankte sich bei dem Gerichtsmediziner, der ihn an ihren gemeinsamen Whisky erinnerte, sobald er den Mörder gefasst hatte. Der Bildschirm wurde schwarz.

Thomas wandte sich seinem Team zu und sah Werners Gesichtsausdruck.

»Was ist los, Werner?«

»Ich habe eine Theorie. Karl wird gleich sagen, dass er meine Gedankengänge nicht mag, aber es ergibt leider Sinn.«

»Ich werde versuchen, mich zurückzuhalten«, versprach Karl.

Werner überflog noch einmal den Text vor sich auf dem Bildschirm und klappte dann den Laptop zu.

»Ich bin mir ziemlich sicher, dass wir das Motiv dieses Mörders herausgefunden haben. Davon ausgehend ergibt sich ein genaueres Bild, wen wir suchen.«

Werner machte eine kurze Pause, aber niemand ließ sich zu einer Vermutung hinreißen. Alle warteten auf seine Ausführung.

»Fredi hat gerade erwähnt, Polyethylenglykol wird bei der Präparation verwendet. Ihr kennt sicherlich diese Wanderausstellung ‚Körperwelten‘ und ähnliche Exponate in Museen.«

»Willst du damit andeuten, dieser Typ sammelt...?«, fragte Karl, deutlich angewidert von der Vorstellung.

Werner nickte.

»Es passt in das bislang bekannte Bild. Wir haben es mit einem Sammler zu tun, der sich besonders schöne Körperteile aussucht, um sie zu konservieren.«

Für einige Sekunden herrschte Stille im Raum, jeder ließ sich die Erkenntnis durch den Kopf gehen und jeder kam zu dem Schluss, dass Werner Recht haben könnte.

Karl meldete sich als Erster.

»Ich kenne einen Jäger, der einige seiner erlegten Tiere zuhause ausgestellt hat. Er wird mir einen Kontakt zu einem Präparator herstellen können.«

»Der Gerichtsmediziner hat von der Anwendung in der Kosmetik gesprochen. Ich werde Clemens befragen«, sagte Barbara.

Thomas nickte und fasste zusammen: »Karl erkundigt sich, wie eine derartige Präparation ablaufen würde, damit wir wissen, ob das für unseren Mörder zutreffen kann. Barbara wird sich schlau machen, wo diese Substanz verwendet wird. Auch wenn Werners Theorie sehr zutreffend klingt, müssen wir erst einmal andere Möglichkeiten ausschließen.«

192

Bernd zeigte auf.

»Sie haben am Anfang… also, wo diese Kommission begonnen hat, gemeint, dass ich womöglich mit der Presse reden muss«, begann er.

»Ja, das war eine von mehreren Möglichkeiten, die ich nicht ausschließen wollte«, antwortete Thomas, »Aber diesem Mann geht es nicht um unsere Aufmerksamkeit, er will nicht mit uns spielen. Deshalb würde so eine Aktion im Moment nichts bringen.«

»Ich verstehe.«

»Du bist aber dennoch nicht umsonst hier. Karl soll dich mitnehmen, von ihm kannst du einiges lernen«, schlug Thomas vor, um Bernd nicht zu entmutigen.

Dagmar und Thomas blieben nach der Besprechung im Büro zurück.

»Du hast eine nette Kollegin«, sagte Dagmar, während sie aufstand und zu ihm nach vorne kam.

»Bevor du Fragen stellst, nein, es ist völlig anders als mit meiner früheren Kollegin. Anders und verrückter.«

Dagmar bediente die Kaffeemaschine und stellte zwei Tassen bereit.

»Ich habe dich damals gewarnt. Ich habe dir gesagt, eine Affäre mit einer…«

»Ich weiß«, unterbrach er sie, »Aber ich habe nicht auf dich gehört und dafür bezahlt.«

Dagmar, die vor einigen Jahren bei mehreren Einsätzen eng mit Thomas zusammengearbeitet hatte, war ihm damals sehr sympathisch geworden. Sie hatten auch privat viel Kontakt und Dagmar war lange Zeit neben Dieter die einzige Person, die von der Affäre mit seiner ehemaligen Kollegin wusste. Nachdem sie bei einem gemeinsamen Einsatz als Geisel eines Mörders beinahe ums Leben gekommen wäre, hatte Dagmar ihren Job bei der Polizei aufgegeben. Thomas hatte sich damals darum bemüht, dass sie einen Bürojob im Polizeidienst bekam.

»Was ist mit deiner Tochter? Ich weiß noch, von ihr habe ich immer mehr gehört, als von deiner Frau.«

Thomas nahm sich eine der befüllten Tassen.

»Alles bestens, soweit das bei unserem Job möglich ist. Wir haben bei der Scheidung beide entschieden, dass Anastasia alt genug für die Wahrheit ist und sie unter keinen Umständen darunter leiden soll.«

»Das freut mich für dich. Ich weiß, wieviel dir dein Kind bedeutet. Dieses Doppelleben damals hat dir nicht gut getan.«

»Ich weiß«, bestätigte Thomas.

»Barbara scheint sich sehr wohl bei dir zu fühlen. Sie sieht zu dir auf und…«

»Sie ist die Nichte des Innenministers«, warf Thomas ein und sorgte für großes Erstaunen bei ihr.

»Steinberger, dein persönliches Feindbild eines Politikers?«

Thomas grinste.

»Es kommt noch besser. Ich habe eine Freundin… Lebensgefährtin, wie auch immer man es nennen mag. Und sie ist die Ex vom Innenminister.«

Dagmar sah ihn ungläubig an.

»Wegen Barbara brauchst du dir keine Gedanken machen. Ich mache mir vielmehr Gedanken darüber, ob meine neue Beziehung schon so ernst ist, dass ich mit Elisabeth zusammenziehen kann.«

»Warum nicht?«, meinte Dagmar ermutigend.

»So lange ist meine Ehe noch nicht her, außerdem möchte sie raus aus Wien ziehen. Ein Haus im Grünen…«

Dagmars Auflachen unterbrach ihn.

»Thomas Kratochwil, der Bezirksinspektor, der Rasen mäht, in der Hängematte liegt und Rosen züchtet. Ich tue mir schwer, mir das bildlich vorzustellen.«

»Ich kann zurzeit nicht in Ruhe darüber nachdenken. Wenn dieser Fall erledigt ist, dann werde ich mich damit auseinandersetzen müssen.«

»Wenn du die ehrliche, direkte Meinung einer Freundin brauchst, ruf mich an. Ich vertrage zwar nicht mehr so viel Alkohol wie zu unserer besten Zeit, aber ich gebe dir immer noch meine ehrliche, ungeschminkte Meinung«, versicherte sie ihm.

Barbara betrat das Restaurant und wurde umgehend von einem Kellner begrüßt. Clemens hatte einen Tisch in einer ruhigen Ecke für sie reserviert. Aus dem Fenster sahen sie direkt in den Wald hinaus.

Sie hatte Clemens in seinem Büro erreicht. Auf ihre Frage nach einem Treffen, lud er sie in das Restaurant in der Nähe seiner Wohnung im 14. Bezirk ein. Als sie erwähnte, dass sie dienstliche Fragen hatte, meinte Clemens, dass sie das auch bei einem guten Essen besprechen konnten. Wie privat es danach werden würde, müsste Barbara entscheiden, hatte er ihr erklärt.

Clemens ließ sie nur kurz warten. Gleichzeitig mit seinem Erscheinen, wurden zwei Gläser Champagner serviert.

»Ich bin noch im Dienst«, sagte Barbara, als Clemens ihr das Glas reichte.

»Noch, ja. Aber nach unserer Unterhaltung vielleicht nicht mehr. Ich wohne fünf Minuten entfernt und es wäre eine Verschwendung, ganz alleine das frisch bezogene Schlafzimmer zu nutzen.«

Barbara nahm einen Schluck.

»Zuerst hätte ich gerne einige Informationen von dir. Keine Angst, dieses Mal nicht als Verdächtiger. Was danach kommt, werden wir sehen.«

Clemens lächelte ihr zu und winkte den Kellner zu sich.

»Du kannst mich alles fragen, aber zuerst bestellen wir. Das Lachsfilet nach Art des Hauses kann ich sehr empfehlen.«

Bis das Essen serviert wurde, blieben ihre Themen privater Natur. Dabei sprachen sie auch über ihre Verwandten. Denn obwohl sich Clemens Vater und Barbaras Onkel schon jahrelang kannten, waren sich Barbara und Clemens nie über den Weg gelaufen.

»Ein Kennenlernen nur über FiLo wäre mir lieber gewesen, als kurzzeitig als Mordverdächtiger zu zählen«, meinte Clemens.

»Zum Glück hast du immer ein gutes Alibi. Heute haben wir erneut eine Leiche gefunden, wobei ich nicht weiß, ob es mit unserem Fall in Verbindung steht.«

Clemens fragte nach, und sie erzählte ihm vom Mord an Richard Mühlbacher. Vor einigen Tagen hatte sie ihm bereits von dem Dealer und der konfusen Unterhaltung mit dem jungen Mann berichtet.

»Nun aber zum Grund unseres Treffens«, wurde Barbara ernst, nachdem sie den Lachs aufgegessen hatte, »Was kannst du mir über Polyethylenglykole sagen?«

Clemens musste nur kurz überlegen.

»Du weißt, ich habe nicht nur Betriebswirtschaft studiert, ich bin auch in medizinischer und kosmetischer Chemie bewandert. Deshalb bin ich mit diesem Polymer vertraut. Ich kann dir erzählen, dass PEG – so die umgangsfreundlichere Kurzform – ein nicht-toxisches, chemisch inertes Polymer ist, mit einer relativen Molekülmasse von 44, ein Polyether des Glykols Ethandiol.«

Barbara nickte, aber nicht, weil sie verstanden hatte, was ihr Freund gesprochen hatte.

»Dann kennst du auch die unterschiedlichen Anwendungsgebiete?«

»Da gibt es jede Menge. In unseren Forschungsabteilungen ist PEG aufgrund der penetrationsfördernden Wirkung im Gebrauch. Die Haut wird dadurch durchlässiger für diverse Kosmetika. In der Werbung heißt das dann, schnell einziehend. Auch bei Waschmitteln findet es Verwendung. Es gibt auch medizinische Bereiche, bei bestimmten Medikamenten und abgewandelt als Mittel gegen Verstopfung. Wieso fragst du?«

197

»Wenn man, zum Beispiel, eine deiner Cremes benutzt, dann wird die Zusammensetzung immer gleich sein, oder? Wenn wir also Rückstände auf Polyeth... PEG finden und diese sind molekular identisch, dann muss es auch dieselbe Creme sein.«

»Im Grunde ja. Dieselbe Creme heißt auch dieselbe Zusammensetzung. In einer anderen Creme wird diese Zusammensetzung je nach Bedürfnis abgeändert. Wenn du also PEG-Rückstände findest, die sich als identisch erweisen, dann haben diese Opfer dasselbe Kosmetikprodukt verwendet. Aber nicht dieselbe Packung, sondern nur dasselbe Produkt. Ein kleines Beispiel: Wenn es sich herausstellt, dass die PEG-Verbindung zu unserem neuestem Haarshampoo ‚Luxusshower in Green« passt, trifft das alleine für letzte Woche auf über 300.000 verkaufte Flaschen zu.«

Fredi hat Recht, das wird uns nicht weit bringen, dachte Barbara enttäuscht.

»Okay, mehr wollte ich nicht wissen. Dann hätte ich nur noch eine Frage«, meinte sie.

Clemens sah sie abwartend an.

»Zahlst du und bringst mich zu dir heim? Ich würde mich auch sehr erkenntlich zeigen.«

Barbaras Grinsen verriet, an was sie dabei gedacht hatte.

Thomas saß alleine im Büro, als Karl eintrat.

»Barbara schickst du zu ihrem Freund, damit sie nicht überfordert wird, aber du bleibst hier sitzen. Hast du kein Privatleben?«, fragte Karl direkt heraus.

Der Bezirksinspektor hob seinen Kaffeebecher hoch.

»Im Moment pflege ich eine intensive Beziehung mit der Kaffeemaschine. Die verzeiht mir, dass ich eigentlich eine Freundin habe, bei der ich weitaus lieber wäre.«

Ganz konnte sich Thomas nicht daran gewöhnen, Elisabeth als seine Freundin zu bezeichnen. Für ihn klang das sehr nach Teenager-Liebe. Nach vielen Jahren Ehe war diese Situation ungewohnt für ihn. Außerdem musste er sich insgeheim eingestehen, dass er Angst hatte, es zu vermasseln. Nicht zum ersten Mal kam ihm der Gedanke, dass er in Beziehungssachen schon lange keine Erfahrung mehr hatte und Elisabeth war in seinen Augen eine resolute Frau, die sich nicht viel Unsinn gefallen ließ.

»Soll ich dich weiterträumen lassen, oder möchtest du etwas über meinen Nachmittag erfahren?«, holte ihn Karl aus seinen Gedanken.

»Ja, natürlich. Bitte, sprich mit mir und liefere einen Hinweis, der…«

»Dieses Glück ist uns nicht vergönnt«, unterbrach ihn Karl und zog eine Energy-Drink-Dose aus seiner Jackentasche. Die schmale Dose verschwand beinahe in seiner großen Hand.

»Im Jägerumfeld sind wir höchstwahrscheinlich falsch. Die Präparation von Tieren läuft völlig anders ab. Ich habe es mir erklären lassen, das hat nichts mit unserem Fall zu tun. Selbst mit viel Fantasie kann man diese Verfahren nicht auf einen menschlichen Körper anwenden.«

Er öffnete die Dose, trank sie in zwei Zügen aus und zerdrückte ohne sichtliche Anstrengung die Dose, bevor er sie in den Mülleimer warf.

»Das Gespräch war dementsprechend schnell erledigt, deshalb bin ich noch zu einer Bekannten gefahren. So wie Fredi ist sie pathologisch bewandert und hat Erfahrung mit speziellen Fällen.«

»Wie kann ich das verstehen?«

Karl kam nahe zum Tisch und blickte auf Thomas hinab.

»Weißt du, woher ich komme? Woher mich Barbara kennt?«

Thomas schüttelte den Kopf.

»Sie hat dich für die Sonderkommission empfohlen, das ist für mich Qualifikation genug.«

Karl zog einen Stuhl zu sich und setzte sich dem Bezirksinspektor gegenüber.

»Meine Polizeikarriere ist schon lange erledigt. Ich bin eher für Sondereinsätze zuständig, die nicht bekannt werden. Einer dieser Einsätze brachte mich mit dem Innenminister zusammen.«

»Der mischt auch überall mit«, meinte Thomas.

»Ich stand Barbara bei einer Undercover-Operation zur Seite. Nach deren Erfolg wurde mir ein Job bei Herrn Steinberger angeboten. Offiziell kann man sagen, ich bin sein Bodyguard. Es geht eher in die Richtung, der Mann fürs Grobe, Dinge, über die man nicht spricht und die nicht auffallen.«

Thomas setzte sich interessiert auf.

»Da kommen mir einige Fragen in den Sinn.«

»Das glaube ich dir. Du wirst verstehen, dass ich über meine Einsätze nicht rede. Aber du erinnerst dich sicherlich an den mutmaßlichen Banküberfall vor ein paar Jahren in den du involviert warst.«

»Wie könnte ich den vergessen? Steinberger und ich im Untergrund des ersten Bezirks, eine verräterische Ex-

Kollegin und Dokumente, die meinen Grant gegen Politiker womöglich bestärkt hätten.«

»Genau. Mein Auftrag lautete, ebendiese Dokumente zu besorgen, falls sie sich in deinen Händen befunden hätten. Mit allen verfügbaren Mitteln.«

Thomas fragte nicht weiter nach, konnte sich aber gut vorstellen, dass sich der Innenminister damals nach allen Seiten abgesichert hatte.

»Aber zurück zu unserem Fall. Besagte Frau hat als Pathologin mit eher ungewöhnlichen Fällen zu tun. Wenn unser Frauenmörder tatsächlich die abgetrennten Körperteile sammelt, dann hat er entweder viele Gläser mit Formaldehyd daheim stehen, oder er verwendet ein bislang nicht offiziell erprobtes Verfahren, bei dem PEG eine Rolle spielt. Werner würde diese Idee gefallen, denn in der Theorie gibt es ein Verfahren, bei dem die Körperteile im Originalzustand erhalten bleiben. Das Hauptproblem besteht normalerweise darin, dass der menschliche Körper sehr viel Flüssigkeit in sich trägt und die Haut Eigenschaften hat, die eine Haltbarmachung erschweren. Normale Präparate in der Medizin sind zumeist nur Querschnitte oder stammen aus dem Inneren. Dabei kommt es zu Verfärbungen, die Objekte können ihre Größe ändern oder sie sind in Formaldehyd eingelegt. Außerdem ist der Einsatz von Formaldehyd bedenklich, da es ein giftiger Stoff ist.«

»Viel Information«, sagte Thomas, »Was schließt deine Pathologin daraus?«

»Ein Verrückter, der Körperteile sammelt und diese in verschlossenen Gläsern aufbewahrt oder ein Museum einrichtet mit einer neuartigen Leichenerhaltungs-methode.«

»Tolle Aussichten«, meinte Thomas.

Thomas saß wieder alleine im Büro. Weder Karls noch Barbaras Informationen halfen ihm, dem Täter näherzukommen. Am meisten verärgerte ihn, dass sie weiterhin keine Verdächtigen aufweisen konnten. Müde und schlecht gelaunt packte er seine Jacke und machte sich auf den Weg ins Freie. Elisabeth war mit Arbeitskollegen unterwegs, was für ihn einen Abend alleine in seiner Wohnung bedeutete. Inzwischen hatte er sich schon so an die Zeit zusammen gewöhnt, dass er das Alleinsein eher als unangenehm empfand. Andererseits musste er die Zeit nutzen, um sich zu überlegen, wie es mit seiner Freundin weitergehen sollte. Auch wenn sie es noch nicht ausgesprochen hatte, sie wollte, dass er mit ihr zusammenziehen sollte. Wobei sie vorhatte, möglichst bald Wien zu verlassen und in ein Haus außerhalb der Stadt zu ziehen. Thomas tat sich schwer mit der Vorstellung, nicht mehr in der Stadt zu wohnen. Weniger die Entfernung zu seinem Arbeitsplatz, vielmehr wusste er nicht, ob er sich »auf dem Land« wohlfühlen konnte.

Mit einer Zigarette im Mund machte er zwei Schritte in Richtung Wagen, als hinter ihm die Tür der Polizeistation aufgerissen wurde und eine Kollegin aus dem Nachtdienst herausstürmte.

»Kratochwil, warte! Telefon!«, rief sie ihm zu.

Thomas seufzte, machte kehrt und warf die halb gerauchte Zigarette in den Aschenbecher neben der Tür.

»Sicher etwas höchst Wichtiges«, sagte er mit einer Mischung aus Ironie und schlechter Laune.

»Die Notrufstelle hat einen Anruf weitergeleitet«, meinte die Frau und hielt ihm die Tür auf.

»Warum?«

»Eine junge Frau, sie fühlt sich verfolgt. Die Leitstelle hat gemeint, ihre Aussage erinnert an deinen derzeitigen Fall.«

Mit einem Schlag verflog seine grantige Art und Thomas war hellwach.

»Welche Aussage?«

»Angeblich hätte sie einen Mann treffen sollen, aber als er von ihren Händen geschwärmt hat, wurde sie nervös. Jetzt hat sie Angst…«

Thomas beschleunigte seinen Schritt und griff nach dem Telefonhörer, der neben dem Apparat lag.

»Thomas Kratochwil hier!«

»Guten Abend«, meldete sich eine verängstigte, junge Frauenstimme, »Sie sind der Polizist, der an diesen Frauenmorden arbeitet?«

»Genau. Und Sie sind?«

»Anita Hoi.«

»Hallo Anita. Wo sind Sie gerade?«

»Daheim. Ich… Ich sollte Fabian… also den Mann, vor dem ich jetzt Angst habe, in einer Stunde treffen.«

Thomas holte tief Luft. Konnte es sein, dass das Glück endlich auf seiner Seite stand?

»Okay, hören Sie mir jetzt genau zu…«, begann er, während er gleichzeitig sein Handy hervorholte.

Anita Hoi wohnte im 6. Bezirk, in einer kleinen, schlecht beleuchteten Gasse. Ihre Wohnung war sehr modern und teuer eingerichtet, Designermöbel, ein an der Wand hängender übergroßer Flatscreen-Fernseher und Bilder mit undefinierbaren Mustern an den weißen Wänden.

Thomas hatte unterwegs zunächst Barbara angerufen. Sie gestand ihm, gerade bei Clemens zu sein, weshalb er sie nicht dazu holte. Sein nächster Anruf galt Bernd. Er saß mit einem Kollegen beim Abendessen in einem Lokal, nur wenige Gassen von der Wohnung entfernt, und hatte sich sofort bereit erklärt, Thomas zu begleiten.

Nun saßen sie zu zweit vor der knapp 30-jährigen Asiatin und ließen sich erzählen, was geschehen war.

»Nein, nicht über FiLo, jedenfalls nicht dieses Mal. Ich habe an einem Projekt auf meinem Computer gearbeitet und nebenbei ein Chatprogramm offen gehabt. Dabei hat sich eine Unterhaltung mit einem Mann ergeben, Fabian. Er sagte, er ist 35, auch aus Wien und beim Austauschen unserer Fotos hat er geschrieben, dass ich sehr nett aussehe und meine Hände ein Traum sind.«

Sie präsentierte den beiden Beamten das Bild des Mannes. Auf dem Foto, welches ihr geschickt worden war, stand der Mann in legerem Hemd und Stoffhose neben einer namenlosen Bäckerei und lächelte verschmitzt in die Kamera. Seine dunklen Augen waren hinter einer eleganten Brille mit dünnem silbernem Gestell, seine dunkelbraunen Haare kurzgeschoren.

»Sie haben tatsächlich schöne Hände«, sagte Bernd, der sich mehr für die Frau als das Bild interessierte, »Schlank und lange Finger, hübsch gepflegt und die Fingernägel ebenfalls schön lackiert.«

»Vielen Dank. Das liegt auch daran, dass mir ein Kosmetikstudio gehört, da muss ich als Chefin mit gutem Beispiel vorangehen.«

»Benutzen Sie in ihrem Studio viel Polyethylenglykole?«, fragte Thomas.

»Polyethylenglykole? Soweit ich mich erinnere, ist das einer von vielen Bestandteilen in diversen Cremen. Also ja, dann dürfte ich es wohl verwenden. Wieso?«

Thomas winkte ab.

»Ist im Moment egal. Also, dieser Fabian ist auf dem Weg hierher?«

»Ja, da Sie gesagt haben, ich solle nicht absagen.«

In diesem Moment klingelte es an der Tür.

»Machen Sie auf, bitten Sie ihn herein und dann sperren Sie die Tür zu. Den Rest übernehmen wir«, erklärte Thomas der Frau.

Gleichzeitig zog er seine Dienstwaffe aus seinem Holster und entsicherte sie.

Nervös blickte die Frau auf die Pistole.

»Keine Angst, die ist nur für den Notfall«, versicherte er ihr.

Leicht zitternd stand die Frau auf und ging aus dem Zimmer.

»Glauben Sie, wir haben ihn?«, flüsterte Bernd hörbar aufgeregt.

»Das wäre ein großer Glückstreffer, aber die Chance besteht«, meinte Thomas und stand auf, als Anita Hoi ihre Tür aufmachte.

»Wer sind Sie?«, hörte Thomas ihre überraschte Frage.

»Inspektor Walter Hochmaier. Darf ich kurz eintreten?«

Thomas und Bernd wechselten fragende Blicke, dann marschierte Thomas in den Vorraum. In einer Hand hatte er bereits seinen Ausweis, seine Waffe senkte er.

»Kommen Sie nur herein, ich nehme an, Sie haben einen Ausweis bei der Hand«, sagte er herausfordernd.

Eine Minute später saßen Thomas, Bernd und der Inspektor mit Anita Hoi am Tisch. Nachdem sich alle Männer gegenseitig ausgewiesen hatten, bat Thomas den Mann zu ihnen ins Wohnzimmer und um eine Erklärung für sein Erscheinen.

»Wir bekamen einen Anruf, vor nicht einmal fünfzehn Minuten, dass Frau Hoi von einem Mann in ihre Wohnung gedrängt wurde.«

»Da waren wir schon anwesend«, sagte Bernd.

»Informationen zu dem Anrufer?«, bohrte Thomas nach.

»Unbekannte Nummer, nicht registriert. Eine männliche Stimme, geschätzt zwischen 35 und 40 Jahre, ohne ausländischem Akzent, hochdeutsch ohne erkennbaren Dialekt.«

»Und Sie sind alleine hergekommen?«, fragte Thomas weiter.

»Nein, meine Kollegin sitzt unten. Ich werde sie informieren, sonst steht gleich die Kavallerie da.«

Während der Inspektor seine Kollegin informierte, sah Bernd ratlos zu Thomas.

»Was hat das zu bedeuten?«, fragte Bernd.

»Zwei Möglichkeiten. Entweder jemand aus unserem Team hat es unserem Täter verraten, oder wir sind von ebendiesem Täter gesehen und erkannt worden.«

»Die erste Möglichkeit ziehen Sie nicht ernsthaft in Erwägung, oder?« Bernd klang verängstigt, wahrscheinlich befürchtete er, dass plötzlich er als Verdächtiger genannt wurde.

»Nein, das kann ich mir nicht vorstellen. Ich befürchte, wir wurden gesehen, als wir ins Haus gegangen sind und der mutmaßliche Täter hat spontan seinen Plan geändert.«

Thomas bemühte sich, ruhig zu bleiben, obwohl er innerlich vor Wut kochte.

»Entweder waren wir unvorsichtig, oder wir sollten verarscht werden. Beides ist nicht gut für uns«, meinte er.

Er bat den Inspektor um alle Infos, die dieser über den Mann vom Telefon hatte. Thomas wurde versichert, dass er noch in der Nacht den Telefonmitschnitt bekommen würde. Danach weckte der Bezirksinspektor seinen Freund Dieter auf.

»Wer braucht schon ein Privatleben, wenn man dich als Freund hat«, meldete sich der Deutsche verschlafen.

»Ich revanchiere mich, nächstes Mal in der ‚Schwarzen Rose‘. Aber zuerst folgendes: Kannst du einen Chatverlauf wiederherstellen, von einem fremden Computer?«

Dieter seufzte.

»Moment, lass mich wenigstens etwas munter werden. Also, langsam, was genau brauchst du?«

Thomas erklärte ihm die Situation und ließ Anita Hoi ans Telefon, um ihm zu sagen, auf welcher Seite sie unterwegs war.

»Mann eh, vergesst es. Das ist ein großes Chatportal mit mehreren Räumen, der Möglichkeit, selbst einen Chatroom zu eröffnen und durchschnittlich hundert bis vierhundert Usern gleichzeitig. Wenn sie keinen Screenshot gemacht hat, oder rein zufällig im Hintergrund ein Programm ihre Computeraktivität überwacht, haben wir keine Möglichkeit.«

Anita Hoi schüttelte den Kopf.

»Ich möchte nur anmerken«, meinte Dieter, »dass die Vorgangsweise auf unseren Verdächtigen ohne Namen passt.«

»Ich weiß«, grummelte Thomas.

Er erklärte Anita Hoi, dass sie mit ihrer Vermutung anscheinend völlig richtig gelegen hatte. Den darauffolgenden Schock der Frau versuchten Thomas und Bernd mit einigen harten Drinks, die sie daheim hatte, zu mildern. Bernd bot an, die Nacht bei Frau Hoi zu verbringen, um sicherzustellen, dass »Fabian« nicht vorbeikam. Nebenbei wollte er mehr über die Frau erfahren. Offiziell, um dem Täter näherzukommen, obwohl sich Thomas dabei nicht ganz sicher war, wenn er die Blicke des jungen Polizisten richtig deutete.

Anita Hoi war über den Vorschlag sichtlich erleichtert, da sie immer noch völlig verängstig war.

»Bernd wird über Nacht hierbleiben, ich werde für die nächsten Tage Polizeischutz für Sie beantragen. Nichts Auffälliges, nur eine Person, vielleicht sogar meinen lieben Kollegen hier. Vorausgesetzt, er nervt Sie nicht zu sehr«, meinte er grinsend.

An Bernd gewandt sagte er: »Egal, ob du morgen im Büro erscheinst, oder Frau Hoi als persönlicher Schutz erhalten bleibst, ich will am Vormittag einen umfassenden Bericht über die Frau. Job, mögliche Verbindungen zu den anderen Frauen und zu unseren bisherigen Vermutungen.«

»Natürlich, Chef. Ich bin ja nicht zum Schlafen hier. Ich werde auf Anita... Frau Hoi aufpassen und solange sie munter ist, werden wir uns unterhalten«, versicherte er ihm. Auch Frau Hoi stimmte zu und versprach, ihnen so gut es ging helfen zu wollen.

Kurz darauf stand Thomas auf der Straße vor der Wohnung und kämpfte mit dem Wind, der es ihm schwer machte seine Zigarette anzuzünden.

Das Bild von ‚Fabian' hatte er bereits mit seinem Handy fotografiert und an alle aus der Sonderkommission weitergeleitet. Es kam ihm fast zu einfach vor, durch einen solchen Zufall dem Täter nahezukommen. Anhand des Fotos sollte es Dieter möglich sein, die Person ausfindig zu machen.

In Gedanken versunken ging er auf sein Fahrzeug zu und überlegte, ob er nochmals Dieter anrufen, oder bis in der Früh warten sollte. Inzwischen war es nach 22 Uhr und Thomas entschied, dass es ihm lieber war, wenn sein

Freund sich morgen frisch und ausgeschlafen damit beschäftigte.

Thomas nahm gerade seinen Autoschlüssel zur Hand, als er an einem Hauseingang vorbeiging. Er registrierte, dass der Eingang stockdunkel war. Dann fiel ihm auf, dass die Eingangstür offenstand und erkannte in der Tür eine Gestalt. Augenblicklich spannten sich seine Muskeln an, Thomas blieb stehen und wandte sich der Person zu. Im nächsten Moment traf ihn etwas mit voller Wucht im Gesicht und schleuderte ihn zu Boden. Er hatte nicht gesehen, womit er getroffen worden war, aber der Schlag war so wuchtig, dass sein Kopf vor Schmerzen zu explodieren schien. Er konnte nichts außer grellen Blitzen vor Augen sehen, konnte keinen klaren Gedanken fassen. Ein zweiter Hieb landete auf seinem Rücken. Er hörte Holz bersten, während der Schmerz durch seinen Körper jagte und ihn lähmte. Eine Latte wurde ihm an den Kopf geschleudert, gleich darauf bekam Thomas einen Tritt in die Nieren, der ihn zusammenkrümmen und aufstöhnen ließ.

»Du verstehst es nicht«, sagte eine Stimme neben seinem Ohr, »aber auch du wirst erkennen, dass wir der Nachwelt die Schönheit des Menschen erhalten wollen.«

Thomas kämpfte gegen die Bewusstlosigkeit und bemühte sich, dem Unbekannten zuzuhören. Zum Antworten fehlte ihm die Kraft, dafür jagte der folgende Tritt gegen seine Kniekehle eine weitere Welle voller Schmerzen durch seinen Körper. Mit dem Fuß bugsierte ihn der Unbekannte gegen die Hausmauer und bückte sich erneut zu ihm.

»Jemand wie du wird uns nicht aufhalten und irgendwann wirst auch du unsere Kunst, unser Museum bewundern.«

Es folgte ein Faustschlag, der Thomas letztlich das Bewusstsein raubte.

Thomas saß auf einem Stuhl, mitten in einem beinahe stockdunklen Raum, dessen Größe er nicht ausmachen konnte. In einiger Entfernung erkannte er den schwach beleuchteten Bartresen aus der »Schwarzen Rose«. Das diffuse Licht der Lampen über der Bar ließ den Tresen gespenstisch aussehen. Außerdem war die Bar viel zu weit entfernt, so groß hatte Thomas das Lokal nicht in Erinnerung. Gekleidet in seine Lederjacke und Jeans saß Thomas bewegungsunfähig da und versuchte sich umzusehen.

»Du hast mich nie mit in dein Stammlokal genommen«, hörte er eine Stimme, ohne ausmachen zu können, woher sie kam.

»Dabei haben wir doch einige Nächte miteinander verbracht.« Die Stimme gehörte zu Dagmar Breitholz.

»Du wolltest lieber in einem Kaffeehaus sitzen, schon alleine wegen der besseren Beleuchtung«, entgegnete Thomas.

»Außerdem muss ich nicht ständig halbnackte junge Frauen vor mir herumlaufen sehen.« Genau diesen Satz hatte Dagmar auch damals gesagt, als Thomas ihr das Lokal beschrieben hatte.

»Wir hatten viele private Gespräche«, sagte Dagmars Stimme.

»Ich erinnere mich. Es gab Gerüchte, dass ich mit dir ein Pantscherl habe.«

Direkt vor ihm tauchte Dagmar aus dem Nichts auf. In einem weißen Lichtkegel stehend, erschien sie nur wenige Schritte von ihm entfernt. Sie lachte auf.

»Das hätte noch gefehlt. Du warst zeitweise schon überfordert, gleichzeitig eine Ehefrau zu haben und mit einer Kollegin ins Bett zu gehen.«

»Man kann nicht gleichzeitig an zwei Orten sein. Das solltest du dir merken«, meldete sich plötzlich Viktor, der hinter der Bar aufgetaucht war. Die Bar schien viel näher gekommen zu sein.

»Was ist das hier?«, fragte Thomas, immer noch unfähig, sich zu bewegen.

»Du bist der Bezirksinspektor, das sollte kein großes Rätsel für dich sein«, antwortete Dagmar.

»Bin ich…?«

»Tot? Nein, Thomas, das ist nicht der Vorhof zur Hölle. Das ist nur dein Traum«, erklärte sie ihm in ihrer typischen sanften Stimme.

»Es ist dein Traum, aber du wirst ihn verlassen müssen.«

»Dann sollte ich aufstehen und gehen«, meinte Thomas, doch er konnte seinen Körper nicht unter Kontrolle bringen.

»Mein Freund, du solltest besser auf dich aufpassen und dir merken, was du gerade gehört hast«, sagte Viktor und zeigte sein breites Grinsen, bei dem seine weißen Zähne in dem Licht bedrohlich wirkten.

»Thomas, dein Freund hat Recht. Alleine kann das nicht zusammenpassen«, sagte Dagmar.

»Was meinst du?«

Das Licht rund um Dagmar wurde schwächer.

»Erinnere dich«, sagte sie, nun streng und mahnend.

»Woran soll ich…?«

»An die Lösung für dein Problem, mein Freund«, meinte Viktor und verschwand im nächsten Moment mitsamt der Bar.

»Es kann nur eine Lösung geben.« Dagmars Stimme war nicht mehr als ein Flüstern. Thomas wollte etwas erwidern, aber es kam kein Laut aus seinem Mund. Das Licht vor ihm erlosch, Dagmar war verschwunden und er saß im Dunkeln.

»Er kommt zu sich«, hörte er eine dumpfe Stimme, die er Werner zuordnete.

20. März

»Er kommt zu sich«, sagte Werner.

Zusammen mit Barbara, Elisabeth und Dieter stand er neben dem Krankenbett. Dagmar, Bernd und Karl standen abseits beim Fenster. Thomas war nach zwei Tagen auf der Intensivstation in einem Einzelzimmer im 8. Stock des Krankenhauses untergebracht. Neben seinen Besuchern stand ein Beamter in Uniform und bewachte die Tür zu seinem Zimmer.

Elisabeth beugte sich vor und griff nach Thomas' Hand.

»Hallo mein Schatz. Endlich wirst du munter.«

Thomas blinzelte. Seine Zunge und Kehle fühlten sich an wie ausgetrocknet. Er konnte nur verschwommen sehen und eine angenehm weiche Wärme umhüllte seinen Körper.

Wenn das ein Bett ist, dann ein besonders weiches, dachte er.

»Mann eh, du hast uns allen einen riesigen Schrecken eingejagt.« Eindeutig Dieters Stimme.

»Die Medikamente werden ihn noch zu schaffen machen«, hörte er Dagmars Stimme.

Dagmar! Ich darf nicht vergessen, was ich geträumt habe. Ich muss mich erinnern, aber woran? Was ist überhaupt passiert? Wo bin ich?

Thomas versuchte zu sprechen, aber mehr als ein leises Krächzen kam ihm nicht über die Lippen.

»Streng dich nicht zu viel an. Du brauchst Ruhe«, sagte Elisabeth, während sie seine Hand streichelte.

»Seinem Krankenbericht nach wird er sehr viel Ruhe benötigen«, meinte Werner, der das Klemmbrett vom Fußende des Bettes zur Hand genommen hatte.

»Mehrere, zum Glück nur minimale Frakturen, innere Quetschungen, Gehirnerschütterung. Die Schwellung im Kopf ist schnell zurückgegangen. Sein Knie und …«, er

213

musste kurz überlegen, wofür der Fachausdruck stand, »sein Unterschenkel werden weitere Behandlungen benötigen. Ach ja und Alkohol und Nikotinabusus steht hier auch.«

»Eine Tschick wäre schon fein«, krächzte Thomas und drückte die Hand, die ihn streichelte.

»Zuerst werden wir schauen, dass du wieder ganz hergestellt wirst. Ich werde dich daheim ans Bett fesseln, wenn du keine Ruhe gibst«, erklärte ihm Elisabeth.

»Das gefällt ihm vielleicht noch«, warf Barbara ein.

Werner hängte den Bericht wieder zurück.

»Lassen wir ihn zuerst einmal richtig munter werden.«

Thomas schlief wieder ein, dieses Mal ohne zu träumen.

23. März

»Guten Morgen, Herr Kratochwil«, grüßte die Krankenschwester beim Betreten des Zimmers und stellte das Frühstückstablett neben Thomas ab.

»Morgen, Schwester. Sie sind aber noch nicht bei mir gewesen.« Thomas setzte sich auf, er war bereits seit zwei Stunden wach.

»Doch, aber da haben Sie noch geschlafen. Der Aufpasser vor Ihrer Tür kennt mich, also keine Sorge.«

Thomas war mitten in der Nacht aufgewacht und hatte zunächst eine Zusammenfassung von dem Polizisten erhalten, der sein Zimmer bewachte.

Nachdem er das karge Frühstück mitsamt Joghurt hinuntergeschlungen hatte, ließ er sich sein Mobiltelefon aushändigen. Sein erster Anruf galt Elisabeth. Überglücklich, seine Stimme zu hören, erklärte sie ihm, dass sie umgehend mit Barbara zu ihm kommen würde.

Nun, eine Stunde später standen beide Frauen vor seinem Bett.

»Du hast Glück gehabt«, sagte Barbara, »Die Gehirnerschütterung war nicht so schlimm wie befürchtet, die Rippenbrüche werden heilen. Dein rechtes Bein hat etwas mehr abbekommen.«

»Was soll das genau heißen?«

»Nichts tragisches«, meinte Elisabeth, »Aber du wirst wohl noch einige Zeit hinken. Ich habe bereits mit dem Arzt gesprochen, er empfiehlt eine Kur. Für deinen Fuß und die allgemeine Gesundheit.«

»Mach ich. Gleich nachdem ich denjenigen, der mich angegriffen hat, erwischt habe.«

»Das wird nicht so einfach sein«, meinte Barbara.

Sie erzählte ihm, was nach dem Angriff auf ihn geschehen war.

215

Gegen Mitternacht hatte ein Passant Thomas auf der Straße gefunden und die Polizei informiert. Die angeforderte Rettung fand seinen Ausweis und kontaktierte Barbara. Thomas' Gehirnerschütterung und seine weiteren Verletzungen machten zunächst einen weitaus schlimmeren Eindruck, deshalb landete er gleich auf der Intensivstation.

»Nach derzeitigem Stand darfst du in drei, vier Tagen raus«, beendete Barbara die ärztliche Zusammenfassung.

»Raus, aber in häusliche Pflege«, sagte Elisabeth, »Das heißt, du kommst zu mir und wirst nicht gleich wieder arbeiten.«

»Aber…«

»Nein, Thomas!«, unterbrach ihn seine Freundin, »Kein aber. Mir war und ist bewusst, dass dein Job nicht völlig risikofrei ist. Aber bevor du wieder auf Verbrecherjagd gehst, wirst du dich ordentlich auskurieren. Barbara hat die Leitung der Sonderkommission übernommen.«

Barbara nickte zustimmend und ergriff das Wort.

»Anita Hoi wurde nicht mehr von dem Unbekannten angeschrieben, es hat keine weiteren Morde gegeben, leider auch keine neuen Spuren. Ich habe bereits mit Oberst Frimmel und Elisabeth besprochen, dass du auf dem Laufenden gehalten wirst. Vorrangig ist aber deine Genesung.«

Thomas legte sich zurück und ließ seinen Kopf in das weiche Polster sinken.

»Solange ich nicht wie ein alter Krüppel behandelt werde«, meinte er resignierend.

30. März
15 Uhr

Zusammen mit Elisabeth, Barbara und Werner spazierte Thomas durch den Türkenschanzpark im neunzehnten Bezirk. Die Temperaturen über 20 Grad, der wolkenlose Himmel und das Nichtstun bei Elisabeth daheim hatten dazu geführt, dass er seiner Freundin gedroht hatte, auf die Dienststelle zu flüchten, wenn sie nicht mit ihm hinausgehen würde.

Die letzte Woche hatte er bei Elisabeth verbracht, die sich liebevoll um ihn gekümmert hatte. Zwischendurch hatten sie nochmals darüber gesprochen, zusammenzuziehen und Thomas war inzwischen der Überzeugung, dass es eine gute Idee war.

Barbara hatte seine Aussage ebenfalls von seinem Bett aus aufgenommen, wobei er sich erst nach mehrmaligen Nachfragen an Details erinnern konnte. Diese halfen zwar nicht weiter, um den Angreifer ausfindig zu machen, boten aber für Werner neue Anhaltspunkte, um sein Profil zu verfeinern.

»Du hast erwähnt, dass er in der Mehrzahl gesprochen hat. Das spricht natürlich für die Mehr-Täter-Theorie. Andererseits, gerade bei dieser besonderen Eigenheit, den abgetrennten Körperteilen, ist es interessant und ungewöhnlich, dass sich mehrere Personen mit demselben Wahn zusammentun. Die Betonung auf die Erhaltung der Schönheit lässt mich annehmen, dass die abgetrennten Gliedmaßen als Trophäen aufgehoben wurden. Passend dazu die Rückstände von PEG, wobei deren genaue Anwendung noch unklar ist. Es ist möglich, dass der oder die Täter ein spezielles Verfahren entwickelt haben, um menschliche Körperteile zu konservieren.«

»Das Foto!«, fiel Thomas plötzlich ein, »Was ist mit dem Typen auf dem Foto von Anita Hoi?«

217

Barbara und Werner sahen ihn ernst an.

»Darüber wollten wir in Ruhe mit dir reden«, begann Barbara, »Es ist nämlich nicht ganz so einfach...«

»Red nicht drum herum, sag einfach was Sache ist«, forderte Thomas.

»Aber nur, wenn du versprichst, dich nicht aufzuregen«, verlangte Elisabeth.

Thomas nickte seufzend.

»Die Person auf dem Bild heißt Jan Kratochwil«, sagte Werner.

Thomas blieb stehen und blickte ihn überrascht an.

»Willst du mich verarschen?«

»Ich nicht, aber dein Angreifer wahrscheinlich.«

Werner und Barbara wechselten sich ab, Thomas die Geschichte zu erklären.

Dieter hatte nur wenige Minuten auf seinem Computer gebraucht, um die Wahrheit über das Bild zu erfahren.

Der Mann auf dem Foto stand vor einer Bäckerei, die nur auf dem Gelände eines kleinen Filmstudios in Prag existierte. Jan Kratochwil war ein tschechischer Schauspieler, bekannt aus einer Seifenopfer eines Regionalsenders. Natürlich hatte Jan Kratochwil nichts mit ihrer Suche nach dem Serienmörder zu tun. Es war aber sicherlich kein Zufall, dass der Mann denselben Nachnamen wie der Bezirksinspektor trug.

Werner stellte die Vermutung auf, dass es von Anfang an zum Plan gehörte, das Foto nach dem Mord an Anita Hoi zu finden.

»Nachdem er sich immer mehr in Sicherheit wiegt, traut er sich nun und wendet sich mit solchen Aktionen direkt an uns«, sagte Werner.

»Ich kriege dieses Gfrast, und wenn es das Letzte ist, was ich tue«, murmelte Thomas wütend.

1. April
9 Uhr

Das gesamte Team war bereits anwesend, als Barbara und Thomas das Büro betraten.

»Da ist er ja wieder!«, meinte Dagmar ehrlich erfreut.

»Schön, Sie wiederzusehen«, sagte Bernd.

Thomas ging zu seinem Platz, wobei er hinkte. Sein rechter Fuß schmerzte immer noch nach einiger Zeit auf den Beinen, was er sich aber nicht gerne anmerken lassen wollte.

»So leicht wird man mich nicht los«, sagte er und nahm Platz.

»Barbara hat mich auf dem Laufenden gehalten, was leider nicht besonders viel war.«

Noch immer fehlten neue Spuren, sowohl nach dem Mörder, als auch nach Thomas` Angreifer. Die Holzplanke, mit welcher Thomas niedergeschlagen worden war, hatte man zwar gefunden, doch die einzigen verwertbaren Spuren darauf waren sein Blut und Rückstände von Plastikhandschuhen. Das Holzstück selbst stammte von einer Baustelle eine Gasse entfernt. Die einzig positive Nachricht war, dass es keine weiteren Leichenfunde gab.

»Die Zeitungen sind sich einig, dass wir nicht fähig sind, den Körperteile-Sammler zu fassen. Zur derzeitigen Pause meinen einige, der Täter sei gerade dabei, seine neuen Opfer auszusuchen. Eine besonders lustige Zeitung sprach sogar davon, dass der Täter wohl gerade Urlaub mache und sich über die Unfähigkeit der Polizei amüsiere«, fasste Dagmar zusammen.

»Eine Auflösung der Sonderkommission steht nicht zur Debatte, wie der Innenminister in einem Statement bekräftigte«, ergänzte Karl.

»Aber wenn wir nichts liefern, wird sich diese Meinung bald ändern«, war sich Thomas sicher.

Obwohl er von Barbara bestens informiert war, bekam Thomas erneut die spärlichen Neuigkeiten präsentiert.

Werner hatte sein Täterprofil auf mindestens zwei, maximal vier Personen erweitert, die gemeinsam mithilfe einer neuen Methode die abgetrennten Körperteile konservierten. Dazu musste mindestens eine Person über medizinische Kenntnisse verfügen. Der Polizeipsychologe blieb auch weiterhin bei seiner Annahme, dass es sich nicht um einen Frauenhasser handelte und kein religiöser Grund als Auslöser diente.

»Ich bleibe bei meiner Einschätzung, die Frauen werden deshalb ausgewählt, weil etwas an ihnen besonders attraktiv ist. Da Schönheit im Auge des Betrachters liegt, können wir den Kreis der möglichen Opfer nicht einschränken. Ich möchte mich auch nicht festlegen, ob wir es mit einem Mann zu tun haben, der sein Minderwertigkeitsgefühl dadurch zu kompensieren versucht. Genauso gut könnte es ein Schönling sein, der von den - in seinen Augen - schönen Frauen fasziniert ist.«

»Können wir wenigstens sagen, dass er hetero ist?«, fragte Karl.

»Die Wahrscheinlichkeit ist höher, dass es so ist«, antwortete Werner, »Aber ich bin zum Beispiel nicht an Frauen interessiert und kann sie trotzdem attraktiv und schön finden.«

»Was wissen wir über die Form der Konservierung?«, fragte Thomas in den Raum.

Er erwartete, dass Karl zu reden anfing, stattdessen erhob sich Bernd.

»Karl hat mich zu einer Expertin geschickt, mit der ich gesprochen habe. Da sie für eine nicht näher genannte Abteilung arbeitet, möchte sie anonym bleiben.«

Thomas fiel auf, dass Bernd seit seiner Einberufung zur Sonderkommission deutlich an Selbstvertrauen gewonnen hatte. Sein Stottern war verschwunden, sein Auftreten viel selbstsicherer.

»Ich versuche es euch in einfachen Worten zu erklären«, fuhr er fort, »Normalerweise würden Körperteile wie in unserem Fall zur Aufbewahrung in Formaldehyd eingelegt werden. Dabei gibt es zwei Dinge, die für uns relevant sind. Punkt eins, in eine Flüssigkeit eingelegt wird man die Schönheit der Körperteile nicht besonders gut erkennen.«

»Die Trübung durch die Flüssigkeit und dem Glas passt nicht zu dem Perfektionismus, den die Mörder bislang an den Tag gelegt haben«, warf Werner ein.

»Genau«, bestätigte Bernd, »Außerdem ist Formaldehyd sehr giftig und deshalb umständlich in der Handhabung. Ich habe mir die Zeiten angesehen, die vermutlichen Todeszeitpunkte mit dem letzten Kontakt der jeweiligen Opfer. Eine ordentliche Präparation würde sich in dieser Zeitspanne nur schwer ausgehen. Deshalb liegt die Vermutung nahe, dass ein neuartiges Verfahren angewandt wurde. Eines, bei dem eine Polyethylenglykol-Verbindung verwendet wird.«

Bernd hatte sich offensichtlich intensiv mit dem Thema beschäftigt, es folgte ein Vortrag, wie mit Hilfe von PEG organische Objekte zu Trockenpräparaten konserviert wurden. Nach wenigen Sätzen verstand Thomas nur noch die Hälfte, unterbrach Bernd aber nicht und ließ ihn fünf Minuten lang referieren.

»Nachdem auf diesem Weg das Wasser durch diese Verbindung ersetzt wird, kann das gewünschte Ergebnis erzielt werden, nämlich ein Körperteil, der bestens erhalten bleibt und wie im lebenden Zustand aussieht«, beendete Bernd seine Ausführung und setzte sich wieder.

Thomas lehnte sich in seinem Stuhl zurück, schloss die Augen und strich nachdenklich über sein Kinn.

»Vorschläge?«, fragte er nach einer halben Minute in die Runde.

»Wir haben nachgeforscht, wer an die notwendigen Materialien kommen kann«, sagte Barbara.

»Was unseren Kreis an Verdächtigen nur geringfügig einkreist«, übernahm Dagmar, »Jeder, der im Entferntesten mit Pharmazie zu tun hat, kann sich die Grundstoffe besorgen. Das Fachwissen aneignen ist schon schwieriger.«

»Doch dieses muss nicht in erster Linie durch ein Studium erlangt werden«, sagte Werner.

Kurz darauf entließ Thomas alle. Barbara blieb sitzen.

»Onkel Michael wird uns noch einige Tage Zeit geben, aber wenn es keine neuen Erkenntnisse gibt...«, sie verstummte.

»Wird die Sonderkommission abgedreht«, meinte Thomas missmutig, »Und wenn kein neuer Mord geschieht, bleibt alles ungelöst.«

Mit dieser Vorstellung wollte er sich nicht zufriedengeben. Während er alle neuen Erkenntnisse seit dem Angriff auf ihn ausdruckte, schlug er Barbara vor, den Nachmittag bei ihrem Freund zu verbringen. Er selbst schrieb zuerst seiner Tochter und danach Elisabeth, um den Abend mit beiden Damen zu verbringen.

3. April
2:35 Uhr

Das Läuten seines Handys weckte Thomas. Die unbekannte Nummer erkannte er als Dienstnummer der Polizei. Die Uhr zeigte 2:35.

»Hallo?«, meldete er sich verschlafen.

»Bezirksinspektor Kratochwil?«

»Gut erraten«, antwortete er zynisch.

»Wir haben hier eine Frauenleiche und ich wurde an sie weitergeleitet.«

Scheiße, nicht schon wieder, schoss es ihm durch den Kopf. Er richtete sich auf und schüttelte den Kopf, um die Müdigkeit loszuwerden.

»Fehlt ein Körperteil?«

»Ja, fast der komplette rechte Fuß.«

Thomas hatte am Vorabend keine Nachrichten gehört und somit auch nicht den Wetterbericht. Nach den warmen Temperaturen der letzten Tage kam es über Nacht zu einem Temperatursturz. Eiskalter Wind und dichter Graupelschauer empfingen Thomas, als er das Haus verließ.

»Ernsthaft?«, fluchte Thomas, der binnen kürzester Zeit in seiner dünnen Lederjacke fror. Gleich darauf fluchte er erneut, denn er hatte den Wagen mehrere Gassen entfernt geparkt.

Zehn Minuten später saß Thomas in seinem Dienstwagen, drehte die Heizung auf und blickte auf die dünne Schneeschicht auf der Windschutzscheibe.

»Aprilwetter«, schimpfte er und fuhr los in Richtung 3. Bezirk. Sobald sein Telefon mit der Freisprecheinrichtung verbunden war, rief er Barbara an.

»Ja, ich bin inzwischen alleine daheim«, meldete sie sich, »Und natürlich möchte ich nicht ausschlafen, sondern nach

223

einem ausgedehnten Liebesspiel, mitten in der Nacht mit dir …«

»Wir haben eine neue Leiche«, unterbrach Thomas sie.

»Fuck«, fluchte sie, »Aber ich habe es befürchtet, als ich deine Nummer sah. Wohin soll ich fahren?«

»Schlachthausgasse, dritter Bezirk. Und zieh dich warm an.«

»Schon etwas makaber«, kommentierte Barbara.

Vor der Adresse der Wohnsiedlung wartete Thomas rauchend mit einem Mann in weißer Montur auf seine Kollegin. Eine Zigarettenlänge nach seinem ersten Blick auf den Tatort erschien Barbara.

»Die Kollegen sind in der Wohnung«, informierte er sie, »Die Zusammenfassung bekommen wir von Johannes, unverkennbar ein Mitglied der Spurensicherung.«

»Hallo ihr zwei«, grüßte der Mann.

»Beate Petrovic, 51, geschieden, Mutter von zwei Söhnen. Der Ex-Mann und die Kinder wohnen außerhalb von Wien.

Um 1 Uhr wurde die Polizei gerufen, da aus der Wohnung laute Geräusche zu hören waren. Für den Nachbar klang es nach einem heftigen Streit. Er kennt Frau Petrovic und weiß, dass sie alleine lebt. Die eintreffenden Polizisten haben sich nach mehrmaligem Klopfen Zutritt zur Wohnung verschafft, wo sie die Leiche der Frau gefunden haben. Der abgetrennte Fuß hat dazu geführt, dass man umgehend die Sonderkommission informiert hat.«

»Ist der Nachbar anwesend?«, erkundigte sich Barbara.

»Er wartet in seiner Wohnung auf dich«, meinte Thomas.

Sie bedankten sich, ließen den Mann in der kühlen Nacht stehen und fuhren in den vierten Stock des Hauses. Die Wohnungstür zum Tatort wurde von zwei Beamten bewacht, die Tür daneben war nur angelehnt.

»Kratochwil, ich leite die Ermittlungen. Meine Kollegin kommt nachher auch hinein«, stellte er sich vor und betrat die Wohnung, während Barbara zur Nachbarswohnung ging. Dort schob sie die Tür auf und lugte ins Innere.

»Wenn Sie von der Polizei sind, kommen sie nur herein. Kaffee ist gleich fertig«, hörte sie eine männliche Stimme. Im Türrahmen erschien kurz darauf ein Mann um die dreißig.

»Nächste Tür links ist mein Wohnzimmer. Nehmen Sie Platz, möchten Sie auch einen Kaffee?«

»Sehr gerne, ganz schwarz bitte.«

Mit zwei großen Tassen kam der Mann zu ihr, stellte die Tassen auf den runden Glastisch, vor dem Barbara Platz genommen hatte und setzte sich ihr gegenüber.

»Ich heiße Matthew Cumberland. Beate kenne ich schon seit meinem Einzug vor zwei Jahren. Eine ruhige, unauffällige Person, zurückhaltend aber freundlich. Sie arbeitet im Büro einer Versicherungsgesellschaft, lebt alleine und hatte bis auf ein paar Freundinnen so gut wie nie Besuch.«

»Wow, das war eine schnelle, präzise Zusammenfassung«, zeigte sich Barbara erstaunt. Der Mann vor ihr hatte sich auf ihren Besuch vorbereitet. Er wirkte auch nicht, wie gerade erst aus dem Bett gestiegen. Seine schulterlangen Haare waren sorgfältig nach hinten gekämmt, er trug ein faltenfreies Hemd, auf der Brusttasche waren seine Initialen eingenäht.

Die Wohnung vermittelte den Eindruck, dass Matthew Cumberland keine Geldsorgen hatte. Bilder von ihm aus den verschiedensten Teilen der Welt hingen an den Wänden, die Möbel wirkten neu, modern und teuer.

»Seit die Polizei mich informiert hat, dass Beate ermordet wurde, habe ich die Zeit genutzt, um mir alles zu überlegen, was Ihnen weiterhelfen kann.«

»Dann erzählen Sie mir, was genau passiert ist.«

»Gerne«, sagte er höflich. Es klang ehrlich und nicht aufgesetzt.

»Ich bin um halb zwölf nach Hause gekommen, das ist normal bei mir. Die Ruhe wurde um kurz nach Mitternacht gestört, als ich aus Beates Wohnung Geräusche hörte. Es klang nach Kastentüren und Schubladen, die mit viel Schwung geschlossen wurden. Nach fünf Minuten war Ruhe, aber einige Zeit später ging es wieder los. Einmal war auch ein lautes Fluchen zu hören, leider unverständlich für mich. Es klang nach einer männlichen Stimme, weshalb ich aufmerksam wurde. Als kurz darauf eine Scheibe oder ein Spiegel zu Bruch ging, habe ich die Polizei gerufen. Ich war mir nicht sicher, ob es eine übertriebene Reaktion war, aber ich wollte sichergehen.«

»Das war gut so«, stimmte Barbara ihm zu. Auf ihre Frage, ob er jemanden aus der Wohnung gehen gesehen hatte, schüttelte Matthew Cumberland den Kopf.

»So laut es nebenan auch war, die Eingangstür wurde leise geschlossen. Nach meinem Anruf bei der Polizei, habe ich in den Gang gesehen. Niemand hat ab diesem Zeitpunkt die Wohnung verlassen. Das heißt wohl, ich war zu langsam und habe den Mörder entkommen lassen.«

»Machen Sie sich deswegen keine Vorwürfe. Wer weiß, wie die Person reagiert hätte«, sagte Barbara.

Sie hatte sich Notizen gemacht und reichte ihm ihre Visitenkarte, für den Fall, dass ihm noch etwas einfallen würde. Nachdem sie sich verabschiedet hatte, suchte sie Thomas in der Wohnung von Beate Petrovic.

Im Vorraum sah alles nach einem Kampf aus. Schuhe und Jacken lagen auf dem Boden, der Schuhkasten war ausgeräumt worden. Neben einem bis zum Boden reichenden Spiegel stand ein schmaler Schrank. Auch dessen Inhalt lag über den Boden verteilt. Barbara blickte auf Erste-Hilfe-Taschen, Werkzeuge und verschiedene Rollen Geschenkpapier, die neben Zigarettenstangen und Handtaschen auf dem Boden lagen.

Dasselbe Bild bot sich in der Küche. Jeder Schrank war durchsucht worden, mehrere Teller und Gläser waren dabei zu Bruch gegangen.

Im ebenfalls durchwühlten Wohnzimmer traf sie auf Thomas und die anderen Kollegen.

»Das Opfer liegt im Schlafzimmer. Kein schöner Anblick«, sagte Thomas und deutete auf die offene Tür neben ihm.

Auch wenn sie nicht erpicht darauf war, riskierte Barbara einen Blick in das Zimmer. Wie zu erwarten, war auch hier alles durchsucht und verwüstet worden. Auf dem dicken Teppichboden, der beinahe das ganze Zimmer einnahm, lag die Leiche von Beate Petrovic vor ihrem Bett. Auf ihrem Kopf klaffte eine große Wunde, die inzwischen zu bluten aufgehört hatte. Barbara vermutete einen schweren Gegenstand, mit dem die Frau niedergeschlagen worden war. Ihr Gesicht war zu einer hässlichen Fratze verzogen, sie hatte viel Schminke im Gesicht aufgetragen. Beate Petrovic war korpulent, ihre Haut wies tiefe Falten auf. Die weiße Bluse spannte über ihrem üppigen Busen und Bauch, auf dem unteren Rand waren kleine Blutspritzer zu sehen. Von der Bluse abwärts war sie nackt, Hose und Unterwäsche, die sie wahrscheinlich zuletzt getragen hatte, lagen auf dem Bett.

Das vorhandene linke Bein lag abgewinkelt vor Barbara, von ihrer rechten Gliedmaße war nur noch der Oberschenkel vorhanden. Dort wo das Knie sein sollte, war ihr Bein abgetrennt worden.

»Findest du die Besonderheiten?«, fragte Thomas, der sich zu ihr gesellt hatte.

»Wir haben es zum ersten Mal mit einem primären Tatort zu tun. Es sieht sehr danach aus, als wäre sie hier umgebracht worden und auch die Amputation dürfte hier stattgefunden haben.«

»Ich behaupte, wir haben sogar Beweise dafür«, meinte Thomas, als es Barbara in die Augen stach.

»Der Boden!«, meinte sie und zeigte auf die Stelle, unterhalb des Oberschenkels. Im Holzparket waren deutliche Einkerbungen zu erkennen, die sich mit dem ausgetretenen Blut vollgesaugt hatten.

»Das erinnert mich nicht an eine Kreissäge, sondern eher an eine Axt«, vermutete sie.

»Dasselbe habe ich auch gedacht. Die Wunde sieht ebenfalls anders aus. Kein sauberer Schnitt, sondern Reiß-, und Quetschspuren. Ich hatte schon einmal eine Person mit abgehackter Hand, da sah es genauso aus«, sagte Thomas und ergänzte, »Fällt dir noch etwas auf, vielleicht sogar der Grund für dieses Blutbad?«

Barbara überwand sich und sah die Leiche nochmals genauer an. Sie musste zugeben, dass Beate Petrovic nicht besonders attraktiv wirkte. Sie hatte ein rundliches Gesicht, Falten und unreine Haut. Ihre blondgrauen Haare waren sehr schütter. Das freigelegte Bein war ebenso unauffällig. Sie hatte einen leicht dunkleren Teint, Krampfadern waren auf dem vorhandenen Unterschenkel zu sehen. Dicke Knöchel, wahrscheinlich Wasser in den Beinen, überlegte Barbara. Die Zehen waren mit rotem Nagellack verziert. Gerade als Barbara etwas sagen wollte, fiel ihr beim Blick auf den Fuß auf, was Thomas meinte.

»Sechs Zehen!«

»Ziemlich sicher auf beiden Beinen«, meinte Thomas.

»Also geht es dem Täter hier nicht um Schönheit, sondern um etwas Ausgefallenes.« Barbara wandte sich angewidert ab.

»Lassen wir die Spurensicherung arbeiten«, schlug Thomas vor.

Beim Verlassen der Wohnung begegnete ihnen nochmals Matthew Cumberland. Thomas wollte schon weitergehen, als er abrupt stehenblieb und sich zu dem Mann umdrehte.

»Moment, wann sind sie heimgekommen?«, fragte er den Mann.

»Ungefähr 23 Uhr, vielleicht etwas später«, kam umgehend die Antwort.

»Haben Sie etwas gehört, das nach Axthieben auf Holz klang?«

»Nein, so ein Geräusch ist mir nicht fremd, aber ich kann nicht sagen, dass ich dieses wahrgenommen habe.«

»Die Amputation muss früher passiert sein«, mischte sich Barbara ein.

»Wenn es nachmittags passiert ist, dann würde das Geräusch nicht auffallen«, sagte Matthew, »Die Wohnung neben Beate wird von Grund auf saniert. Wände eingerissen, gestemmt und viel Bauschutt hinausgetragen. Ich bin tagsüber arbeiten und bekomme vom Lärm nichts mit. Wenn zu dieser Zeit mit einer Axt hantiert wird, würde es niemanden auffallen.«

Thomas wunderte sich über die lockere Art und Weise, wie der Mann sprach, doch nur einen Moment später, änderte sich die Gesichtsfarbe von Matthew Cumberland.

»Moment, soll das heißen, Beate wurde mit einer Axt… Oh mein Gott«, stammelte er, geschockt von der plötzlichen Erkenntnis.

»Sag einem der Kollegen, man soll sich um ihn kümmern. Er realisiert erst jetzt, was passiert ist«, meinte Thomas zu seiner Kollegin.

Er ging währenddessen ins Freie, rauchte sich eine Zigarette an und unterdrückte seine aufsteigende Wut.

Ich werde herausfinden, warum es dieses Mal anders abgelaufen ist und das wird dir zum Verhängnis werden, schwor er sich selbst.

»Soweit zu den bisher bekannten Informationen«, beendete Thomas seinen Vortrag über den Mord an Beate Petrovic. Er stand vor dem versammelten Team der Sonderkommission, konnte aber neben den Bildern vom Tatort nur mit spärlichen Erkenntnissen aufwarten.

Bernd zeigte auf.

»Schon klar, der Frau wurde das Bein abgetrennt. Aber die Vorgangsweise scheint so gar nicht zu unserem gesuchten Mörder zu passen. Können wir sicher sein, dass es..., dass der Fall zu den anderen zu zählen ist?«, fragte er.

»Gegenfrage«, meinte Thomas, »Was könnte der Grund sein, dass es hier anders verlaufen ist?«

Nach kurzem Schweigen meldete sich Dagmar.

»Die Kreissäge ist kaputt.«

»Er wurde gestört«, warf Werner ein.

»Er ist gestört, das trifft es eher«, meinte Karl daraufhin, »Etwas in der Wohnung hätte den Täter verraten, deshalb die Unordnung.«

»Diese Theorie gefällt mir am besten«, meinte Thomas zustimmend, »Aber es gilt diese zu beweisen. Ich werde nachher nochmals zur Wohnung des Opfers schauen, vielleicht finde ich etwas. Für alle anderen gilt das übliche Prozedere. Sobald die Berichte eintreffen, genau studieren, vergleichen und jedes Detail überprüfen.«

Barbara, die neben Thomas saß, erhob sich.

»Unser Mörder hat seine Motivation verändert. Beate Petrovic wurde nicht der Schönheit wegen ermordet, sondern wegen ihrer Besonderheit, die Polydaktylie an ihren Füssen. Vielleicht bringt uns das näher an den Mörder.«

»Polydawas?«, fragte Bernd.

»Polydaktylie«, meldete sich Werner, »Eine anatomische Besonderheit bezüglich der Anzahl zusätzlicher

Gliedmaßen, also ein Finger mehr als normal, oder in unserem Fall eine zusätzliche Zehe.«

Während sich alle Anwesenden beratschlagten und die Aufgabengebiete aufteilten, reichte Thomas Barbara den Autoschlüssel.

»Nimm den Wagen. Ich brauche frische Luft und etwas Bewegung. Ich werde mit den Öffis und zu Fuß zur Wohnung von Petrovic fahren. Das Wetter ist ja inzwischen wieder besser geworden.«

»Soll ich mitkommen, oder hast du andere Pläne für mich?«

Thomas musterte sie und bemerkte ihren müden Gesichtsausdruck.

»Ich melde mich bei dir, wenn es etwas Neues gibt. Ruh dich aus, bevor wir uns wieder die Nächte um die Ohren schlagen werden.«

»Jawohl, Chef«, antwortete Barbara mit einem angedeuteten Salut.

Nachdem sie noch beim Verlassen des Büros Clemens zu sich nach Hause bestellt hatte, fuhr Barbara mit dem Dienstwagen Lebensmittel für ein gemeinsames Abendessen einkaufen. Als sie den Einkauf im Kofferraum verstauen wollte, fiel ihr Blick auf den darin liegenden kleinen Rucksack.

Wer hat da wieder was vergessen, überlegte sie.

Zusammen mit dem Einkauf trug sie den Rucksack in ihre Wohnung, wo sie nach dem Verstauen der Lebensmittel einen Blick riskierte. Gleichzeitig mit dem Erkennen des Inhaltes erinnerte sie sich an Dieters Worte. Es war sein Rucksack, in dem sich unterschiedliche GPS-Sender befanden. Sie nahm einige Teile heraus und fand es faszinierend, welche verschiedene Möglichkeiten Dieter im Angebot hatte. Von einer kleinen Scheibe mit 2 Zentimeter Durchmesser und magnetischer Unterseite, Stäbchen in verschiedenen Größen bis zu Sendern, die aus einem Agentenkrimi stammen könnten. Von einer Halskette, deren Anhänger wohl den Sender beherbergte, über Kugelschreiber, Armbanduhren bis hin zu einem Ring fand sie ein umfangreiches Sortiment vor. Der Ring gefiel ihr besonders, dunkelblau glänzend mit einer durchgehenden goldfarbenen Welle. Erst beim genaueren Betrachten sah sie den unscheinbaren goldenen Punkt auf der Innenseite, der als Sender fungierte.

"Dieter wird es hoffentlich nicht stören", sagte sie zu sich selbst und probierte den Ring. Er passte wie angegossen auf den rechten Ringfinger.

In diesem Moment läutete es an der Tür.

"Endlich!", freute sich Barbara und eilte zur Tür.

"Ich wurde von einer wunderschönen Frau gebeten, hier aufzutauchen und mich überraschen zu lassen", begrüßte Clemens sie. Barbara schlang die Arme um ihn und küsste ihn innig. Dabei zog sie ihn in die Wohnung und knallte die Tür mit einem Fuß zu.

"Ich habe noch nicht gekocht, aber es ist ja auch noch nicht Abend. Vielleicht darf es zur Begrüßung etwas anderes sein", meinte Barbara und zog Clemens durch ihr Wohnzimmer ins angrenzende Schlafzimmer.

15:45 Uhr

Bei inzwischen wieder angenehmen Temperaturen spazierte Thomas über den nassen Asphalt. Seine Gedanken wanderten zu Elisabeth und ihren Plänen aufs Land zu ziehen.

Keine Gassen, in denen zu beiden Seiten graue Häuser standen, viel weniger Verkehr und weniger Morde. Es gibt gar nicht so viel, was gegen diesen Umzug spricht, dachte Thomas, während er in die Wohnung des letzten Opfers zurückkehrte.

Die Spurensicherung hatte ihre Arbeit beendet, die Markierungen standen aber noch verteilt in den Räumen. Außerdem fiel der dunkle Blutfleck auf dem Teppichboden im Schlafzimmer auf.

Beim Blick durch die Zimmer ergab sich ein ungefähres Bild des Opfers. Beate Petrovic lebte alleine, ihre erwachsenen Kinder schienen verheiratet zu sein und außerhalb von Wien zu wohnen. Eine Fotosammlung an der Wand des Vorzimmers zeigte Bilder von zwei Paaren, immer in ländlicher Umgebung. Eine Bildercollage zeigte Beate Petrovic mit ihren Kollegen im Büro, anlässlich ihres 50sten Geburtstag.

Im Schlafzimmer war das Doppelbett sorgfältig hergerichtet und unbenutzt. Vor ihrem Schrank hingen eine elegante Hose und eine blaue Bluse.

Als Thomas in der Küche nachsah, fand er neben der Kaffeemaschine zwei Tassen. Eine davon roch beim Näherkommen stark nach Desinfektionsmittel. Die Kaffeekanne in der Maschine war noch zur Hälfte voll.

»Du hast ihn zu dir eingeladen und er hat dich betäubt«, murmelte Thomas vor sich hin, »Er hat dich hier umgebracht, hier den Fuß abgenommen. Warum hat er sein Verhalten geändert?«

Er vermutete, dass der Mörder den Lärm der Baustelle spontan nutzte, um sein Werk an Ort und Stelle zu vollbringen. Diese Vermutung hatte er bereits den Kollegen der Spurensicherung mitgeteilt und darauf hingewiesen, besonders gründlich zu sein.

Vor dem Gemeindebau rauchend, sah er die Fassade hinauf. Der Balkon von Beate Petrovics Wohnung im vierten Stock bot einen Blick auf die vielbefahrene Straße mitsamt der Straßenbahn. Sie hatte genau auf die Kreuzung gesehen, wo sich ein Gasthaus an der Ecke befand. Thomas drückte seine Zigarette am hängenden Mistkübel aus und hatte sich gerade entschieden, dieses Gasthaus aufzusuchen, als hinter ihm die Haustür aufging. Heraus kam Michael Steinberger, der ihn überrascht anstarrte.

»Kratochwil? Was machen Sie... Was machst du denn hier?«, erinnerte sich der Innenminister, dass sie bereits beim Du-Wort waren.

»So wie es aussieht, eine weitere Frauenleiche des... Körperteile-Sammlers«, Thomas deutete zu den oberen Stockwerken, »Du kommst nicht gerade aus dem vierten Stock?«

Michael Steinberger schüttelte den Kopf.

»Ich habe...«, er überlegte kurz, »Im Erdgeschoß wohnt eine Freundin, die ich besucht habe.«

»Eine Freundin oder...?«, bohrte Thomas nach.

»Eine Freundin, die nicht gerne in der Öffentlichkeit steht. Aber ich möchte darauf hinweisen, dass ich in keiner Beziehung bin und deshalb...«

»Du brauchst dich nicht vor mir zu rechtfertigen. Egal ob Freundin, Gspusi oder Professionelle.«

Michael Steinberger entkam ein kurzes Grinsen.

»Wir sind am Anfang einer Beziehung. Im Gegensatz zu Elisabeth, die deine Branche und die damit verbundenen

Besonderheiten kennt, ist das alles für Sabine völlig neu. Sie ist Sekretärin in einem Bauunternehmen.«

Der Innenminister fragte nach der Leiche und bekam eine kurze Zusammenfassung von Thomas. Er zeigte sich sehr besorgt darüber, dass es inzwischen schon fünf zusammenhängende Morde gab.

»Das hat nichts mehr mit Politik zu tun. Die Leute haben Angst, vor allem die Frauen. Ich kenne die Medienberichte und natürlich auch die polizeilichen Unterlagen.«

Thomas hatte eine Vermutung, was Steinberger ihm sagen wollte und verdrehte die Augen.

»Nein, Thomas, ich will niemandem Druck machen oder ähnliches«, erkannte Michael Steinberger die Geste.

»Bei einer Pressekonferenz muss ich als Minister natürlich davon reden, wie sehr ich jedem Mitarbeiter der Sonderkommission vertraue und persönlich dafür sorgen werde, dass wir so schnell wie möglich Erfolge verbuchen können. Die ,Bestie von Wien', der ,Körperteile-Sammler', die Medien sind sich noch nicht einig, wie sie diesen Serienmörder nennen wollen. Durch Barbara weiß ich, dass diese Person bislang sehr vorsichtig war und so gut wie keine Spuren hinterlassen hat. Ich weiß auch, dass der Fall bei euch beiden in guten Händen ist.«

Steinberger deutete zum Gasthaus.

»Gehen wir was trinken, ich habe noch Zeit?«, fragte der Innenminister und erntete ein Nicken von Thomas.

Beim Betreten des Lokals dachten Thomas und der Innenminister dasselbe. Das Altwiener Gasthaus schien seit Jahrzenten in der Zeit stehen geblieben zu sein. Auf dem dunklen Holz des Fußbodens rund um den Schanktresen waren tiefe Rillen zu sehen, die Stühle davor abgewetzt. Die Wände waren vom jahrelangen Rauch gelblich gefärbt, an der Decke hing ein silberner Ventilator, auf dem zentimeterdick der Staub lag. Der Geruch von abgestandenem Fett, Zigarettenrauch und muffigen Polstern stieg Thomas in die Nase.

Die Männer nahmen an einem Tisch neben dem Fenster Platz. Die mit Blumen verzierte Milchglasscheibe war erst vor kurzem geputzt worden, die ehemals weißen Vorhänge hingegen schon sehr lange nicht mehr.

»Nicht gerade die Umgebung, in der du sonst verkehrst«, meinte Thomas. Hinter dem Ausschank blickte ein korpulenter Mann mit schütterem, grauem Haar zu ihnen. Sie waren die einzigen Gäste, was ihm aber keinen Grund lieferte, seine Zigarette auszumachen.

»Was darf´s zum Trinken sein? Küche ist heute geschlossen, meine Alte liegt krank im Bett«, erklärte er und griff bereits nach einem Bierglas.

»Das passt schon«, meinte Thomas und deutete auf das Glas, »Zwei große Bier.«

Michael sah auf die Uhr, die an der Wand ihnen gegenüber hing.

»Es ist gerade einmal 16 Uhr. Etwas früh, findest du nicht?«

»Du musst es Elisabeth ja nicht verraten. Sie ist sowieso der Meinung, ich sollte weniger trinken«, sagte Thomas.

»Da muss ich ihr vollkommen Recht geben«, meinte Michael, als ihnen die beiden Gläser serviert wurden.

»Auf unsere Frauen«, sagte Thomas und hob sein Glas. Nachdem beide einen ordentlichen Schluck gemacht hatten, fragte Michael nach seiner Nichte.

»Sie ist wahrscheinlich daheim oder bei ihrem Freund. Nach unserer Teambesprechung hat Barbara noch die Berichte verfasst, danach hat sie frei. Jetzt müssen wir auf die Ergebnisse von Spurensicherung und Pathologie warten. Ich hingegen...«

»Du nimmst die Sache inzwischen sehr persönlich«, unterstellte ihm Michael.

Thomas nahm einen weiteren Schluck und nickte.

»Korrekt. Niemand verarscht mich und verpasst mir so eine Abreibung und kommt damit ungeschoren davon. Ich kriege dieses Arschloch, und wenn es das Letzte ist, was ich tue.«

Der Innenminister erkundigte sich, ob es Hinweise auf den Angreifer gab, doch Thomas musste verneinen. Er erzählte Michael von seinen letzten Erinnerungen, der Holzplanke, die ihn zu Boden geschickt hatte und den letzten Worten des Unbekannten. Die Geschichte mit dem Foto des gleichnamigen Schauspielers kannte Michael bereits. Seinen merkwürdigen Traum von Dagmar ließ er unerwähnt.

»Wäre es nicht klüger, wenn Barbara an deiner Seite wäre, um aufzupassen?«

"Ich brauche keinen Bodyguard. Barbara verbringt den restlichen Tag, wahrscheinlich auch die Nacht, mit Clemens van der Breu. Sie braucht diesen Ausgleich«, antwortete Thomas.

Michael musste grinsen.

»Clemens war schon immer ein Frauenmagnet. Es wundert mich, dass Barbara die beiden bislang noch nie getroffen hat, immerhin kenne ich Clemens' Vater schon seit meiner Jugendzeit.«

»Die beiden?«

»Ja, Clemens und seinen Bruder Ottokar. Ottokar ist ein Jahr jünger, auch wenn man es ihm nicht ansieht. Er hat die medizinische Laufbahn etwas länger verfolgt als Clemens, ist inzwischen aber auch in der Wirtschaft. Großhandelsvertrieb für Arzneimittel, vorwiegend an Krankenhäuser.«

Mehr als ihre Unterwäsche hatten Barbara und Clemens nach ihrem Liebesspiel nicht mehr angezogen. So stand Barbara im schwarzen String und durchsichtigem BH in der Küche und bereitete das gemeinsame Essen vor.

»Sag, gibt es Neuigkeiten in eurem Fall des Serienmörders? In der Zeitung ist es etwas ruhiger geworden zu diesem Thema«, fragte Clemens aus dem Wohnzimmer nach.

»Dann warte auf morgen. Da wird das Thema wieder auf den Titelseiten landen«, sagte Barbara aus der Küche.

»Schon wieder eine Leiche?«, fragte Clemens, während er gleichzeitig auf seinem Handy eine Nachricht tippte.

»Du weißt doch, polizeiliche Verschwiegenheitspflicht.«

Clemens lachte kurz auf.

»Nach dem, was du mir schon alles erzählt hast?«

»Das muss ja niemand erfahren«, erwiderte Barbara, »Außerdem, da du diese Wohnung erst morgen verlassen wirst, kann ich dir verraten, dass wir wohl inzwischen Leiche Nummer Fünf bei uns liegen haben.«

»Gibt es denn dieses Mal konkrete Spuren?«

»Das weiß ich erst morgen. Heute arbeitet die Spurensicherung und mein Kollege kümmert sich um die Umgebung. Ich wollte ihn unterstützen, aber seit dem Angriff auf ihn nimmt er das sehr persönlich. Wie ich dir gesagt habe, die Nacht gehört uns, aber morgen um Punkt 8 Uhr muss ich fahren.«

»Kein Problem«, rief Clemens ihr zu, »Ich werde dich rechtzeitig aufwecken.«

Barbaras Handy piepste.

Sie kam ins Zimmer, musterte Clemens, der in enger Boxershorts vor ihr stand und strich mit einer Hand über seine Brust, während die andere das Handy hielt und die Nachricht öffnete.

»Essen ist gleich fertig. Danach gibt es eine Nachspeise, die dafür sorgen wird, dass wir heute sonst nichts mehr...«

Sie verstummte und starrte auf die Nachricht.

»Was ist passiert?«, wollte Clemens wissen.

Mit immer noch offenem Mund und ungläubiger Miene hielt sie ihm das Display hin.

»Ich weiß, wer Ihr Mörder ist, Frau Bezirksinspektorin. Kommen Sie jetzt zum Donauturm, ich werde Sie vor dem Eingang erwarten. Nur Sie, keine Kollegen!!!«, las er vor.

»Fuck, ich muss sofort…«, Barbara griff nach ihrer Bluse, die vor ihr auf dem Tisch lag. Sie schnappte sich ihre Dienstmarke und steckte sich den Ring aus Dieters Rucksack an einen Finger.

»Es tut mir leid, wir müssen das verschieben.«

»Mir tut es auch leid«, meinte Clemens gelassen.

Hektisch sah sich Barbara nach ihrer Dienstwaffe um.

»Hast du meine Waffe gesehen, ich habe sie doch zusammen mit der Marke auf den Tisch gelegt?«

»Ja hast du«, bestätigte Clemens, der hinter ihr stand. Seine Hand strich langsam von ihrer Pobacke über den Rücken.

»Jetzt nicht...«, begann Barbara, aber in der nächsten Sekunde spürte sie einen Stich an ihrem Hals.

»Hey, was soll…?«, stieß Barbara überrascht aus und wirbelte herum. Im nächsten Moment bekam sie einen kraftvollen Handkantenschlag von Clemens gegen die Schläfe. Sie taumelte zur Seite, griff mit einer Hand nach der Einstichstelle, die andere war zur Faust geballt. Sie spürte die kalte Flüssigkeit, die ihr injiziert wurde und sich in ihr ausbreitete.

»Eigentlich schade um diese letzte gemeinsame Nacht, aber es muss heute geschehen«, meinte Clemens ruhig, während er einen Schritt zurück machte. In seiner Hand konnte sie eine Spritze erkennen.

»Was redest du da für… für einen…?« Barbara wurde schwindlig, alles verschwamm vor ihr. Sie erkannte, dass

Clemens sein Handy zur Hand nahm und eine Taste drückte.

»Du bist so eine Schönheit, dich möchte ich im Ganzen erhalten. Das hast du verdient«, sagte er mit ruhiger Stimme.

Barbara musste sich abstützen, griff nach dem Tisch, aber ihre Hand verfehlte die Tischplatte. Ihre Knie knickten ein und sie fiel zur Seite.

»Keine Sorge, du wirst keine Schmerzen haben. Ich erkläre es dir später, da du vor deiner Verewigung nochmal aufwachen wirst.«

Barbara wollte etwas erwidern, aber ihr Körper reagierte nicht mehr. Sie spürte eine große Müdigkeit, die sie einlullte.

»Perfekt«, hörte sie Clemens sagen. Sehen konnte sie nichts mehr.

»Ja, sie ist gleich in Narkose. Komm und hol uns ab.«

Seine Stimme kam näher an ihr Ohr, sie spürte, wie Clemens ihren Unterarm hob.

»Hübscher Ring. Den kannst du für alle Ewigkeit tragen, versprochen.«

Danach versank Barbara in einen tiefen Schlaf.

Inzwischen stand vor Michael und Thomas ein frisches Glas Bier.

»Hat Elisabeth mit dir über ihre Pläne gesprochen, raus aus Wien zu ziehen?«, fragte Michael nach.

Thomas nickte.

»Wäre das eine Option für dich?«

»Dasselbe hat mich Barbara auch gefragt. Ich lebe schon mein ganzes Leben lang in Wien, keine Ahnung, wie es mir in einem Dorf gefallen würde. Außerdem ist die Beziehung mit Elisabeth noch relativ frisch.«

»Die Beziehung schon, aber du nicht mehr«, scherzte Michael und prostete Thomas zu.

»Unter uns, ich habe sie schon lange nicht mehr so glücklich erlebt, wie in den letzten Wochen. Du tust ihr sehr gut. Wenn ich darauf hinweisen darf, sie scheint auch sehr gut für dich zu sein.«

Während Michael sprach überkam Thomas ein breites Grinsen. Auf seinen fragenden Blick reagierte Thomas mit einem Kopfschütteln.

»Ich musste nur gerade daran denken, wie absurd diese Situation eigentlich ist. Ich sitze mit einem Politiker bei einem Bier zusammen, rede über seine Ex-Frau, die meine Freundin ist und bekomme Ratschläge.«

»Solange du keine Ratschläge benötigst, wie du sie glücklich machst.«

Michael berichtete von früheren gemeinsamen Urlauben, als sie noch zu dritt waren. Er gestand Thomas auch, dass er seit dem Mord an seiner Tochter nicht mehr dieselbe Person wie früher war. Bis vor kurzem war er nicht in der Lage gewesen, sich ernsthaft auf andere Frauen einzulassen. Seine Gefühlskälte war damals der Hauptgrund für die Trennung von Elisabeth gewesen.

»Erst Sabine hat es geschafft, mich etwas aus der Reserve zu locken, aber sie hat es nicht leicht mit mir«, gestand er.

Sie redeten noch einige Zeit über ihre Beziehungen, bis das Telefon des Innenministers vibrierte.

»Die Arbeit ruft«, meinte Thomas und winkte dem Wirt, um zu zahlen.

Vor der Tür des Gasthauses nahm der Innenminister sein Handy zur Hand und öffnete die Nachricht. Gleich darauf sah er verwundert vom Handy auf.

»Das ist jetzt etwas… komisch.«

»Komisch?«

»Elisabeth hat mir geschrieben«, sagte er und zeigte Thomas die Nachricht.

»Barbara hat mir gerade für heute abgesagt, weil sie noch mit Thomas dienstlich unterwegs ist. Wenn du Zeit hast, könntest du am Abend vorbeikommen«, hatte Elisabeth geschrieben.

Thomas las die Nachricht zweimal und blickte dann den Innenminister an. Er konnte nicht verhindern, dass Eifersucht in ihm aufstieg. Scheinbar erkannte das auch Michael Steinberger.

»Elisabeth möchte meine Unterstützung bei einer Ausstellung über das Polizeiwesen in der Vorkriegszeit. Rein geschäftlich.«

»Ich weiß nicht was Barbara meint«, versuchte Thomas den Gedanken auszublenden, er klang aber immer noch skeptisch, »Eigentlich bin ich davon ausgegangen, dass sie den Abend mit ihrem Clemens verbringt.«

»Ich kann Elisabeth anrufen und nachfragen«, schlug Michael vor.

»Und ich werde bei Barbara nachfragen, was das für eine Spur sein soll.«

Thomas' mulmiges Gefühl wollte nicht weggehen, auch wenn er sich einredete, dass seine Eifersucht unnötig war.

»Ihr gewünschter Gesprächspartner ist im Moment nicht…«, hörte er und beendete die Verbindung. Inzwischen hatte Michael seine Ex-Frau am Apparat.

»Hallo. Thomas steht gerade vor mir und ist irritiert bezüglich deiner Nachricht… Nein, nicht deshalb, ich glaube, er weiß, dass es keinen Grund gibt, eifersüchtig zu sein. Es betrifft Barbara…Was?… Das ist schon komisch…Interessant, kannst du mir die Nachricht weiterleiten, ich werde es Thomas sagen… Ja, wir haben uns zufällig getroffen und haben uns bei einem Bier unterhalten… Ja, warum denn nicht? Thomas und ich haben inzwischen schon einiges erlebt zusammen… Das hat dein Schatz auch erwähnt… Okay, danke, ich melde mich dann noch wegen heute Abend.«

Michael beendete sein Gespräch und reichte Thomas das Telefon mit der Nachricht von Barbara.

»Hallo, ich muss unser Abendessen absagen. Ich verfolge mit Kratochwil noch eine Spur, das kann länger dauern. Melde mich dann später«, hatte Barbara ihrer Tante geschrieben.

»Davon weiß ich nichts, was aber…«, Thomas stutzte und las die Nachricht erneut. Sein mulmiges Gefühl wurde mit einem Schlag heftiger, was nun eindeutig nicht mit seiner Eifersucht zusammenhing.

»Elisabeth hat noch erwähnt, dass sie gar nicht mit Barbara verabredet war. Sie hat ihr gestern geschrieben, aber da kam keine Antwort.«

»Du hast die Nummer von Clemens van der Breu?«, fragte Thomas. Seine Eifersucht war verschwunden, dafür stieg seine Nervosität.

»Ja, natürl…«

»Ruf ihn an, frag nach, ob Barbara bei ihm ist oder war«, befahl Thomas aufgeregt. Michael wusste nicht, was in Thomas geschossen war, sein Tonfall machte aber klar, wie ernst Thomas es meinte. Ohne Nachzufragen suchte er die Nummer und wählte.

Thomas hatte ebenfalls eine Nummer gewählt.

»Hallo TJ. Was kann ich für dich tun?«, meldete sich Dieter.

»Du musst Barbaras Handy orten, sofort!«, meinte Thomas nervös.

»Ihr Diensthandy? Ich weiß, dir ist das Schinken, aber dafür benötige ich normalerweise…«

»Es heißt Wurscht, nicht Schinken«, fiel ihm Thomas streng ins Wort, »und die Autorisierung bekommst du vom Innenminister persönlich. Und jetzt mach!«

»Mann eh, ich bin ja schon dabei. Wo wird sie sein, wahrscheinlich bei ihrem neuen Freund im Bett oder…«

»Dieter, es ist ernst!«, ermahnte ihn Thomas.

Dieter verstummte, es war nur das Tippen auf der Tastatur zu hören.

Michael hatte inzwischen sein Handy wieder eingesteckt.

»Abgedreht. Ich lande gleich auf der Mailbox.«

»Wie schau ma aus, Dieter?«, fragte Thomas.

»Sofort, ich bin gut, aber der Computer… Oh, Mist«

»Was?«, wurde Thomas lauter.

»Das Telefon ist tot«, sagte Dieter, nun deutlich angespannt.

»Ich weiß, ich habe es schon bei ihr probiert. Normalerweise dreht sie ihr Handy nie ab.«

»Nein, TJ, du verstehst nicht«, meinte Dieter, mit leichtem Zittern in der Stimme, »Das Handy ist tot, nicht einfach nur abgeschaltet. Eure Diensthandys haben ein spezielles Trackingmodul. Ich kann das Telefon auch im abgeschalteten Modus, sogar ohne SIM-Karte orten. Aber dieses Handy wurde zerstört.«

»Scheiße!«, fluchte Thomas und Michael gleichzeitig.

»Kannst du den letzten Standort herausfinden?«, fragte Thomas, der gleichzeitig hektisch nach einer Zigarette suchte. Zu seiner Überraschung wurde ihm eine Packung von Michael entgegengehalten.

»Das dauert einige Minuten. Ich melde mich gleich wieder«, meinte Dieter und legte auf.

»Greif zu, die sind von meiner Freundin«, meinte Michael und nahm sich selbst auch eine heraus.

»Warum bist du plötzlich so hektisch geworden?«, fragte Michael nach.

»Kratochwil«, antwortete Thomas, »Barbara nennt mich schon lange nicht mehr so.«

Thomas strich über seinen Bart und überlegte fieberhaft, was Barbara veranlasst haben könnte, die Nachricht an ihre Tante zu schreiben.

»Vielleicht will sie bei ihrem Date mit Clemens nicht gestört werden?«, überlegte Michael.

»Selbst das würde sie mir sagen. Das Mädl redet gern über ihr Privatleben und auch über pikante Details. Wenn meine Freundin nicht ihre Tante wäre, würde sie mich sicherlich auch darüber ausfragen.«

Michael nickte grinsend.

»Ja, Barbara ist bei dem Thema alles andere als zurückhaltend. Was glaubst du, was geschehen ist?«

»Keine Ahnung«, antwortete Thomas kopfschüttelnd.

Sein Telefon läutete.

»Da bin ich wieder«, meldete sich Dieter über den Lautsprecher, »Barbaras letzter Standort war definitiv ihre Wohnung. Sie hat die Wohnung mit Telefon verlassen. Es gab noch einen Netzwechsel vor ihrem Haus, aber dann ist die Verbindung weg. Ich habe noch etwas… das macht mir mehr Sorgen.«

»Spuck's aus!«, forderte Thomas

»Die letzte eingehende Nachricht stammt von einer…«, er schluckte, »…von einer nicht registrierten Handynummer.« Mit entsetztem Blick sahen sich Thomas und der Innenminister an, beide hatten denselben Gedanken.

»Was kann ich machen?«, fragte Dieter aus dem Handy-Lautsprecher.

Irgendwas stimmt da nicht, irgendwas übersehe ich, dachte Thomas, der plötzlich Angst um seine Kollegin hatte.

»Ich verfolge mit Kratochwil noch eine Spur...«, murmelte er mit geschlossenen Augen, dabei strich er sich über seinen Bart.

»Ich traue diesem Clemens nicht«, meldete sich Dieter erneut.

Deine Eifersucht bringt uns gerade nichts, dachte Thomas. Andererseits war Clemens van der Breu die letzte Person, die Barbara gesehen hatte.

»Dann mach bei ihm eine Handyortung«, meinte Thomas, worauf ihn der Innenminister verwundert ansah.

»Ich dachte, er sei frei von Verdächtigungen?«

»Er hatte jedenfalls gute Alibis«, musste sich Thomas eingestehen.

»Schon klar«, mischte sich Dieter ein, »Thomas will nur nicht direkt sagen, dass ich aus Eifersucht so reagiere.«

»Dieter!«, rief eine Frauenstimme am Telefon.

»Jetzt nicht, Renate«, reagierte Dieter ungehalten.

»Doch, ich brauche die GPS-Tracker. Wo hast du die liegengelassen und warum...?«

»Warte kurz, okay?«, gab er genervt zurück, »Ich muss eine Standortermittlung durchführen.«

Thomas Handy piepste.

»Das ist die Nachricht, die Barbara bekommen hat«, informierte ihn Dieter angespannt.

»Ich weiß, wer Ihr Mörder ist, Frau Bezirksinspektorin. Kommen Sie jetzt zum Donauturm, ich werde Sie vor dem Eingang erwarten. Nur Sie, keine Kollegen!!!«, las Thomas vor.

»Sie würde niemals ohne Handy, ohne Verstärkung dorthin fahren«, war sich Michael sicher.

»Moment meine Herren, das kriege ich schnell raus«, meinte Dieter und tippte wie wild auf der Tastatur.

»Verdammt«, fluchte die Frauenstimme neben Dieter, »Ich kriege dann wieder eine am Deckel, weil du die GPS-Tracker verschlampt hast.«

»Ich habe sie nicht...«, kurz verstummte Dieter, »Barbaras Dienstwagen steht in ihrer Gasse, er bewegt sich nicht.«

»Dafür aber ein angeblich unbenutzter Tracker«, keifte die Frauenstimme im Hintergrund.

»Irgendwas passt hier überhaupt nicht«, fluchte Thomas.

Er stand immer noch mit Michael neben der Tür zum Wirtshaus, aus dem nun der Wirt herauskam.

»Sie sind ja Polizist, sind Sie auch für verlorene Handys zuständig?«, fragte der Wirt.

Thomas fuhr überrascht herum.

»Was?«, fragte er ungehalten.

»Meine Stammkundin Beate. Sie hat ihr Handy bei mir verloren und war seit gestern nicht mehr hier.«

»Dafür haben wir im Moment keine...«, begann der Innenminister, aber Thomas unterbrach ihn.

»Beate Petrovic?«

»Ja, genau. Sie kommt jeden Tag, darum habe ich es eingesteckt. Aber heute...«

Dieter meldete sich erneut.

»Clemens van der Breus Handy ist abgedreht.«

»Kannst du bei ihm nicht dasselbe machen, wie...«

»Nein, das funktioniert nur bei unseren Diensthandys«, erklärte Dieter, gleichzeitig wurde er erneut von der Kollegin in seinem Büro gerufen.

Thomas holte tief Luft, ihm redeten zu viele Leute gleichzeitig. Er nahm dem Wirt das Handy aus der Hand.

»Ja ich kümmere mich darum.«

»Danke. Ich mische mich ja sonst nicht bei meinen Gästen ein, aber nach ihrem Treffen gestern mit diesem Adonis. Nichts gegen Beate, aber so toll...«

Thomas richtete seine Aufmerksamkeit nun dem Wirt zu.

»Was meinen Sie?«, fragte er.

»Was ist mit Barbara?«, fragte fast gleichzeitig Dieter.

»Kannst du zwischendurch auch mal etwas für deine Abteilung machen?«, wurde er von der Frau bei ihm angeschnauzt.

Zu viele auf einmal, viel zu viel gleichzeitig, wirbelte es durch Thomas' Kopf. Er holte tief Luft, versuchte trotz der Hektik um ihn herum ruhig zu bleiben. Als er über das Handy des Mordopfers strich, erschien ihr Startbildschirm. Instinktiv öffnete er ihre Nachrichten-App.

»Deine Freundin soll kurz die Pappn halten«, schnauzte Thomas ins Telefon.

»Hey, was glaubst du, wer du bist?«, fauchte es aus dem Telefon, »Hast du ein Problem mit Frauen?«

»Nur mit hysterischen Weibern!«, gab Thomas sauer zurück, »Und jetzt pudel dich nicht auf und lass Dieter und mich unseren Job machen.«

»Dann soll er der Leitung erklären, warum ein angeblich unbenutzter GPS-Tracker aktiv ist und sich durch Wien bewegt«, fauchte die Frauenstimme zurück.

Thomas hatte inzwischen die Nachrichten geöffnet, die oberste Unterhaltung mit der letzten Nachricht stammte von einem Lukas. Seinen Namen hatte Beate Petrovic mit einem Herz-Emoji am Ende geschrieben.

»Ich bin gleich da, das Gasthaus sehe ich schon«, war seine letzte Nachricht. Thomas scrollte die Nachrichten hinunter und überflog einige.

»Ich bin doch nichts Besonderes, warum interessierst du dich überhaupt für mich?«, hatte Beate Petrovic gefragt.

»Du hast eine besondere Ausstrahlung, die ist mir schon auf deinem FiLo-Profil aufgefallen«, war die Antwort.

Thomas suchte und öffnete auf dem Handy die App. Auch dort war kein Passwort notwendig. Er klickte zu den Nachrichten und erstarrte.

Die letzte Konversation hatte Beate Petrovic mit einem gewissen Lukas Grasser. Das Profilbild zeigte jedoch Clemens van der Breu.

»Verdammte Scheiße!«, stieß er laut fluchend aus.

»Was?«, fragten Michael Steinberger, Dieter und der Wirt gleichzeitig.

»Das Mordopfer hatte Kontakt zu van der Breu, der unter falschen Namen auf der App angemeldet ist«, sagte Thomas in Richtung des Innenministers.

»Mordopfer?«, fragte der Wirt erschrocken, »Soll das heißen, Beate ist... jemand hat sie ermordet?«

Thomas wurde schwindlig. Er konnte keinen klaren Gedanken fassen, wusste aber, dass er schnellstens reagieren musste.

Dieter sprach wieder, nun zu seiner Kollegin.

»Was heißt überhaupt, das Signal bewegt sich? Ich habe alle neuen GPS-Sender in einen Beutel gegeben und im Wagen von...«, er verstummte.

»Ist Barbara in Gefahr?«, fragte Michael gleichzeitig.

»Es ist aktiv, es bewegt sich und eigentlich sollten die Dinger bei uns im Büro sein.« Dieters Kollegin war immer noch wütend und interessierte sich nicht für die Probleme am anderen Ende der Leitung.

Thomas blickte zu Michael.

»Ich kann mir nicht vorstellen, dass...« Michael sprach nicht weiter, wirkte aber nun auch geschockt, von der Vermutung, dass Clemens van der Breu in die Mordserie involviert sei.

»Bist du mit einem Wagen hier?«, fragte Thomas.

Michael nickte.

»Wir müssen das Handy sofort zu Dieter bringen«, meinte Thomas.

»Was ist jetzt mit Beate?«, fragte der Wirt.

»Darüber reden wir später, vielleicht erst morgen, danke für das Handy, sie haben uns sehr geholfen«, meinte Thomas und wandte sich Michael zu, »Wo steht dein Wagen?«

»Komm.« Michael marschierte flott los, »Ich habe das Auto gleich um die Ecke geparkt.«

Auf dem kurzen Weg zum Wagen des Innenministers klärte Thomas Dieter über die aktuelle Lage auf.

»Verdammt, ich hatte Recht mit meinem unguten Gefühl.«

»Vielleicht deute ich das alles auch völlig falsch. Aber ich will eine Bestätigung haben«, meinte Thomas entschieden und warf sich auf den Beifahrersitz.

»Wir bringen dir das Handy von Beate Petrovic. Ich brauche alles, was du über ihre Beziehung zu...«

»Ich rufe Karl an«, meldete sich Michael, der mit Vollgas aus der Parklücke fuhr und in Richtung Innenstadt fuhr, »Er wohnt nur ein paar Gassen entfernt von Barbara.«

»Hat er einen Schlüssel?«, fragte Dieter.

»Er braucht keinen. Karl geht durch geschlossene Türen, wenn es sein muss«, meinte Michael ernst.

Mit eingeschaltetem Blaulicht raste der Innenminister am Steuer des schwarzen Dienstwagens über die Straßenbahngleise in Richtung Innenstadt.

»Was hat das zu bedeuten?«, wunderte er sich, »Clemens kann doch unmöglich in diese Mordsache verwickelt sein.« Thomas versuchte, seine Gedanken zu sortieren.

Ich kann nicht klar denken. Vielleicht ist das alles völlig harmlos und wir bilden uns nur etwas ein. Aber sein FiLo-Chat mit dem letzten Mordopfer, überlegte er, während er den Chatverlauf in der FiLo-App überflog.

»Er hat sie umworben und auf ein Treffen gedrängt. Sie hat sechs statt fünf Zehen und vermutete, dass er sie nur wegen dieser Besonderheit treffen will. Clemens oder Lukas hat ihr daraufhin mehrmals versichert, dass er sie als Mensch und charakterlich interessiert. Das alles wurde in den letzten drei Tagen geschrieben«, informierte er Dieter am Telefon.

»Das passt doch perfekt auf unseren Körperteile-Mörder«, sagte Dieter angewidert.

»Aber es passt nicht zu unseren Ermittlungen«, gab Thomas zu bedenken.

»Moment, vielleicht...«, meldete sich Dieter wieder, wurde aber sogleich von seiner Kollegin unterbrochen.

»Kannst du dich jetzt mal auf eine Sache konzentrieren?«, fluchte sie neben ihm.

»Halte die Klappe, jetzt sofort!«, schrie Dieter plötzlich lautstark und energisch.

Thomas und Michael blickten überrascht auf das Handy zwischen ihnen. Selbst Thomas, der seinen Freund schon seit Jahren kannte, konnte sich nicht an eine Situation erinnern, in der Dieter so heftig reagierte.

»Ihr seid jetzt alle still, verstanden?« Dieter hatte einen Befehlston angeschlagen, den Thomas so noch nicht erlebt hatte.

»Wenn ich Recht habe, gehört das alles zusammen und dann ist die Kacke am Dampfen und zwar gewaltig«, sprach er weiter, »Renate, welcher GPS-Tracker ist online?«

»Was tut das zur ...?«

»Keine Diskussion, verdammt noch einmal!«, fuhr Dieter sie lautstark an, »Jetzt mach, was ich sage!«

Thomas blickte völlig überrascht zu Michael und hob nur die Schultern.

»Der Ring ist aktiv. Ein Frauenring mit eingebauten...«

»Okay. Ich brauche die Daten, jetzt sofort auf meinen Schirm«, befahl Dieter.

»Wenn Barbara nicht daheim ist...«, überlegte Michael laut, wurde aber von seinem Telefon unterbrochen. Thomas griff danach und nahm den Anruf entgegen.

»Karl hier. Barbaras Wohnung ist leer. Bis vor kurzem waren aber noch zwei Personen anwesend. Sie hat gekocht, da ist alles noch heiß. Wohin auch immer sie verschwunden ist, es kann noch nicht lange her sein«, gab er Bescheid.

»Die Chancen, dass wir falsch liegen tendieren gegen Null, oder?«, meinte Michael, der den Wagen auf die Schienen der Straße lenkte, um schneller an einer Autokolonne vorbeizukommen.

»Das GPS-Signal bewegt sich auf dem Gürtel«, meldete sich Dieter, immer noch erregt. Der Gürtel in Wien war eine mehrspurige Straße, die die inneren Bezirke von den Äußeren trennte und eine schnelle Verbindung quer durch Wien bot. Außer zur Stoßzeit, so wie gerade eben.

»Wo genau?«, fragte Thomas nach.

»Margaretengürtel... Sie biegt ab, Richtung Südausfahrt«, informierte sie Dieter.

253

»Selbst mit Signalton und Sirene kommen wir nur mühsam voran«, fluchte Thomas.

»Dieter, behalten Sie weiterhin das Signal im Auge. Wir werden die Verfolgung aufnehmen«, sagte Michael, riss den Wagen an einer Kreuzung nach links und trat fest auf das Gaspedal.

»Wir brauchen Verstärkung. Bei diesem Verkehr auf der Straße...«

»Wir werden keine Straßen benötigen«, meinte Michael Steinberger ernst. Fragend sah ihn Thomas an und blickte in eine zu allem entschlossene Miene.

Mit einer Vollbremsung, die Thomas in den Sicherheitsgurt drückte, stoppte Michael den Wagen auf dem Platz vor dem Gebäude des Innenministeriums im ersten Bezirk.

»Sie ist an der Stadtgrenze, auf der Autobahn A2.« Dieter gab ihnen weiterhin die Position des GPS-Signals weiter. Weder er noch Thomas wussten, was der Innenminister vorhatte.

»Und jetzt?«, fragte Thomas, als er ausstieg und Michael hinterherjagte.

Michael lief ins Gebäude und zum Portier.

»Ich brauche die Libelle, Notfallstart!«, befahl er dem Mann hinter dem Pult.

Für eine Sekunde starrte dieser ihn mit großen Augen an, dann griff er zum Telefonhörer.

»Libelle? Du willst einen Polizeihubschrauber bestellen?«, fragte Thomas.

»Er steht im Innenhof, komm mit.«

Thomas blickte überrascht vom Innenminister zum Portier. Er hatte bislang gedacht, die Polizeihubschrauber wären in Schwechat und zeitweise in einer Kaserne im 12. Bezirk stationiert.

Sie rannten durch die Sicherheitskontrolle, dessen Metalldetektor piepste. Aber die beiden Beamten neben dem Durchgang hatten ihren Chef bereits erkannt und rührten sich nicht. Michael riss eine Tür vor ihm auf, die in einen unscheinbaren Raum führte, welcher mit Stühlen, einer Bühne und einer weißen Projektionswand ausgestattet war. Die Holztür neben der Bühne fiel Thomas erst auf, als sie genau davorstanden. Dahinter befand sich ein Hof, der von allen Seiten des Gebäudes begrenzt war. Neben mehreren Sitzmöglichkeiten und

Grünflächen mit niedrigen Büschen stand mitten auf dem Platz ein Polizeihubschrauber.

»Die Libelle X ist hier stationiert und gehört dem Innenministerium für Notfälle. Das hier ist mit Sicherheit einer«, erklärte Michael, gleichzeitig kam ihnen ein Mann in grünbrauner Tarnuniform entgegengelaufen.

»Steigen Sie ein, Herr Minister. Ihre Begleitung fliegt mit?«

Thomas war zu aufgeregt, um sich über die Situation zu wundern, er kletterte hinter dem Innenminister in den Hubschrauber und setzte sich das vor ihm hängende Headset auf.

Nur Sekunden später ging ein Vibrieren durch die Maschine und die Rotorblätter begannen sich zu drehen. Der Lärm der Motoren drang trotz der Kopfhörer in Thomas` Ohren.

»Wir fliegen Richtung Süden, erstes Ziel ist die A2«, befahl der Minister dem Piloten, der sich bereits angeschnallt hatte und einige Knöpfe vor sich drückte. Mit einem Ruck erhob sich der Hubschrauber senkrecht in die Höhe. Die Büsche wurden durchgerüttelt und drohten, aus dem Boden gerissen zu werden, aus einem in der Nähe des Hubschraubers verankerten Aschenbecher flogen Asche und Zigarettenstummel über den Platz. Dem Bezirksinspektor fiel auf, dass alle Fenster im Innenhof geschlossen waren, wahrscheinlich waren sie versperrt. Sie stiegen weiter hinauf, bis Thomas das Flachdach des Innenministeriums neben sich sah.

»Ihr habt da einige Satellitenschüsseln auf dem Dach«, bemerkte er.

»Nicht nachfragen«, entgegnete Michael.

Thomas drückte sein Handy ans Ohr.

»Dieter, hörst du mich?«, schrie er hinein.

»Frag nach der Frequenz!«, schrie dieser zurück, »Der Pilot soll mich in den Funk hinzufügen.«

»Hat ihr Freund Zugriff auf die Militärfrequenzen?«, fragte der Pilot und auf Dieters Bestätigung wurde er hinzugeschaltet.

»Mann eh, eine Verfolgung mit einem Heli ist mal was Neues«, meinte Dieter, »Dann fliegt mal schön schnell in Richtung Süden. Das Signal ist inzwischen auf der A2, Höhe Shopping City Süd.«

Michael klopfte dem Piloten auf die Schulter.

»Sie möchten uns sicherlich gerne zeigen, was dieser Hubschrauber draufhat«, sagte er.

»Wenn Sie darauf bestehen, Herr Innenminister.«

»Ja, wir bestehen darauf«, mischte sich Thomas ein. Im nächsten Moment kippte der Hubschrauber hart nach rechts und Thomas wurde gegen die Seitenscheibe geschleudert. Gleichzeitig spürte er, wie der Hubschrauber beschleunigte.

»Gibt es etwas, was ich wissen sollte?«, erkundigte sich der Pilot.

»Wir verfolgen ein GPS-Signal. Mein Kollege wird uns mitteilen, wohin die Reise geht. Alles Weitere erkläre ich Ihnen nachträglich«, sagte der Innenminister. Wie Thomas sah auch er aus dem Fenster. Der Hubschrauber überflog den Heldenplatz und bot den Passagieren einen beeindruckenden Blick auf die Hofburg, die Ringstraße und den Maria-Theresien-Platz mit dem Kunst- und Naturhistorischen Museum. Nachdem sie die bekannten Sehenswürdigkeiten hinter sich gelassen hatten, tat sich Thomas schwer mit der Orientierung.

»Ich habe mir den Steuerakt von Clemens van der Breu angesehen und...«, meldete sich Dieter, verstummte aber, als ihm einfiel, wer neben Thomas mithörte.

»Ich möchte darauf hinweisen, dass wir alle im Moment sehr inoffiziell agieren. Von meiner Seite wirst du keine Probleme bekommen«, beruhigte ihn Michael.

»Ich bin nur der Pilot, von meiner Seite gibt´s keine Einmischung«, fügte der Pilot hinzu.

»Dann bin ich beruhigt. Ich möchte meinen Job noch etwas länger behalten. Das ist bei Thomas' Aktionen nicht immer leicht.«

»Hast du was herausgefunden?«, erinnerte Thomas seinen Freund.

»Van der Breu besitzt mehrere Immobilien und Grundstücke. Zwei davon sind im südlichen Niederösterreich. Ein ehemaliger Bauernhof, außerhalb von Bad Vöslau, umgeben von landwirtschaftlich genutzten Flächen. Das zweite ist ein Waldstück bei Wöllersdorf.«

»Darf ich darauf hinweisen, dass wir bislang nur Vermutungen haben, denen wir nachjagen«, erinnerte der Innenminister.

»Ich weiß«, meinte Thomas, »Und wenn sich das alles als großes Missverständnis herausstellt, kannst du mich voll und ganz dafür verantwortlich machen.«

Sie überflogen den Hauptbahnhof, wobei sie den Stau auf dem Margaretengürtel deutlich sehen konnten.

»Ich werde mich an der Süd-Autobahn orientieren und diese entlang fliegen, bis ihr Kollege uns etwas anderes sagt«, sagte der Pilot, ließ den Hubschrauber steigen und überflog die nächste verstopfte Straße.

Zehn Minuten später flog der Polizeihubschrauber über der Süd-Autobahn, immer noch dem GPS-Signal hinterher.

Unter anderen Umständen wäre das ein nahezu perfekter Sonnenuntergang, dachte Thomas beim Blick hinaus. Die breiten Wolkenstreifen erstrahlten in feurigen Rottönen, ein orangenes Band am Horizont sorgte für eine besondere Abendstimmung. Zwischen den Wolken war der klare, blaue Himmel zu sehen.

Wenn dieser Wahnsinn vorbei ist, möchte ich mit Elisabeth bei so einer Abendstimmung unterwegs sein, irgendwo außerhalb von Wien, dachte Thomas, konzentrierte sich dann aber wieder auf das aktuelle Problem.

»Oida, ich könnte mich in den Arsch beißen!«, fluchte er für alle überraschend auf.

»Was ist?«, fragte Michael nach.

»Wenn wir mit unserer Vermutung richtig liegen, dann haben wir diesen Scheißkerl nur mit Glück gefunden. Dabei standen wir ihm schon am Anfang direkt gegenüber.«

»Manchmal braucht man auch etwas Glück. Auch wenn es mir schwerfällt, zu akzeptieren, dass Clemens tatsächlich der gesuchte Serienmörder sein soll.«

»Hauptsache, wir finden Barbara«, meinte Thomas, »Alles andere sehen wir dann.«

»Ich möchte noch darauf hinweisen, dass es inzwischen schon auffällig ist, dass du...«, Michael Steinberger überlegte, wie er es am besten ausdrücken sollte, »oft verarscht wirst.«

»Wie bitte?«

»Wenn ich da an deine ehemalige Kollegin denke, dann die Politikerin, die dich nur ausnutzen wollte...«

»Wenigstens ist es dieses Mal keine Frau. Aber danke für den Hinweis«, gab ihm Thomas säuerlich zurück und erkundigte sich bei Dieter nach dem Signal.

»Kurz vor der Abfahrt Kottingbrunn. Wenn die Fahrt zu dem Bauernhaus geht, dann müsste er diese oder die nächste Abfahrt nehmen.«

»Vorausgesetzt, wir liegen wirklich richtig und Clemens sitzt am Steuer«, gab Michael erneut zu bedenken.

»Sie sollten sich an den Gedanken gewöhnen, dass ihr Freund... Er biegt ab!« Dieter wurde lauter.

»Er biegt ab! Wir liegen anscheinend richtig.«

Der Pilot nickte zur Bestätigung.

»Dieser angebliche Bauernhof, liegt der östlich oder westlich von der Autobahn?«, fragte er nach.

»Links davon... Also westlich«, meinte Dieter.

Wieder kippte der Hubschrauber zur Seite und überflog eine Stadt, die Thomas nicht erkennen konnte.

»Ich brauche genauere Koordinaten. Vor uns liegt eine große Fläche an Wiesen, Äckern und Wäldern«, informierte der Pilot Dieter.

»Moment, dazu muss ich etwas am Computer hantieren.«

»Oder wir verfolgen einfach das Auto, das alleine auf dem Feldweg dort vorne unterwegs ist«, meinte Thomas und deutete auf die Staubwolke, die der Wagen aufwirbelte. Der Hubschrauber wurde langsamer, blieb aber in Sichtweite des Fahrzeuges.

Kurz darauf musste Thomas seinem Freund und Kollegen Dieter gratulieren.

»Du hattest vollkommen Recht, Dieter. Der Wagen fährt in die Einfahrt eines Bauernhofs.«

Vor ihnen lag ein großer Vierkanthof mit zwei Nebengebäuden, alleinstehend neben dem Feldweg. Die nächsten Häuser waren weit genug entfernt, somit bekam keiner mit, was auf diesem Bauernhof geschah.

»Das Signal bewegt sich nicht mehr«, sagte Dieter.

»Macht es Sinn, die Wärmekamera einzuschalten, gekoppelt mit Nachtsicht oder ähnlichem?«, fragte Michael nach.

»Ziemlich unnötig. Sie können davon ausgehen, dass das Haus beheizt ist und damit bringt uns die Kamera wenig. Wollen Sie aussteigen?«

»Das werde ich übernehmen«, entschied Thomas, »Ich werde Dieter am Handy mitnehmen. Wenn ich eine Bestätigung für unsere Vermutung habe, könnt ihr gleich Verstärkung rufen.«

»Du willst alleine...«

»Ja, Michael. Es ist mein Job und es ist mein Kopf, den ich hinhalten muss, wenn wir... ich falsch liege. Ich bin nur ein einfacher Kieberer, der Innenminister sollte da nicht hineingezogen werden«, sagte Thomas. Dabei war er selbst verwundert, dass er einen Politiker schützen wollte.

»Achtung«, rief der Pilot und ließ die Maschine in der nächsten Sekunde steil hinabsausen. Thomas riss die Augen auf, als die Erde für seinen Geschmack viel zu schnell näherkam. Er klammerte sich an seinem Sitz fest, sah die Gruppe von Bäumen, die der Pilot anvisiert hatte und wurde unsanft in den Sitz und nach hinten gedrückt, als der Hubschrauber den Sturzflug beendete und wenige Meter über dem Boden verlangsamte. Mit einem Ruck setzten die Kufen auf der Wiese auf. Thomas schnallte sich ab und öffnete die Schiebetür neben sich.

»Ihr bekommt alles mit. Hoffen wir, dass unsere Befürchtungen umsonst waren«, meinte er und lief auf die Bäume zu, die gegenüber dem Bauernhof standen.

Michael sah ihm kurz nach, nahm dann sein Headset ab und deutete dem Piloten, es ihm gleichzutun.

»Ist meine Ausrüstung vollständig und einsatzbereit?«, fragte er.

»Natürlich, Herr Minister.«

Mit entsicherter Pistole in einer und Handy in der anderen Hand lief Thomas auf das Gehöft zu. Die Außenmauern machten einen verfallenen Eindruck. An den Wänden war schon lange der ehemals gelbe Anstrich abgeblättert, nur einige Stellen ließen noch die ehemalige Farbe erkennen. Die Ziegelsteine darunter waren mit dickem Mörtel miteinander verbunden. Auch das Schrägdach wirkte reparaturbedürftig. Mehrere Schindeln fehlten an der Seite, die Thomas beim Näherkommen sah. Im Gegensatz zu der maroden Erscheinung wirkten die Fenster neuwertig. Die braunen Rahmen wiesen keine Altersspuren auf. Die Scheiben waren sauber, blickdichte Vorhänge versperrten die Sicht ins Innere.

»Ich werde euch auf stumm schalten. Sobald ich eine Bestätigung habe, holt ihr Verstärkung«, ordnete Thomas an und steckte sein Telefon in die Jackentasche.

Er schlich zum Durchgang und blickte in den Innenhof. Dort konnte Thomas den Wagen sehen, dem sie gefolgt waren, die hintere Tür stand offen. Nachdem er sich vergewisserte, dass niemand anwesend war, schritt Thomas in den Hof. Zu seiner Linken blickte er auf drei geschlossene Scheunentore aus massivem Holz. Eine schmale Metalltür zwischen zwei Toren war nur angelehnt. Auf der anderen Seite befand sie eine weiße Eingangstür, die mit geschnitzten Motiven versehen war. Sie war, wie auch die Fenster an der Hauswand entlang, sauber und leuchtete ihm im Vergleich zur schäbigen Hauswand entgegen. Auch hier hingen hinter den Fenstern zugezogene Vorhänge.

»Niemand zu sehen, ich werde reingehen«, informierte Thomas seine Zuhörer, ging auf die Tür zu und lauschte. Er konnte gedämpfte Stimmen hören, aber weder verstehen, was sie sagten, noch ausmachen, wem sie gehörten. Langsam drückte er die Türklinke hinunter, stellte fest, dass sie nicht verschlossen war und holte tief Luft.

Mit einem Stoß riss er die Tür auf und trat ein, bereit sich einem Angreifer zu erwehren. Doch Thomas stand alleine in einem Raum, von dem aus drei Gänge weiterführten. Der Innenraum überraschte ihn. Die beige Farbe an den Wänden wirkte frisch, dunkle Holzmöbel standen im Raum, die allesamt nicht mit dem Alter des Bauernhofs mithalten konnten. Keines der Möbelstücke trug Abnutzungserscheinungen. Der Teppich auf dem Boden sah unbenutzt aus, wie frisch aus dem Geschäft.

Die Stimmen waren noch nicht deutlicher, aber Thomas konnte ausmachen, woher sie kamen und folgte dem Gang zu seiner Linken.

Wir hatten bislang kein Glück, dachte Thomas, es würde mich nicht wundern, wenn ich gleich in ein perverses Rollenspiel von Barbara platze.

Aber er musste zugeben, dass ihm das lieber wäre, als die vermutete Alternative.

Der Gang endete an einer Holztür, hinter der er die Stimmen nun deutlich vernahm.

»...unser bislang größtes Exponat werden.« Die Stimme klang nach Clemens van der Breu.

»Ihr seid beide völlig verrückt. Mach mich auf der Stelle los, dann hast du vielleicht noch eine Chance, das hier zu überleben!« Die müde und erschöpft klingende Stimme gehörte eindeutig Barbara.

Thomas fluchte, war sich jedoch nun sicher, dass er mit seiner Annahme richtig lag. Ohne zu zögern griff er nach der Türklinke, stieß die Tür nach innen auf und trat mit der Waffe vor sich in den Raum.

»Keine Bewegung!«, rief er laut und energisch und versuchte, sich schnell einen Überblick zu verschaffen.

Zwei Meter vor ihm stand Clemens van der Breu, leger gekleidet in Jeans und weißem Hemd. Er blickte mit geradezu erfreuter Miene zum Bezirksinspektor, während neben ihm Barbara in Unterwäsche an einen Stuhl gebunden war.

»Da sind sie ja, Herr Bezirksinspektor«, sagte Clemens van der Breu, völlig unbeeindruckt und nicht überrascht von seinem Auftauchen.

Thomas blickte zu Barbara und erkannte, dass ihre Hände mit Handschellen gefesselt, ihre Beine jedoch frei waren. Viel Hilfe konnte er von ihr aber nicht erwarten, ihr Gesichtsausdruck ließ vermuten, dass sie unter Drogen stand.

»Thomas...«, sprach sie und klang dabei, als wäre sie gerade munter geworden, »Ich wusste, du kommst und... Aber Clemens ist nicht...«

Nicht alleine, fiel ihm ein. Im nächsten Moment sah er den Holzbalken von der Seite auf ihn zufliegen.

Dieses Mal nicht, schoss es ihm durch den Kopf

Er schaffte es rechtzeitig, seine freie Hand zu heben und die Wucht etwas abzufangen. Der Schmerz fuhr dennoch von seinem Unterarm durch den ganzen Körper. Der getroffene Unterarm schlug ihm selbst hart ins Gesicht, sodass ihm für einen Moment schwarz vor Augen wurde, während er nach hinten geschleudert wurde und gegen den Türrahmen prallte. Reflexartig und im Wissen, dass Barbara nicht im Schussfeld war, richtete er seine Waffe in die Richtung aus welcher der Schlag gekommen war und drückte ab. Der Schuss dröhnte ohrenbetäubend im Zimmer, gleichzeitig erfolgte ein Aufschrei eines Mannes. Thomas versuchte den Schmerz zu verdrängen, sah zu dem aufschreienden Mann und erschrak. Der Mann, der eine Hand auf seinen linken Oberarm presste, wo die Kugel von Thomas ihn getroffen hatte, hätte Clemens van der Breus Zwilling sein können. Abgesehen von der eleganteren Kleidung glich er seinem Bruder, sowohl bei den Haaren als auch bei den Gesichtsproportionen. Im Moment wirkte er aber nicht so gelassen, wie Clemens van der Breu. Mit schmerzverzerrtem Gesicht funkelte er Thomas wutentbrannt an, in der Hand noch den runden Holzschläger.

»Lass es fallen, oder ich drück nochmal ab!«, blaffte Thomas ihn an, die Pistole auf ihn gerichtet. Ottokar van der Breu öffnete seine Hand und ließ den Knüppel fallen.

»Bitte beruhigen Sie sich, Herr Bezirksinspektor«, sagte Clemens van der Breu mit ruhiger Stimme, »Ich werde Ihnen und auch Barbara alles erklären. Aber zuerst nehmen Sie die Waffe runter.«

»Warum sollte...?«, brummte Thomas und blickte zu ihm.

Clemens van der Breu hatte ebenfalls eine Pistole in der Hand, deren Lauf auf Barbaras Kopf gerichtet war.

»Es täte mir unendlich leid, wenn ich dieses wunderschöne Gesicht zerstören müsste«, meinte Clemens van der Breu. Die ruhige Art, wie er sprach machte Thomas mehr Angst, als die Waffe in seiner Hand. Er hob langsam beide Hände hoch, ging einen Schritt in das Zimmer und legte seine Waffe auf eine Kommode neben ihm.

»Ganz ruhig«, sagte er, »Wir werden jetzt alle ganz ruhig bleiben.« Damit meinte er auch sich selbst.

»Verdammt, scheiße, verdammt!«, fluchte Dieter laut auf. Neben ihm standen inzwischen alle Kollegen aus dem Büro und lauschten angespannt, was sie aus Thomas' Handy mitbekamen.

»Michael... also, Herr Innenminister...?«

»Ich bin schon auf dem Weg«, meldete sich dieser von seinem Telefon.

Mit einer länglichen Tasche in der Hand rannte Steinberger auf den Vierkanthof zu.

»Wie genau ist die Peilung des Signals?«, fragte er im Laufen nach.

»Die normale Abweichung beträgt zwei bis fünf Meter.«

Michael Steinberger steuerte den Durchgang zum Innenhof an, sah den Wagen stehen und überlegte.

»Ich muss wissen, hinter welchem Fenster sich das alles abspielt!«

Dieter sah über seine Bildschirmfenster. Auf einem blinkte das GPS-Signal auf einer topografischen Karte. Daneben hatte er über die Suchmaschine ein Satellitenbild des Hauses, welches aber schon einige Monate alt war. Dazu hatte er noch ein Live-Bild aus dem Hubschrauber, der aber nur noch zeigte, wie der Innenminister wenige Meter vom Eingang zum Hof des Gehöfts entfernt war.

»Kann der Pilot die Thermalsicht einschalten?«, fragte Dieter nach.

»Natürlich, aber aufgrund des Restlichts wird man nicht viel erkennen. Die Night Vision Goggles sind für den Einsatz bei Nacht ausgelegt«, meldete sich der Pilot.

»Ich weiß, aber mir genügt eine kleine Änderung der Wärmekamera, dann sollte ich herausfinden können, welches Fenster zu dem Zimmer gehört. Wenn die Bilder vor mir noch aktuell sind, hat der Innenminister drei zur Auswahl.«

Michael war inzwischen in den Hof gelaufen und kniete hinter dem Wagen.

»Ich sehe die Eingangstür neben mir und drei Meter vor mir die Hauswand mit drei Fenstern. Alle sind verhängt, keine Möglichkeit hineinzusehen.«

»Mann eh, wir müssen doch irgendetwas tun. TJ verlässt sich auf uns«, stieß Dieter aufgeregt heraus.

»Stürmen ist keine Option. Hoffen wir, er erkennt, was ich vorhabe«, meinte Michael Steinberger und öffnete die Tasche neben sich.

»Wie wäre es, wenn wir uns alle ohne Waffen in der Hand unterhalten?«, schlug Thomas vor.

»Sorry, aber so weit reicht mein Vertrauen nicht«, entgegnete ihm Clemens.

Sein Bruder war inzwischen aufgestanden und zu ihm gekommen. Er hatte einen Verband in der Hand, den er fest um die Wunde band.

»Warum erschießen wir den Kerl nicht einfach? Dann kannst du sie in aller Ruhe vorbereiten?«, schlug Ottokar vor.

»Warum erklärt mir nicht mal endlich einer von euch beiden, was genau hier vorgeht? Wieso schneidet ihr den Frauen was ab?«

»Soweit mir Barbara erzählt hat«, er strich sanft mit der Hand über Barbaras Kopf und durch ihre Haare, »haben Sie diese Frage ja schon längst selbst beantwortet. Ihre Kollegin ist doch das beste Beispiel dafür.«

Er packte Barbara am Oberarm und zog sie hoch. Sie ließ ihn gewähren und stand mit wackeligen Beinen neben ihm.

»Schauen Sie sich diese Frau an. So wunderschön, nahezu perfekt«, sagte Clemens van der Breu. Er drehte Barbara etwas zur Seite und drückte mit der Hand in ihren Rücken, damit sie ihre Brust herausstreckte.

»Ich kann Ihnen gerne unser Museum zeigen, die Welt wird es noch schätzen und lieben lernen. Barbara wird eine der Hauptattraktionen werden. Sie wird mein erstes vollständiges Exponat.«

Thomas stieg die Magensäure bis zum Hals hinauf, so schlecht wurde ihm bei dem, was van der Breu von sich gab, aber er schwieg.

»Bei ihr ist die Gesamtheit das Auschlaggebende. Ich hoffe, es ist kein Problem für Sie, wenn ich Barbara vor der Behandlung entkleide. Sie können gerne zusehen, was wir dann machen, diese Art der Präparation ist völlig neu. Auch damit werden wir Geschichte schreiben. Denn sie garantiert, dass die Exponate in ihrer natürlichen Schönheit erhalten bleiben.«

»Und dieses Museum habt ihr hier aufgebaut?«, fragte Thomas nach.

»Ganz genau«, antwortete Ottokar, »Wir haben auch genug Platz für noch mehr. Da wird ein kleiner Polizist wie du uns sicher nicht aufhalten.«

»Euch ist aber schon klar...«, Thomas stutzte. Er wollte sagen, dass er nicht alleine angereist war, schluckte den Satz aber hinunter. Hinter den Männern sah er einen kleinen rotleuchtenden Punkt, der langsam über den Vorhang wanderte.

»Also«, fuhr er fort, »ich meine euch ist schon klar, dass man dazu das Museum hier erst finden muss. Das würde aber bedeuten, dass ihr beide überführt wärt.«

»Ja natürlich«, meinte Clemens van der Breu wie selbstverständlich, »Aber noch nicht heute. Wir haben noch einiges vor.«

»Vorerst werden wir dich aus dem Verkehr ziehen«, sagte Ottokar van der Breu aggressiv, »Die erste Warnung von mir hast du ja nicht verstanden.«

»Dann habe ich dir meinen Krankenhausaufenthalt zu verdanken?«

Als Antwort nickte Ottokar van der Breu grinsend.

Der rote Punkt wanderte langsam durch den Raum. Aufgrund der Vorhänge kam nur ein minimales Licht durch, das niemandem auffiel. Es lag gerade auf der Schulter von Clemens van der Breu und bewegte sich langsam weiter über seinen Rücken.

»Ich sehe, ihr habt euch das alles gut überlegt«, sagte Thomas und hoffte, dass den Brüdern nicht auffiel, wie er die ersten zwei Wörter betonte.

»Stopp!«, rief er plötzlich.

Der Strahl stoppte, Clemens und Ottokar van der Breu sahen ihn erstaunt an.

»Mir ist da etwas eingefallen, was ich einfach nicht verstehen kann«, sprach Thomas sofort weiter, um die Brüder nicht stutzig zu machen.

»Wir reden hier zu viel. Knall ihn ab und lass uns weitermachen«, forderte Ottokar van der Breu seinen Bruder auf.

»Moment noch«, bat Thomas, »Ich möchte es nur verstehen. Wie haben Sie es geschafft, jedes Mal so ein perfektes Alibi zu haben?«

Clemens van der Breu deutete mit dem Kopf zu seinem Bruder.

»Also wirklich, Herr Bezirksinspektor. Wollen Sie mich beleidigen? Sehen Sie sich Otto an, er könnte locker als mein Zwilling durchgehen. Ich habe die Vorarbeit geleistet und dafür gesorgt, dass jeder Verdacht in meine Richtung erfolglos im Sand verlaufen wird. Oder glauben Sie, es war mir nicht bewusst, dass die Polizei mich über die FiLo-App ausfindig machen wird?«

Thomas strich sich mit beiden Händen über sein Gesicht.

»Zehn Zentimeter hoch und warten«, murmelte er dabei.

»Was ist dann bei Beate Petrovic schief gegangen?«, fragte er in normaler Lautstärke.

»Die blöde Kuh hat ihr Handy verloren!«, keifte Ottokar van der Breu.

»Ja, da ist uns ein Fehler passiert. Das kommt davon, wenn man sich nicht an seinen perfekten Plan hält. Ich entschuldige mich für die Sauerei in der Wohnung, aber es war einfacher, ihr Bein vor Ort abzutrennen und nur das Exponat mitzunehmen. Es war eine spontane Eingebung aufgrund der Baustelle nebenan und einer herumliegenden Axt. Das fehlende Handy ist uns erst danach aufgefallen, deshalb die Unordnung. Ich habe mein Alibi sichergestellt, aber der Plan sah nicht vor, dass ich mit Beate Petrovic in Kontakt stand.«

Er blickte zu seinem Bruder.

»Otto hat es da leichter. Er hat Zugriff auf die Logindaten seiner Firma und kann diese als Mitglied der Geschäftsleitung einstellen, wie er es gerade benötigt. Niemanden fällt das auf, weder einer IT-Abteilung, noch den Kollegen, da er ja keine fixen Arbeitszeiten hat.«

»Das heißt, alle Frauen, von Valerie Kainz, Laura Eberle, Petra Vancsa bis zur englischen Krankenschwester, alle wurden von euch beiden sorgfältig ausgewählt und hier umgebracht?«

Beide nickten.

»Ach Becky«, schwärmte Ottokar, »Sie wäre es wert gewesen, in einem Stück erhalten zu bleiben. Aber da waren wir uns noch nicht sicher, ob das Verfahren tatsächlich so zuverlässig ist.«

Barbara wankte, sie war immer noch von der Narkose benommen.

»Lass sie hinsetzen, sonst fliegt sie noch um und kriegt blaue Flecken«, sagte Thomas und hoffte, dass die kleine Anspielung reichte.

Tatsächlich drückte Clemens van der Breu Barbara mit sanftem Druck auf den Sessel, wo sie zusammensackte und ihr Kopf nach vorne kippte.

»Und warum jetzt schon Barbara? Euch muss doch klar sein, dass jeder Polizist hinter euch her sein wird, wenn ihr eine Kriminalbeamtin umbringt«, bohrte Thomas weiter.

Der rote Strahl war nun nicht mehr auf Clemens van der Breu gerichtet, blieb aber bewegungslos.

»Das ist eine unglückliche Sache«, sagte Clemens van der Breu, immer noch in einem entspannten Tonfall, als würde er über einen unbedeutenden Teil seiner Arbeit reden.

»Barbara hätte ein perfektes Alibi für mich abgegeben, aber ihre Erzählung über eure Fortschritte haben mich veranlasst, drastischere Schritte zu unternehmen.«

Er lächelte Thomas an.

»Sie müssen wissen, wir haben ja bereits die nächsten Personen für unser Museum ausgewählt.«

Thomas unterdrückte den Drang, sich auf den Mann zu stürzen.

»Ich nehme an, ihr seid deshalb so redselig, weil ich dieses Haus nicht mehr lebend verlassen werde«, sagte er und beobachtete Clemens van der Breu genau. Dieser hatte sich wieder aufgerichtet. Der rote Punkt verschwand hinter seinem Kopf.

»Gut erkannt!«, antwortete Ottokar van der Breu.

Thomas schloss für einen Moment die Augen, holte tief Luft und hoffte, dass die nächsten Sekunden nicht in einem Fiasko enden würden.

»Jetzt! Jetzt sofort, schieß!«, schrie er und warf sich gleichzeitig zur Seite in Richtung seiner Waffe.

Clemens van der Breu sah ihn verwundert an, doch im nächsten Moment flog er nach vorne, als eine Kugel seinen halben Hinterkopf zerriss. Das Blut spritzte augenblicklich in alle Richtungen, traf dabei auch Barbaras Oberkörper.

Ottokar van der Breu erstarrte und sah mit Entsetzen zu, wie sein Bruder einen Schritt nach vorne stolperte, kurz stehen blieb und dann wie ein Stück Holz zu Boden fiel.

»Und nochmal«, rief Thomas, »Keine Bewegung!« Er hatte seine Waffe ergriffen und auf Ottokar gerichtet.

»Clemens!«, schrie Ottokar geschockt auf und fiel neben seinem Bruder auf die Knie. Er drehte den leblosen Körper auf den Rücken und packte ihn an den Schultern.

»Reinkommen, absichern!«, rief Thomas in der Annahme, immer noch über sein Handy gehört zu werden. Er kam zu Barbara und sah nach ihren Handschellen. Dort wo Clemens van der Breu gestanden war, lagen passende Schlüssel auf einem Tisch. Ottokar war immer noch geschockt von dem plötzlichen Tod seines Bruders und beachtet Thomas nicht, der nach dem Schlüssel griff und seine Kollegin befreite. Zehn Sekunden später stürmte Michael Steinberger in das Zimmer.

Barbara erhob sich träge und lehnte sich an Thomas.

»Hast du mich gerade gerettet?«, fragte sie und erinnerte ihn dabei an ihre Nacht, bei der sie mächtig über den Durst getrunken hatten.

»Alles in Ordnung, Mädl«, sagte er und legte einen Arm um sie.

»Ja, Dieter«, sagte der Innenminister, der immer noch Dieter im Ohr hatte, »Barbara und Thomas sind in Sicherheit. Clemens van der Breu wurde ausgeschaltet, sein Bruder...«

Ottokar blickte auf und sah von Michael Steinberger zu Barbara und Thomas.

»Wir werden mit unserem Museum ewige Berühmtheit erlangen. Mein Bruder wird niemals vergessen werden. Ihr könnt mich festnehmen, aber ich werde allen sagen, was...«

Ein Schuss ließ ihn verstummen, gleichzeitig zuckten alle im Zimmer und auch Dieter in seinem weit entfernten Büro zusammen.

»Fahr zur Hölle, du perverses Schwein«, sagte Barbara eiskalt, die Thomas die Pistole aus der Hand gerissen und abgedrückt hatte.

Michael übernahm seine Nichte. Er legte ihr sein Jackett über die Schultern und begleitete sie hinaus, während Thomas sich im Haus umsah. Der Abgang zum Keller war schnell gefunden und nicht verschlossen.

Auf den Steinstufen hinab fiel ihm der Geruch auf. Es roch nach Krankenhaus und Reinigungsmittel, aber nicht nach Leichen. Am Ende der hellen, sauberen Stufen befand sich ein Lichtschalter an der Wand. Thomas betätigte den Schalter und mehr als ein Dutzend Neonröhren flackerten an der Decke des Kellergewölbes auf.

Was er vor sich zu sehen bekam, drehte ihm den Magen um. Nur mit Mühe konnte er den Drang unterdrücken, sich zu übergeben.

Mitten im Raum stand eine Kreissäge, bestens geputzt. Das Sägeblatt glänzte, wirkte beinahe neuwertig, abgesehen von zwei fehlenden Zähnen. Die beiden geschlossenen Abfalltonnen neben der Säge griff er nicht an. Im Nebenraum fand er das sogenannte Museum. Der Raum war ebenfalls hell ausgeleuchtet und sauber. Wie in einem richtigen Museum waren Podeste und Tische großzügig über den Raum verteilt.

Er konnte die Hände von Valerie Kainz auf einem weißen Podest sehen, daneben die Beine der Influencerin Laura Eberle auf einem Metalltisch. Auf einer ein Meter hohen Säule lag der Kopf der ungarischen Prostituierten Petra Vancsa auf einem Marmorsockel. Thomas hatte schon Leichen gesehen, doch dieser Kopf wirkte anders. Die Augen waren nicht trüb, der Gesichtsausdruck nicht verzerrt, sogar die Hautfarbe war nicht blass geworden.

In einem Horrorfilm würde der Kopf gleich anfangen, mit mir zu sprechen, dachte Thomas.

Auf einem Glastisch blickte ihn Becky Sundale an. Auch ihr Gesichtsausdruck war beängstigend lebensecht. Der restliche Körper bis zum sauber abgetrennten Unterleib war nackt und zweifellos perfekt erhalten. Es gab keine Hautverfärbungen, keine Dellen, ihre Arme stützten sich auf dem Tisch ab, als würden sie jeden Moment den halben Körper hochstemmen und losgehen. Das Lächeln im Gesicht der ehemaligen Krankenschwester wirkte so natürlich, dass Thomas sich abwenden musste.

Auf einem Holztisch lag das abgetrennte Bein von Beate Petrovic. Es war ebenfalls schon konserviert und bearbeitet, die Schnittstelle nicht mehr ausgefranst, sondern fein geschnitten und mit einer schwarzen Scheibe abgedeckt. Der Raum bot noch genügend Platz für mehr als doppelt so viele ‚Exponate‘. In einer von zwei Lampen beleuchteten Nische stand ein Metallgerüst. Die Höhe entsprach Barbaras Körpergröße, schätzte Thomas.

Er hatte genug gesehen, wandte sich ab und verließ schnellstmöglich den Keller. Noch im Haus rauchte er sich eine Zigarette an und verspürte einen großen Drang nach Alkohol, um diese Bilder aus dem Kopf zu löschen.

Das Licht des Hubschrauberscheinwerfers war inzwischen die einzige Lichtquelle. Barbara saß bei der offenen Schiebetür, eine Decke um ihre Beine gewickelt. Seit ihrem Schuss hatte Barbara kein Wort gesagt. Als Thomas ihr eine Zigarette angeboten hatte, reagierte sie nur mit einem Kopfschütteln, nun standen der Bezirksinspektor und Michael Steinberger ihr gegenüber.

»Ich möchte darauf hinweisen, dass die wahren Begebenheiten der letzten Stunden für uns alle zu Problemen führen wird«, sagte der Innenminister.

Thomas blickte zu Barbara.

»Sie hat nicht geschossen, das war ich.«

»Sehr nobel, aber das löst nicht alles. Dieses... Museum der Abartigkeit, was wird damit?«

»Es wird jedenfalls nie Besucher empfangen«, war sich Thomas sicher. Er strich über sein Kinn und blickte auf die Umrisse des Bauernhofes.

»Ich hasse, was ich jetzt sage. Aber der Fall ist gelöst, nun müssen wir nur überlegen, wie es die Öffentlichkeit erfahren soll."

Michael drehte sich ebenfalls um und sah zu dem Gehöft, in dem immer noch zwei Leichen lagen.

»Übrigens, guter Schuss«, sagte Thomas.

»Scharfschützenausbildung beim Bundesheer«, nach einer kurzen Pause fügte Michael Steinberger hinzu, »Ich habe noch nie auf einen Menschen...«

»Barbara auch nicht«, meinte Thomas.

Während er sich beim Innenminister weniger Sorgen machte, befürchtete er bei seiner Kollegin, dass der Schuss noch weitreichende Auswirkung auf sie haben würde. Auch wenn jeder Polizist damit rechnen musste, einmal seine Waffe zu benutzen, war es etwas anderes, wenn es dann passierte.

»Wir sollten uns zusammensetzen und den Hergang gemeinsam durchgehen, bevor wir die Medien informieren«, schlug Michael vor.

»Und das hier?«, Thomas deutete auf das Gehöft.

»Ich hätte einen Vorschlag«, sagte Michael und blickte zu Thomas, »und ich gehe davon aus, dass ich dabei voll und ganz auf dich vertrauen kann.«

4. April
10 Uhr

»Es ist gleich 10 Uhr. Die beste Information der Stadt, hier auf Radio Wien. Im Studio Daniel Richter.
Schönen Vormittag.
Großes Aufatmen in Wien. Wie die Polizei bekannt gegeben hat, wurde gestern in den späten Abendstunden jener Mann ausfindig gemacht, der für insgesamt fünf Frauenmorde in Wien verantwortlich sein soll. Bei der Festnahme in einem abgelegenen Bauernhof nahe Bad Vöslau, im niederösterreichischen Bezirk Baden, kam es dabei zu einem Brand, der vom Verdächtigen gelegt wurde. Wie aus der ersten Aussendung der Polizei zu entnehmen ist, handelt es sich um einen 40-jährigen Wiener, der bislang nicht polizeibekannt war. Er ist in dem Feuer umgekommen. Das Haus selbst ist vollständig niedergebrannt. Bei den Löscharbeiten waren zeitweise bis zu 160 Leute mit mehreren Großtanklöschfahrzeugen im Einsatz. Aufgrund der abgelegenen Lage musste das Löschwasser zum Teil aus der rund vier Kilometer entfernten Triesting entnommen werden und im Pendelverkehr zur Brandstelle gebracht werden.
Das brennende Gebäude war laut letzten Informationen unbewohnt, der Einsatz läuft derzeit noch, da das Feuer immer wieder aufflammt. Die Feuerwehr spricht von einem »kräftezehrenden Unterfangen«. Nähere Informationen sollen bei einer Pressekonferenz um 12 Uhr bekanntgegeben werden.«

Thomas drehte den Motor seines Dienstwagens ab. Er stieg aus, nahm seine E-Zigarette zur Hand und blickte auf das Gebäude vor ihm, das Bundesministerium für Inneres. Fünf Minuten später erschien eine schwarze Limousine vor dem Eingang. Neben Innenminister Steinberger

279

stiegen Elisabeth und Barbara aus dem Wagen. Barbara hatte die Nacht bei ihrer Tante verbracht.

Als nun alle drei auf ihn zukamen, überkam Thomas kurz ein mulmiges Gefühl. Elisabeth, Michael und Barbara in ihrer Mitte wirkten wie eine glückliche Familie. Seine Freundin dachte jedoch nicht so, sie kam auf Thomas zu, umarmte ihn und drückte ihm einen Kuss auf die Lippen.

»Sie ist richtig fertig, sie braucht Zeit«, flüsterte sie ihm zu.

Die beiden Männer reichten sich die Hand. Barbara wollte ihrem Kollegen ebenfalls die Hand geben, entschied sich dann aber anders und umarmte Thomas ebenfalls.

»Danke nochmals«, sagte sie.

»Jederzeit wieder. Du musst dich aber auch noch bei Dieter bedanken. Seine Eifersucht hat uns auf die Spur gebracht.«

Barbara versuchte sich in einem Lächeln, was ihr nur schwer gelang.

Michael Steinberger brachte sie in ein kleines Zimmer neben dem Presseraum, wo in knapp zwei Stunden der Innenminister zusammen mit Thomas' Vorgesetzen über die Ergreifung des Serienmörders sprechen sollte.

»Ich habe Oberst Frimmel bereits informiert«, sagte Michael, als er die Tür hinter ihnen schloss.

»Also wird man in zwei Stunden erfahren, dass Clemens van der Breu der Serienmörder war«, meinte Thomas.

Michael nickte.

»Die polizeilichen Ermittlungen lassen keinen Zweifel zu, dass er der Täter ist. Beim Versuch, ihn zu vernehmen, hat sich Clemens van der Breu widersetzt und wollte flüchten. Dabei hat er ein Feuer entfacht, welches außer Kontrolle geriet.«

Während er sprach, griff Michael in den Kühlschrank und teilte kalten Kaffee an alle aus.

»Über seine Motive kann nur gerätselt werden. Das gleichzeitige Verschwinden seines Bruders wird untersucht, eine mögliche Verbindung ist nicht auszuschließen.«

Elisabeth setzte sich neben Thomas.

»Die Zeitungen werden sich auf das Privatleben des Sonnyboys und Geschäftsführer stürzen. Die Firma wird wahrscheinlich seinen Namen entfernen. In einer Woche wird man nichts mehr davon lesen und alles geht wieder seinen normalen Weg.«

»Der Brand hat alles vernichtet«, fuhr Michael fort, »Der zuständige Brandursachenermittler wurde bereits von mir instruiert. Er wird keine weiteren menschlichen Überreste finden.«

Thomas war nicht vollkommen glücklich mit der Entscheidung. Zwar hatte er seine Abneigung gegenüber Politikern nicht geändert, was Innenminister Steinberger betraf, lag die Sache aber inzwischen anders. Außerdem wurde durch diese Geschichte Barbara nicht hineingezogen.

»Die Sonderkommission wird besonders gelobt werden und in einer Woche aufgelöst. Damit hat dieser Wahnsinn ein Ende.«

Elisabeth sah zu ihrem Exmann.

»Hast du mit Herbert und Maria gesprochen?«, fragte sie.

Michael Steinberger erklärte, dass es sich dabei um die Eltern von Clemens und Ottokar van der Breu handelte. Er hatte noch in der Nacht ein langes Gespräch mit seinem Freund geführt. Nach dem ersten Schock hatte das Paar entschieden, die nächsten Wochen in ihrem Zweitwohnsitz in der Schweiz zu verbringen und so den Medien zu entgehen.

Die Pressekonferenz selbst ließ Thomas aus. Er schnappte Barbara und verließ das Ministerium. Sein Plan war es, das Team der Sonderkommission zusammenzurufen und ihnen die komplette Geschichte zu erzählen. Scheinbar waren seine Kollegen auf eine ähnliche Idee gekommen, denn sie erwarteten die beiden Bezirksinspektoren bereits auf dem Minoritenplatz vor dem Gebäude.

Dieter hatte in den frühen Morgenstunden alle nacheinander informiert, nun waren sie gespannt auf die ausführlichen Erzählungen von Barbara und Thomas.

»Nicht hier, ich lade euch auf einen Kaffee ein«, entschied Thomas und übernahm die Führung. Er brachte die Gruppe zu einem der bekanntesten Kaffeehäuser der Stadt, welches nur drei Minuten entfernt war.

»Heute sind wir aber nobel unterwegs«, bemerkte Karl, als sie vor dem Café Central standen. Das Kaffeehaus in dem bekannten Palais Ferstel galt seit seiner Eröffnung 1876 als einer der bekanntesten Plätze der Inneren Stadt. Das Café wurde in fast jedem Reiseführer der Stadt erwähnt und hatte seit jeher den Ruf, eines der wenigen wirklich traditionellen Kaffeehäuser der Stadt zu sein. Die glatte Natursteinfassade mit der steinernen Brüstung und Skulpturen an der Außenwand war tagtäglich ein beliebtes Fotomotiv bei den unzähligen Touristen, die auch jetzt vor dem Eingang standen. Die hohen Bogenfenster boten einen Blick in das hell erleuchtete Innere mit Holzstühlen und gepolsterten Bänken, die wahrscheinlich auch zur Kaiserzeit so ausgesehen hatten.

»Das haben wir uns verdient«, sagte Thomas und ging an der Schlange von Touristen vorbei.

»Wenn Sie sich bitte hinten anstellen möchten, gnädiger Herr«, meinte der Kellner bei der Tür mit bestimmender, leicht überheblicher Stimme.

»Das glaube ich nicht«, entgegnete Thomas.

»Ich glaube nicht, dass es einen Grund gibt, der Sie wichtiger macht, als die...«, sprach der Kellner herablassend, verstummte aber, als Thomas seine Kokarde aus der Innentasche seiner Lederjacke zog.

»Pudel dich nicht auf, Eierbär. Wir brauchen einen Tisch für sieben Personen und wenn Hermann heute Dienst hat, wird er dir gerne erklären, dass du ganz flott diesen Tisch und Kaffee für uns alle organisierst«, sagte Thomas freundlich, bekam aber sogleich einen leichten Schubs von Dagmar hinter ihm.

»Du meinst doch nicht diesen Hermann? Der Hermann, der vor einigen Jahren versucht hat, im Kunsthistorischen Museum...«

Thomas drehte sich um und legte einen Finger auf seinen Mund.

»Psst, das muss niemand erfahren.«

Ohne weitere Verzögerung wurde ihnen die hölzerne Flügeltür aufgehalten. Von der gewölbten Decke hingen schlichte aber elegante Kronleuchter ohne viel Verzierung. Obwohl das Kaffeehaus gut besucht war, wirkte es nicht beengend. Dafür war es angenehm ruhig, die Gespräche an den Tischen wurden leise geführt, manche saßen stumm an ihren Tischen, vor sich eine Tasse Kaffee und in der Hand einen Zeitungshalter mit der aktuellen Tageszeitung. Die Gäste, Einheimische und Touristen, passten sich dem alt-wienerischen Ambiente aus der Zeit der Monarchie an, sie erwarteten diesen speziellen Charme sogar.

»Wenn sie mir bitte folgen möchten«, wurden sie von einem älteren Kellner im schwarzen Anzug und Fliege angesprochen. Er brachte die Gruppe zu einem größeren Tisch im hinteren Bereich des Raumes und wartete, bis alle Platz genommen hatten.

»Was darf es für die Herrschaften sein?«, wurden sie gefragt.

Wie ich diese Nobelbuden liebe, dachte Thomas sarkastisch.

»Ein gepflegtes großes Bier«, bestellte er mit gespielter Überheblichkeit. Der Kellner ignorierte Thomas' Tonfall und nahm die weiteren Bestellungen auf. Alle anderen begnügten sich mit einer Wiener Melange.

»Und zur Feier des Tages bringen Sie uns eine Variation eurer selbstgemachten Torten«, fügte Thomas hinzu.

»So«, begann Werner, als sie unter sich waren, »Bekommen wir jetzt endlich einen detaillierten Bericht, was gestern geschehen ist? Was mich am meisten interessiert, wie kann Clemens van der Breu der Serienmörder sein, wenn seine Alibis lupenrein...«

»Das war sein Plan«, meldete sich Barbara zu Wort. Ihre schwache, emotionslose Stimme ließ alle zu ihr blicken.

»Er hat gemeinsame Sache mit seinem Bruder gemacht. Nehmen wir Valerie Kainz als Beispiel. Er hat das Treffen ausgemacht und dann dafür gesorgt, dass er ein Alibi hat. Zum Treffen erschienen ist sein Bruder, der ihm ähnlich sieht wie ein Zwilling. Der war es auch, der die Frauen entführt hat. In ihrem Bauernhof haben die beiden dann die Frauen... Dort befanden sich die Kreissäge und auch die Körperteile.«

»Deswegen auch die längere Zeit, bis Laura Eberle verstümmelt wurde«, übernahm Thomas, »Van der Breu musste sicher gehen, dass sein Alibi passt. Erst bei dem letzten Opfer ist ihnen ein Fehler unterlaufen.«

Nachdem ihre Bestellung serviert wurde, beantwortete Thomas alle Fragen und verriet ihnen alle Details bis hin zu der Entscheidung, die er mit Michael Steinberger getroffen hatte.

»Sie wollten demnach ein Museum mit besonderen Körperteilen errichten, die sie auf ganz spezielle Art und Weise konserviert hatten. Es wäre interessant, wie es dazu gekommen ist, dass zwei Brüder auf diese gemeinsame Idee gekommen sind«, meinte Werner.

»Wir werden es nie erfahren«, sagte Barbara und nippte an ihrem Kaffee.

»Wie geht es dir, Barbara?«, fragte Dieter, ernsthaft besorgt.

»Es muss gehen«, antwortete sie wenig überzeugend, »Nochmals Danke, Dieter. Wegen dir sitze ich heute hier und wurde nicht zu einem der Exponate dieser Wahnsinnigen.«

»Darüber bin nicht nur ich sehr froh«, sagte er.

»Der Innenminister wird die Sonderkommission in einer Woche auflösen, womit der Fall abgeschlossen ist. Die Medien werden bis dahin über sein Ministerium mit allen notwendigen Informationen versorgt, danach wird es nichts mehr zu berichten geben. Das perverse Museum wird nicht erwähnt werden.«

Thomas hob sein Glas.

»Aber ich möchte mich noch persönlich bei euch allen bedanken. Mir ist bewusst, dass wir in diesem Fall letztlich das Glück auf unserer Seite hatten, aber das gehört leider auch zu unserem Job. Nichtsdestotrotz hat sich jeder von euch den Arsch aufgerissen, um diesen Mörder zu schnappen«, er blickte zu Karl, »Die einen haben ihre Kontakte benutzt, von denen keiner sonst etwas weiß«, sein Blick wanderte zu Dagmar, »andere haben mich durch ganz normale Gespräche auf Dinge hingewiesen«, er sah zu Dieter, »und du mein Freund, hast mit deiner Eifersucht wahrscheinlich Barbara das Leben gerettet.«

Dieter wurde rot und blickte in seine Kaffeetasse.

Keiner verspürte einen Zeitdruck, sie tranken eine weitere Runde Kaffee, bestellten Kuchen und plauderten über andere Dinge. Den Fall wollte keiner mehr ansprechen. Auch aus Respekt gegenüber Barbara, die offensichtlich

285

schwer damit zu kämpfen hatte, dass ihr Liebhaber sich als Serienmörder herausgestellt hatte.

Thomas wusste, dass die nächsten Wochen für sie alles andere als leicht werden würden, aber er war sich sicher, dass seine Kollegin darüber hinwegkommen würde und er sich spätestens beim nächsten Fall wieder voll und ganz auf sie verlassen konnte.

Während Thomas nach seinem Bier nun auch einen guten, aber teuren Kaffee trank, hoffte er, dass dieser nächste Fall vielleicht weniger Aufsehen erregen würde.

Doch eine leise, gemeine Stimme in seinem Kopf flüsterte, dass er dieses Glück wohl nicht haben würde.

ENDE

Kleines Wörterbuch

Achter – Handschellen

Angefressen – verärgert sein

Beiwagerl – Beiwagen, Sidekick, untergeordneter Kollege

Bua und Mädl – Bursche und Mädchen

Das ist mir Powidl – Das ist mir egal

Das ist mir wurscht – Das ist mir egal

Die Kleine zittert jetzt schon wie ein Kluppensackerl – Die Kleine ist so nervös, dass sie am ganzen Körper zittert, Kluppensackerl - Wäscheklammersack

Einserschmäh – besonders gefinkelter Trick, kann aber auch das genaue Gegenteil bedeuten - also ein besonders simpler Trick sein

die Gurgl umdraht – den Hals umdrehen

die Roten – Die Sozialdemokratische Partei

Deppert – dumm

Gaspuffn – Gaspistole

Grant / grantig – ärgerlich, schlecht gelaunt

Gfraster – unangenehmer, gemeiner Mensch, Nichtsnutz

Gscheit – klug

Gusch, du Armutschkerl! – Sei ruhig, armer Kerl!

Hau di über die Häuser! – Verschwinde!

Hawara – ein guter Freund

Ihr könnt mir beide nen Bock aufblasen – Mir ist egal, was ihr von mir wollt

287

in Öl sein – betrunken sein

Knast – Gefängnis

Mach nen Meter – Hau ab, verschwinde

Oida – Unter anderem „Alter", Ausdruck des Aufstöhnens, Erstaunens, …

ORF – der Österreichische RundFunk, das öffentlich-rechtliche Fernsehen

Packerl – Päckchen

Pantscherl – eine Affäre haben

Pappn halten – den Mund halten

Pudel dich nicht auf, Eierbär! – Rege dich nicht so auf

Reparaturseidl – Konterbier, den Rausch am nächsten Tag mit weiterem Alkohol besänftigen

Sandler – Obdachloser, Penner

Schas – etwas Schlechtes; abgeleitet von ‚So ein Scheiß'

Schleich dich – Hau ab!

Wie schau ma aus? – Wie sehen wir aus, was gibt es Neues?

Wiener Melange – der bekannteste Kaffee in Wien. Kaffee und heiße Milch zu gleichen Teilen.

Wiener Schnitzel – dünnes paniertes und in Fett ausgebackenes Schnitzel aus Kalb- oder Schweinefleisch.

Über den Autor:

Joachim Koller, geboren 1978 in Wien, lebt in Niederösterreich. Nach dem abgeschlossenen Realgymnasium in Wien arbeitete er für mehrere Jahre im Reisebüro. Daher stammt auch seine große Leidenschaft neben dem Schreiben, das Reisen. Inzwischen ist Joachim Koller beim Roten Kreuz tätig.
Die Handlungen in seinen Büchern finden zumeist an real existierenden Orten statt, sei es Wien, Kreta oder Schottland.

Weitere Informationen unter:
https://www.facebook.com/kollerjoachim

Instagram: joachim_koller_autor, #jkautor

24 Stunden Angst

Eine Geiselnahme im Museum, ein scheinbar perfekter Plan und ein Vater, der alles versucht, um sein Kind zu retten. Das sind die Zutaten eines rasanten Thrillers, mitten im Herzen von Wien.

Als seine Tochter, zusammen mit anderen Kindern, in die Gewalt von Geiselnehmern gerät, wird das Leben von Tom Korn mit einem Schlag komplett aus der Bahn geworfen. Zusammen mit der Polizei muss er sich auf ein böses Spiel mit den Verbrechern einlassen um die Kinder nicht zu gefährden. Es scheint, als wären ihnen die Verbrecher immer eine Spur voraus…

Kollateralschaden

Eine Terrorgruppe bedroht ganz Wien und hält die Stadt in Atem. Ein Flugzeugabsturz und ein Anschlag auf ein Wiener Wahrzeichen stürzen die Stadt beinahe ins Chaos. Doch wie schnappt man Terroristen, die den Ermittlern immer einen Schritt voraus sind?

„Ihnen steht ein Spiel mit hohem Einsatz bevor, denn Sie stehen am Anfang einer Terrorwelle, die über Wien hereinbrechen wird. Der Einsatz dabei sind die Leben Ihrer Bürger und Bürgerinnen, Herr Bundespräsident."

Mit diesem Anruf beginnt die Jagd auf einen terroristischen Erpresser, der die Hauptstadt Österreichs in Atem hält.

Die Ermittler Hans Martin Gross und seine Kollegin Gabriele Zauner müssen erkennen, dass ihr Gegner ihnen scheinbar immer einen Schritt voraus ist. Gleichzeitig müssen sie sich auch mit Widerstand in den eigenen Reihen beschäftigen.

Ganz andere Probleme hat der Berufsfahrer Ben. Seine Ehekrise wird aber zur kleinsten Sorge, als er in das perfide Spiel des Erpressers hineingezogen wird.

Jede Spur auf der Jagd nach den Terroristen verläuft im Sand. Doch eine unausgesprochene Regel des Spiels besagt, dass nicht alles so ist, wie es scheint. Und nicht jeder verfolgt die offensichtlichen Ziele ...

Adventmörder

Eine grausame Mordserie mitten in der Wiener Adventszeit.
Ein Team ohne verwertbare Hinweise.
Ein Motiv, das einen Ermittler an seine dunkle Vergangenheit erinnert.

Kurz vor Weihnachten sorgt eine bestialische Mordserie in Wien für Aufsehen. Als ein Kollege dem unbekannten Killer zum Opfer fällt, nimmt Hans Martin Gross, Leiter des Verfassungsschutzes und ehemaliger Undercover-Polizist, an den Ermittlungen teil. Zusammen mit seiner Kollegin Gabriele Zauner und zwei recht unerfahrenen Ermittlern versuchen sie, den Mörder zu fassen. Dabei müssen sie feststellen, dass sie nicht alleine bei ihrer Spurensuche sind.

Noch dramatischer wird die Situation, als das wahre Motiv des Serienmörders bekannt wird und Hans Martin sich seiner Vergangenheit stellen muss.

Schwarzes Blut

Ein neuer Geheimdienst in Wien
Ein Team, das sich beweisen muss
Ein Anschlag, der die Welt verändern wird

In Wien beginnt der neue österreichische Geheimdienst seinen Dienst.
Während der neugewählte Bundespräsident noch Zweifel hegt, läuft bereits die erste Bewährungsprobe.

In einer Undercovermission wird eine rechtsradikale Gruppe ausspioniert, nachdem es Vermutungen gibt, dass sie einen größeren Anschlag planen.
Beinahe gelingt es, die Details zu dem mutmaßlichen Plan zu erfahren, doch dann kommt alles anders: Ein Attentat auf dem Donauturm, ein undurchsichtiger Wissenschaftler und eine Phiole mit einem unbekannten Virus sorgen für Aufregung.
Als klar wird, wie gefährlich das entdeckte Virus tatsächlich ist, muss das Team alles riskieren, um eine weltweite Katastrophe zu verhindern.
Eine Katastrophe, die die Welt für immer verändern würde...

Secret of Time
Ausnahmezustand in Barcelona

Was als Urlaub in Barcelona beginnt, wird zu einem gefährlichen Abenteuer rund um ein lang vergessenes Familiengeheimnis.
Als eine Katastrophe über die Stadt hereinbricht, hat Leon nur eine Chance, seine Freunde und nebenbei die Welt zu retten...

Es soll ein ganz gemütlicher Urlaub in Barcelona werden, bei dem Leon auch etwas über ein seltsames Erbstück von seinem Vater erfahren möchte.

Als er dabei neue Freunde trifft, lernt er die spanische Stadt besser kennen und bekommt auch noch die Möglichkeit, mehr über seine Vorfahren zu erfahren. Hinter dem Erbstück steckt eine mysteriöse Geschichte rund um die berühmten Architekten der Stadt.. Doch von der dazugehörigen Legende über Zeitreisen hält Leon nicht viel.

Aber dann bricht die Katastrophe aus. Die Stadt wird das Ziel eines Terroranschlags, wie ihn die Welt noch nicht erlebt hat. Barcelona versinkt im Chaos und plötzlich muss Leon darauf hoffen, dass die Legende wahr ist. Er setzt alles daran um seine Frau, seine neuen Freunde und nebenbei noch die Welt zu retten.

Bittersüßer Rakomelo

Eine perfekt geplante Intrige an den schönsten Orten Kretas, eine Entscheidung zwischen Vergeltung, Liebe und Freundschaft und dazu ein großer Schluck des kretischen Nationalgetränks – das sind die Zutaten eines Sommers, der alles verändern wird.

Es ist der Beginn eines herrlichen Sommers, jedoch weder das Wetter noch die Schönheit der Insel sind der Grund für Ryans Reise nach Griechenland. Zusammen mit seinem langjährigen Freund Tákis, der für ihn wie ein Bruder ist, haben sie einen von langer Hand vorbereiteten Plan, um den Mord an Tákis' Vater zu rächen.

Mit falscher Identität und viel Hintergrundwissen gelingt es Ryan, an dessen Tochter und somit auch an ihn ranzukommen. Alles läuft nach Plan, Ryan zeigt der Tochter die Highlights von Kreta und gewinnt schnell ihr Vertrauen und auch ihre Zuneigung.

Doch als er seine Identität für einige Zeit fallen lassen kann, gerät das gesamte Vorhaben ins Wanken und er muss überlegen, wie und ob er weitermachen will. Als auch seine enge Freundschaft zu Tákis an der Kippe steht, muss er eine Entscheidung treffen, die für alle Beteiligten weitreichende Auswirkungen hat.

Eine Entscheidung zwischen Rache und Liebe, zwischen Familie und Vergeltung.

Unter den Augen des Minotaurus

Kreta: Gerade auf die Insel, die er nie betreten wollte, verschlägt es Niko, um die Tochter seines Freundes zu finden.

Sonne, Strand und Meer interessieren ihn dabei nicht, er will nur so schnell wie möglich wieder zurück. Doch dann überschlagen sich die Ereignisse und aus dem einfachen Auftrag wird ein riskantes Unterfangen, als er sich inmitten eines alten Familiengeheimnisses wiederfindet.

So landet Niko in einem Abenteuer rund um die griechische Mythologie des Minotaurus und der Minoer. Ganz nebenbei holt ihn auch noch seine Vergangenheit ein, die er eigentlich hinter sich lassen wollte.

Fate of Whisky
Rückkehr der Vergangenheit

Schottland: Ein vermeintlich leichter Auftrag bringt Niko in das Land der Mythen, Legenden und Burgen. Aber noch nicht einmal gelandet steckt er mitten in einer Fehde zweier verfeindeter Clans.

Zusätzlich weckt Schottland alte Erinnerungen an seine Jugendliebe. Somit wird die Reise von Rückblenden in die 90er-Jahre begleitet, zu einer Lovestory, die unerwartet und rätselhaft endete.

Unterwegs lernt er das Land von seiner schönsten Seite kennen und erfährt mehr über eine alte Legende, doch diese lässt ihn - zumindest vorerst - kalt.

Denn es wartet noch eine Überraschung auf ihn, die nicht nur sein Leben völlig auf den Kopf stellen wird.